KB128587

침묵주의보

침묵주의보

정진영 지음

문학수첩

차례

송년회식

　진심이란 단어는 입에 담으면 담을수록 본래의 뜻과 멀어진다. 나름 화기애애했던 부서 송별회의 분위기는, 눈치 없이 끼어든 편집국장 때문에 차갑게 식어갔다. 거나해진 국장은 전횡이라고밖에 볼 수 없는 연말 정기인사의 결과를 수차례에 걸쳐 진심이란 단어로 포장했다.

　진심이라는 단어가 국장의 입에서 튀어나올 때마다, '국장 라인'으로 통하는 후배들에게 밀려 승진하지 못한 몇몇 기자들의 표정이 썩어갔다. 국장은 왜 핵심부서 보직에 능력이 검증되지 않은 자신의 측근으로 통하는 기자들을 집중 배치하고, 자신의 출입처에서 능력을 인정받는 몇 안 되는 기자들을 모두 한직으로 내몬 것일까. 데스크

인사에는 오너의 입김이 개입되지만, 평기자 및 차장급 인사는 전적으로 국장의 의지에 따라 이뤄지는 게 그간의 관행이었다. 국장은 인사를 통해 자신의 지위를 확인하려는 것 같았다. 인사에 대해 납득할 만한 설명 없이 진심 운운하는 이야기는 공허하게 들렸다. 국장은 싸늘해진 분위기를 느낀 듯 술잔 돌리기를 멈추고 말했다.

"이번 인사에 대해 말이 많지? 다 알아. 그런데 말이야. 기자는 제너럴리스트라는 사실을 잊지 마. 내일 당장 다른 부서로 옮겨도 10년은 그 부서에 있었던 기자처럼 기사를 쓸 수 있어야 기자야. 자기 부서에서 잘나가다가 갑자기 다른 부서로 옮기면 당황스럽겠지. 그런데 본인이 잘났다고 그 자리를 오랫동안 꿰차고 있으면, 그 자리에서 일해보고 싶은 기자 입장에선 불만이 생기지 않겠어? 고인 물은 썩는다는 사실을 잊지 마. 나는 이번 기회에 편집국 모든 구성원들에게 공정한 기회를 주고 싶었을 뿐이야. 그게 내 진심이란 걸 알아줬으면 좋겠어. 다들 잔을 이리로 전달해봐. 이번에는 내가 직접 소맥을 말아줄 테니까."

빈 맥주잔 10여 개가 차례로 국장 앞으로 모여들었다. 잔은 기자들의 밥그릇 순서대로 배열됐다. 국장은 자타가 공인하는 '소맥 말기의 달인'이다. 국장은 잔에 소주를 방

석처럼 얇게 깐 뒤, 그 위에 맥주를 반쯤 채웠다. 국장의 소맥은 청량하고 한 번에 입안으로 털어넣을 수 있어 깔끔했다. 그가 다른 경쟁자들을 제치고 편집국장 자리를 꿰찰 수 있었던 비결도, 임원들에게 소맥 말기 실력을 인정받았기 때문이 아니냐는 소문이 돌 정도였다. 국장이 만든 소맥이 일사불란하게 제 주인을 찾아갔다. 여기까진 뭐 그럭저럭 분위기가 괜찮았다. 국장이 쓸데없는 건배사만 하지 않았다면 말이다.

"여러분, 모두 잔을 듭시다. 올 한 해 나라 안팎으로 정말 어렵고 힘든 일이 많았습니다. 이런 때일수록 서로를 이해하고 화합하기 위해 노력하는 자세가 필요합니다. 그런 의미에서 건배사는 '빠삐용'으로 하겠습니다. '빠'는 빠지지 말고, '삐'는 삐치지 말고, '용'은 용서하며 살자는 의미를 담고 있습니다. 제가 '빠삐용'을 선창하면, 여러분도 '빠삐용'을 외쳐주시면 됩니다. 빠삐용!"

어처구니없는 건배사에 온몸에서 소름이 돋았다. 이 건배사는 얼마 전 젊은 직장인들의 욕 댓글을 한 몸에 받아 화제를 모았던 모 잡지의 센스 없는 피처기사 '리더의 센스 만점 건배사'에 실려 있던 것이 아닌가. 어디서 그런 건 또 챙겨 읽어가지고. 나를 포함해 마지못해 '빠삐용'을 외치는 이들의 표정에선 자괴감이 묻어났다. 그때 갑자기 누군가가 상을 깰 듯이 잔을 세게 내리치며 조용히 말했다. 이번 인사에서 후배에게 밀린 송윤호 선배였다.

"씨발 졸라 눈치가 없네."

모두의 시선이 송 선배에게 쏠렸다. 국장의 표정이 굳어졌다. 송 선배는 태연한 표정으로 어깨를 으쓱거리며 국장이 만든 소맥을 입안에 털어넣은 뒤, 다시 잔에 소주를 가득 담아 한 번에 들이켰다.

"어, 혼잣말이었는데 다 들렸나 보네? 쏘리쏘리. 주어도 없는 혼잣말에 발끈하시는 분도 계셔서 당황스럽네요. 국장*, 저는 공사다망해 먼저 일어나보겠습니다. 후배 새끼, 아니 하늘 같으신 제 데스크와 신년 기획 기사에 대해 논의해야 하는 터라 여기서 노닥거릴 시간이 없어서 말입니다. 다들 즐거운 저녁 보내세요. 역시 국장이 만 소맥 맛은 죽이네요. 충성! 충성! 충성! 저도 국장을 사랑합니다!"

"야! 송 차장! 너 이 새끼 뭐 하는 짓이야!"

송 선배는 소리치는 국장을 무시한 채 손을 흔들며 밖으로 빠져나갔다. 얼굴이 시뻘겋게 달아오른 국장은 거칠

---

* 다른 직장과 달리 언론사에는 상사를 부를 때 '님'이란 단어를 붙이지 않는 문화가 있다. '선배'나 '장'이란 단어에 이미 존칭의 의미가 포함돼 있다고 보기 때문이다.

게 스테인리스 컵에 물을 따르며 바깥을 향해 삿대질을 했다.

"하여간 노조 새끼들이 문제야! 사사건건 태클이나 걸고! 저 새끼도 노조 소속이지? 저런 새끼들 때문에 이 나라가 엉망이 되고 우리가 경쟁사에 발목 잡히는 거야! 내 말 틀려?"

불과 며칠 전에 노조 탄압으로 구설수에 오른 모 중견기업을 기사로 제대로 조지라던 국장이었다. 물론 국장의 그런 지시가 기자로서의 정의감에 불타서 나오진 않았을 것이다. 아마도 그 중견기업이 우리에게 광고비 집행을 소홀하게 했거나, 국장을 살짝 서운하게 만들었겠지.

노조 탄압으로 국민적인 비난을 받았던 모 대기업에 대해선 전혀 다른 태도를 취했던 국장의 모습이 떠올라 나도 모르게 쓴웃음이 나왔다. 얼마 전 나는 텔레비전에서 어느 화장품 회사의 광고를 보았다. 그 광고에는 요즘 가장 잘나간다는 보이그룹의 멤버가 출연했는데, 그는 꽃다발을 들고 다소 부담스러운 미소를 지어 보이고 있었다.

그런데 내 눈에는 그의 부담스러운 미소보다, 그가 들고 있던 꽃다발 속에 섞인 작고 흰 꽃이 더 크게 들어왔다. 그 꽃은 독초로 알려진 미국자리공 꽃이었다. 오랫동안 들꽃 사진을 취미로 찍어온 덕에 미국자리공을 알아보는 일은 어렵지 않았다. 피부에 바르는 화장품 광고에 독초가 등장하는 것은 문제가 있다는 생각에, 나는 화장품 업계를 취재하는 유통 담당 선배 기자에게 이를 제보했다. 선배는 바로 기사를 작성해 온라인으로 배포했다.

그런데 몇 시간 후 어처구니없는 일이 벌어졌다. 기사가 포털 사이트에서 검색이 되지 않았다. 선배와 내가 예상치 못한 상황에 당황하는 사이, A그룹의 임원들이 편집국에 방문했다는 소식이 들려왔다. 알고 보니 문제의 화장품 광고는 A그룹의 계열사인 B광고회사의 작품이었다. 해당 화장품 제조업체는 노발대발하며 B광고회사에 책임을 지라고 요구했다. 그 이후에 벌어진 일은 더 가관이었다. A그룹은 우리 회사에 더 많은 광고를 하겠다고 약속했고, 기사는 선배에게 아무런 통보도 없이 온라인에서 사라졌다. A그룹은 이 같은 정보를 흘린 곳을 경쟁사라고 여기며 끈질기게 국장에게 제보자를 알려달라고 요구했다. 국장은 근엄한 표정을 지으며 언론사는 취재원을 보호할 의무가 있다며 버텼다고 한다. 후배 기자의 제보라는 설명보다 그렇게 대응하는 것이 폼은 더 났을 것이다. 그러나 폼을 잃은 선배와 나는 그날 저녁 밤새도록 술을 마시며, 후배 기자와 아무런 상의도 하지 않고 기사를 광고비와 바꿔먹은 국장을 저주했다.

내가 예전에 벌어졌던 어처구니없는 사건을 잠시 회상하는 동안, 이런저런 훈계를 마친 국장이 회식비를 자신이 지불하겠다고 생색을 내며 자리에서 일어났다. 그래봐야 법인카드를 긁는 건데 생색은. 국장은 떠났지만, 이미 잃어진 분위기를 회복하기에는 역부족이었다. 마지막 잔을 기울인 부원들은 바깥에서 간단하게 작별인사를 나눈 뒤 각자의 방향으로 찢어졌다. 나는 세종문화회관 앞 버스 정류장에서 집으로 향하는 버스를 기다리던 중 전화를 받았다. 캡*의 전화였다.

"대혁아, 국장이 너희 부서 송년회식에 난입해 깽판 쳤다며? '넌씨눈'**이 여기 있었네."

"국장 때문에 분위기 엉망진창이었어요. 미치는 줄 알았어요. 게다가 중간에 송 선배까지 깽판을 쳐서 장난 아니었어요."

"내가 송 선배라도 좆같아서 자리에서 일어났을 것 같다. 이제 곧 나이가 반백인 양반인데, 9년째 차장 자리를 지키고 있으니 열 받지 않겠냐? 게다가 이번 인사에서도 물을 먹어 2기수 후배의 지시를 받으며 일을 하게 생겼는

---

* 사회부 사건취재팀 팀장.
** '넌 씨발 눈치도 없냐'는 욕설의 줄임말.

데? 데스크 자리를 주기 싫으면 직급이라도 부장으로 올려주든가. 돈 드는 일도 아닌데 왜 이렇게 야박해. 너도 잘 알겠지만 이 양반이 일을 못하는 기자도 아니잖아. 노조전임자로 활동한 게 죄야? 헌법도 근로3권을 보장하고 있는데? 기자는 근로자 아니야? 노조에 반감 있는 선후배들도 많지만, 사실 따지고 보면 이 정도 복지가 갖춰진 것도 다 노조 덕이야. 이 사실을 간과하는 인간들이 너무 많은 게 문제지. 권리는 개기는 만큼 나오는 거야."

"어디 계세요?"

"지금 송 선배랑 같이 을지로 골뱅이집에서 한잔하고 있다. 여기로 건너와라."

전화를 끊자마자 택시를 잡아타고 을지로 골뱅이집 골목으로 향했다. 매서운 한파 때문에 골목은 한산했다. 두 선배가 자리를 잡고 있는 단골집 역시 썰렁하긴 마찬가지였다. 둘은 이미 많은 술잔을 기울인 듯, 테이블 위엔 빈 소주병 대여섯 개가 흩어져 있었다.

"왜 이렇게 많이 드셨어요, 송 선배! 그리고 국장한테 그렇게 깽판 치면 내일 뒷감당 어떻게 하시려고요?"

혀가 꼬부라진 송 선배의 입에서 나오는 말은 반이 욕이었다.

"몇 년째 인사에서 물 먹는 것도 모자라 이제는 후배

새끼까지 데스크로 모시게 생겼는데, 이까짓 소주 몇 병 마시는 게 뭐가 대수냐? 국장 이 개새끼! 편집국에 누가 더 오래 남아 있나 두고 보자, 이 개새끼! 어차피 그 새끼 임기도 몇 달 후면 끝이야. 오래 살아남는 놈이 강한 거다, 이 개새끼!"

"오너가 사사건건 인사에 개입하고 설치는데 솔직히 국장한테 무슨 힘이 있겠어요. 후배들 찍어 누르며 잘난 척해봐야 윗대가리들 아바타에 불과하다는 사실, 잘 아시 잖아요. 그리고 안주는 좀 챙겨가며 드세요. 나이 생각 안 하고 예전처럼 깡소주 마셔대면 저승행 급행열차 특실 칸에 오릅니다. 이제 대학에 입학하는 아들도 생각하셔야 죠. 아줌마! 여기 스팸 사리 추가요!"

"너나 많이 먹어라, 이놈아. 나는 집에 간다."

"지금 시간에는 나가봐야 택시 안 잡혀요. 콜택시 부를 테니까 기다리세요."

나는 술에 취해 집에 가겠다고 억지를 부리며 일어나는 송 선배를 도로 자리에 주저앉히고 콜택시를 호출했다. 자리에 앉아 욕으로 술주정을 하던 송 선배는 잠시 후 곯아떨어졌다. 나는 그제야 자리에 앉아 캡의 술잔을 받을 수 있었다.

"저 일부러 불렀죠? 송 선배 뒤처리하라고?"

"눈치 빠르네? 역시 박대혁은 천상 기자야? 응?"

"이 악마 같은 인간!"

나는 신경질적으로 소주잔을 비우며, 골뱅이 무침 양념에 버무려진 스팸 한 조각을 씹었다. 뜨끈한 스팸의 기름진 짠맛은 소주의 비린 뒤끝을 덮었다. 캡은 내 빈 잔을 도로 채우며 물었다.

"송 선배한테 들었는데, 국장이 폼 잡고 '기자는 제너럴리스트라는 사실을 잊지 마'라고 개소리했다며?"

"잘 모르겠어요. 다양한 부서에서 다양한 경험을 해보면 사회를 바라보는 시각이 넓어지긴 하겠죠. 하지만 지금처럼 1~2년에 한 번씩 부서가 바뀌어버리면 수박 겉핥기만 여러 번 하는 꼴인데 그게 무슨 소용인가 싶어요. 그렇다고 한 부서에 오래 머무는 게 좋은 것 같지도 않아요. 이쪽 일이란 게 다 그렇잖아요. 어느 정도 자리에 머무르면 네트워크가 쌓여 알아서 기사 거리가 들어오니 게을러지고요. 지금 우리 회사에도 그런 월급루팡*들이 몇몇 있잖아요."

"그래 네 말도 일리 있어. 그런데 말이다. 나는 '기자는 제너럴리스트'라는 말은 '기자는 제대로 아는 게 없다'

---

* 회사에서 하는 일 없이 월급만 축내는 직원을 일컫는 은어.

는 말과 다를 게 없다고 생각한다. 세상에 기자만큼 무식한 직종이 어디 있냐? 바쁘다는 핑계로 책 한 권 제대로 읽지 않으면서, 자존심만 더럽게 센 놈들이지. 얼마 전에 미국 대통령 방한했을 때 기자들이 한 놈도 질문하지 않는 모습 봤지? 기자들이 왜 질문을 안 하냐고? 뭘 알아야 질문을 하지! 그런 주제에 누가 쌈빡한 질문을 던지면 잘난 척한다고 뒤에서 지랄들을 한다. 아는 게 없으니 보도 자료밖에 베낄 줄 모르고, 취재 방향을 못 잡아서 만날 똑같은 기사, 나온 기사를 확인 사살하는 기사, 후일담 같은 기사들만 쏟아져 나오는 거야. 그런 사태를 방지하려면 데스크가 제대로 방향을 잡아줘야 하는데, 굽은 나무가 선산을 지킨다고 남아 있는 데스크들이 죄다 저 모양 저 꼴이다. 그저 홈페이지 트래픽이나 늘려 광고비나 벌어보겠다고 제목 낚시 장사나 하고 있으니 우리가 기레기** 소리나 듣는 거야. 아마 우린 곧 망할 거야."

나는 말없이 소주잔을 비웠다. 캡은 곧바로 소주병 입구를 내 빈 잔에 들이댔다. 소주가 채워지는 잔을 바라보며, 나는 지독한 갈증을 느꼈다.

이번 정기인사 명단에 내 이름은 없었다. 내 인사는 이

** '기자'와 '쓰레기'를 합친 은어.

미 한 달 전에 있었다. 한 달 전까지 나는 문화부에서 방송과 음악 등 대중문화 전반을 취재하는 기자였다. 4년 전 사회부 사건팀 소속이었던 나는 갑작스럽게 문화부로 배치됐다. 문화부에서 대중문화 취재를 맡았던 선배가 출산 휴가를 내는 바람에 생긴 공백을 메우기 위한 조치였다. 나는 움직이기 만만한 장기알인 셈이었다.

경찰서에서 피투성이 범죄 용의자와 마주치는 일과 몸이 굳어버릴 정도로 아름다운 배우나 걸그룹 멤버와 마주치는 일 사이의 괴리는 컸다. 처음에는 헤맸지만, 낯선 일은 곧 익숙한 일상이 됐다. 얼마 지나지 않아 나는 더 이상 연예인을 신기하게 여기지 않게 됐다. 여기저기서 주워들은 연예가 뒷얘기들은 술자리에서 허세를 부리기 좋은 안주거리로 쓰였다.

내가 나름 적성에도 잘 맞았던 대중문화 취재에서 손을 뗀 계기는 조직개편 때문이었다. 한 달 전 사측은 대대적인 조직개편을 시도했는데, 그 과정에서 문화부에 포함돼 있던 대중문화 취재팀이 사라졌다. 대신 사측은 한 온라인 연예매체와 제휴를 맺고, 그 매체의 기사를 받아 지면에 싣기 시작했다. 인건비를 줄이고 홈페이지 트래픽을 늘리기 위한 조치였다. 나와 팀원들이 힘들게 쌓아온 유무형의 네트워크는 전달해줄 후임자도 없이 허무하게 날

아갔다.

　나를 포함한 대중문화 취재팀 기자들은 인원 부족을 호소하는 다른 부서로 흩어졌다. 나는 디지털뉴스부로 배치됐다. 이후 나는 디지털뉴스부장이 매일 강조하는 '회사 홈페이지 트래픽 1년 내 100% 증가'라는 막중한 임무에 참여해 바이라인*도 없는 온갖 낚시기사들을 쏟아냈다. 회사에서 벌어졌던 일들이 떠오르자 지독한 갈증이 몰려왔다. 갈증은 소주를 불렀다.

　"이 나라에서 기자란 도대체 뭘 하는 존재일까요?"

　"뭐긴 뭐야? 회사원이지. 일하고 월급 받는. 실은 갑도 아닌데 갑인 척하며 돌아다니는 이상한 회사원."

　"설마 수습기자들이나 인턴들한테도 그렇게 말씀하시는 건 아니죠?"

　"청운의 꿈을 안고 입사한 애기들이 귀엽긴 하지만, 애기들한테 빨리 이 바닥 떠나라고 얘기해주고 싶다. 그 좋은 스펙과 능력이면 똑같이 더럽지만 돈이라도 잘 챙겨주는 대기업에 갈 것이지 왜 박봉인 여기로 기어 들어오지? 몇 달 지나지 않아 이 바닥의 현실을 알고 실망, 아니 절망하게 될 텐데. 너도 들어서 알겠지만, 나 요즘 애들 독

---

* 기사의 마지막 부분에 작성 기자의 이름을 밝힌 줄.

하게 굴리고 있다. 잠도 안 재우고 새벽 2, 3시에도 보고 받고 있어. 한 놈이라도 이 바닥에서 구제하고 싶어서 말이다. 그런데 한 놈도 안 나가! 정말 독하게 붙어 있어! 심지어 특종까지 물어와! 이러다가 다들 무사히 수습딱지를 떼고 에이스에 독종 기자들이 될 것 같아! 그러면 더더욱 이 바닥에 실망하게 될 텐데……. 뭔 놈의 세상이 이 지랄이냐!"

내 입사 동기는 8명인데 수습기간 동안에만 무려 3명이 뛰쳐나갔다. 다들 어디 가서 나름 잘났다는 소리를 듣는 녀석들이었다. 그런 녀석들이 수습기간 동안 온갖 욕을 들어먹으며 씻지도, 잠도 자지 못하고 장돌뱅이처럼 서울 곳곳의 경찰서를 돌며 비인간적인 대우를 받았으니 참기 어려웠겠지. 그보다 스펙이 더 뛰어난 녀석들이 수습기자로 들어와 예전보다 더 혹독한 대우를 받고 있는데도 자리를 지키고 있다? 새삼 취업난의 심각성을 절감했다. 캡은 자신의 술잔을 비우고 빈 잔을 내게 들어 보이며 소리쳤다.

"대혁아! 그래서 나는 나를 구제하기로 결심했다!"

"네? 그게 무슨……."

"이 바닥 떠날 거야. 그리고 이 나라도 떠날 거야. 내 딸들을 이런 엿 같은 나라에서 키우고 싶진 않다."

나는 정신이 멍해져 잠시 아무런 대꾸도 할 수 없었다. 캡, 정병희 선배, 아니 병희 형은 내가 기자생활을 하며 마음속으로 존경하는 몇 안 되는 선배 중 하나다. 그는 사건의 핵심을 파악하는 능력이 탁월해 같은 사건을 보고도 늘 새로운 관점으로 접근할 줄 아는 기자였다. 여럿 굵직한 특종으로 '이달의 기자상'을 수차례 수상한 그는 늘 타 언론사의 스카우트 대상이었다. 그러나 그는 후배들을 향한 애정 때문에 꿈쩍도 하지 않았다. 사내에서 이보다 후배들의 신망을 많이 얻는 선배는 없었다. 심지어 그와 함께 일해보고 싶어 우리 회사로 이직하고 싶다는 희망사항을 전했던 기자들도 있을 정도였다. 그런 그가 기자를 그만두겠다니. 한술 더 떠 우리나라에서 떠나겠다니.

"병희 형, 농담이죠? 이건 아니죠. 형이 떠나면 밑에 있는 애들은 어떻게 합니까?"

"당장 떠난다는 건 아니야. 수습기자들이 수습을 떼는 3월까진 버티고 있을 거야. 지금 떠나면 양아치지. 그냥 그렇게만 알고 있어. 남들한텐 함구하고."

"어디로 떠나시려고요? 할 일은 생각해두셨어요?"

"캐나다로 떠날 거야. 거기서 여행 가이드로 일할 생각이다. 와이프하고 어학연수한다고 밴쿠버에서 1년 반 정도 살아봐서 낯선 곳은 아니야. 이런저런 조건들을 이미 채워서 영주권 받는 일도 그리 어렵지 않을 것 같고."

나는 고개를 숙이고 잠시 술잔을 바라보다 한숨을 쉬며 비웠다. 병희 형은 내 빈 잔에 소주를 넘치게 부었다.

몇 달 전, 병희 형은 C그룹의 계열사인 유아용품 제조업체 D사가 생산하는 유아용 기저귀에 인체에 유해한 성분이 포함돼 있다는 제보를 받았다. 마침 둘째 아이의 돌을 앞두고 있던 병희 형은 분노했다. 병희 형은 부서 차원에서 후배들과 함께 끈질기게 사건을 추적한 끝에 내부고발자로부터 확실한 증거와 증거를 입증할 자료를 입수했다. 그러나 기사화에 제동이 걸렸다. C그룹이 우리 회사의 주요 광고주였기 때문이다. 국장보다 윗선인 오너 쪽 라인이 병희 형과 사회부 데스크를 압박했다.

이에 분개한 병희 형은 C그룹에 다소 적대적인 태도를 보이는 E매체의 친한 기자에게 모든 취재 결과와 자료들을 넘겼다. E매체는 기사를 대서특필했고, 대부분의 매체들이 이를 받아썼다. 심지어 우리까지 마지못해 소심하게 그 기사를 받아쓰는 지경에 이르렀다. 기사는 국민적인 공분을 일으켰고, 끝까지 발뺌하던 C그룹은 대국민사과 기자회견을 열어야만 했다. 해당 기사를 작성한 기자는 병희 형 덕분에 첫 '이달의 기자상'을 수상하는 영광을 누렸다.

그러나 병희 형에겐 어떤 영광도 돌아오지 않았다. C그룹은 정보가 병희 형에게서 샜다고 여기며 광고비를 줄였다. 연임을 노리며 몸을 사리고 있던 국장은 격분해 병희 형을 따로 불러 책임을 물었다. 책임을 물을 일이 아닌 사항에 대해 책임을 묻는 국장의 태도는 기자들의 기수별 성명이란 항의로 이어졌다. 이에 사측은 앞으로 기자들과 더 잘 소통하겠다는 의례적인 말로 사태를 무마했다. 하지만 전횡에 가까운 이번 정기인사는 사실상 기수별 성명에 적극 참여한 기자들에 대한 보복에 가까웠다. 그 와중에도 병희 형은 캡 자리를 유지했다. 병희 형을 대체할 인력이 마땅치 않아 선택한 사측의 고육지책이었다. 자신의 빈 잔에 소주를 채우는 병희 형의 표정이 서글퍼 보였다.

"대혁아, 조직에겐 기억력이 없다. 내가 그동안 얼마나 잘해왔느냐는 조직의 고려 대상이 아니야. 백 가지 잘한 일보다 한 가지 잘못한 일을 기억하는 게 조직이다. 지금 당장 개새끼면 앞으로도 계속 개새끼가 되는 거야. 명심해라."

"형이 그렇게 말하면 저 같은 놈은 어떻게 살아야 합니까."

"너무 잘하려고 노력하지 마. 그냥 너만 생각해. 우리

같은 사축*은 그렇게 생각해야 사는 게 편해. 송 선배 깨워라. 저 노인네 입 돌아가겠다. 콜택시 아직도 안 왔냐?"

"다시 전화해볼게요. 선배! 선배! 일어나요! 여기서 주무시면 얼어 죽어요!"

"이놈의 택시 새끼들은 가장 필요할 때 모습을 꽁꽁 숨기는 게 문제야. 택시 오면 우리도 나가자."

잠시 후 콜택시가 도착했다. 나는 술에 취해 흐느적거리는 송 선배를 뒷좌석에 우겨 넣었다. 택시가 시야에서 멀어지자 병희 형이 내 어깨를 두드리며 작별인사를 했다.

"나는 심야버스 타고 갈란다. 넌 어떻게 갈 거냐? 한잔 더 할까?"

"괜찮아요, 형수 걱정하실 텐데. 전 알아서 들어갈게요."

"알았다. 조만간 만나서 한잔 더 하자. 내가 곧 그만둔다는 얘기는 꼭 함구하고. 좋은 얘기도 아닌데."

"당연하죠. 저도 애들 사기 떨어지는 모습 보고 싶지 않아요. 가뜩이나 사내 분위기도 뒤숭숭한데."

나는 멀어지는 병희 형의 뒷모습을 한참 동안 바라보다가 청계천 방향으로 걷기 시작했다. 칼바람이 숙취를 깨

---

* 회사의 가축처럼 일하는 직장인이라는 의미를 가진 신조어.

왔다. 청계2가 삼일교의 중간쯤에 멈춰 서서 청계광장 방향으로 시선을 돌렸다. 달빛은 잔잔히 흐르는 청계천 물줄기 표면에서 갓 잡은 물고기의 비늘처럼 빛났다. 고개를 들어 올리자 고층빌딩 숲의 덜 꺼진 사무실 조명들이 보였다. 빛들은 별처럼 겨울밤을 비추고 있었다. 화려한 불빛 속에서 나는 문득 외로움을 느꼈다.

부 장 인 턴

  지난밤에 마신 술이 덜 깬 머리가 지끈거리는 아침에 더욱 두통을 불러오는 사건이 벌어졌다. 국장이 갑자기 디지털뉴스부에서 인턴기자 교육을 맡으라는 지시를 내렸다. 지시는 데스크를 거쳐 나에게 하달됐다. 내가 맡게 된 이유는 간단했다. 사회부 사건팀에서 수습기자 교육을 맡아 본 경험이 있기 때문이었다. 나는 데스크에게 이 부서에 배치된 지 한 달밖에 지나지 않아 아는 게 별로 없는데, 어떻게 인턴기자들을 교육하느냐고 항변했다. 하지만 먹혀들지 않았다. 이 부서에서 짬밥을 많이 먹은 베테랑 선배들은 내 눈을 외면했다. 짜증이 머리끝까지 차올랐다. "일은 하는 놈만 한다"는 직장인의 격언은 역시 진리였다.

내가 교육을 맡게 된 인턴기자는 여자 3명, 남자 3명 등 총 6명이었다. 말쑥하게 정장을 차려입은 인턴들의 얼굴에선 긴장감이 느껴졌다. 이들은 정규직 전환형으로 선발된 인턴들이었다. 부서 데스크 홍성대 부장은 3개월 동안의 평가기간을 거쳐 이들 중 일부를 수습기자로 채용할 것이라고 내게 귀띔했다. 나는 홍 부장에게 수습기자를 이미 채용했는데 또 다시 정규직 전환형 인턴을 선발한 이유가 무엇이냐고 물었다. 이는 사실상 비슷한 기간에 수습기자를 두 번이나 선발하는 꼴이니 말이다. 홍 부장은 이에 대해 아는 게 없다고 말했다. 알아도 나한테 대답할 이유는 없겠지. 수많은 경쟁자들을 제치고 인턴으로 선발된 뒤에도 또 다시 치열한 경쟁을 벌이고 있는 이들의 처지가 조금 안쓰럽게 느껴졌다.

"나는 디지털뉴스부에서 여러분의 교육을 맡게 된 박대혁이다. 다들 일하고 있으니까 나가서 커피라도 한 잔씩 마시면서 이야기하자. 부장, 저 잠깐 인턴들을 데리고 이야기 좀 하고 올게요."

나는 사옥과 가장 가까운 카페에 들어가 인턴들에게 마시고 싶은 음료수를 물었다. 이들은 서로 눈치를 보다가 가장 저렴한 아메리카노로 주문을 통일했다. 나는 다른 것을 마셔도 좋다고 말했지만, 메뉴를 바꾸는 녀석은 없었다. 나는 다시 한 번 인턴들에게 다른 것을 마셔도 좋다고 말하려다가 말고, 자리에 앉아 호구조사에 들어갔다.

인턴들의 연령대는 20대 초반부터 후반까지 다양했다. 가장 나이가 많은 인턴이 군복무를 마친 남자가 아니라 여자여서 이채로웠다. 수수한 인상의 최고령 인턴 김수연은 올해 29살로 대학 졸업 후 몇 년 동안 언론사 입사만 준비해온 친구였다. 출신교를 조사해보니 지방 사립대 출신인 수연을 제외한 모두가 서울 소재 명문대 출신이었다. 수연의 수험기간이 길어진 이유가 짐작됐다.

내가 기자로 밥벌이를 시작했을 때 놀랐던 사실 중 하나는, 동료 선후배 기자들의 출신교가 서울 소재 상위 몇 개 대학에서 크게 벗어나지 않는다는 점이었다. 심지어 몇몇 매체는 특정 대학 이하 출신자는 기자로 선발하지 않는다는 소문까지 이 바닥에서 공공연한 비밀로 돌고 있을 정도다. 기사로 학벌 타파를 외치면서 취재원을 학벌로 판단하고, 고고하게 권위주의를 비판하지만 철저한 상명하복 구조에 따라 움직이며, 열정페이를 고발하지만 인턴들에게 당연히 열정페이를 지급하는 곳이 이 바닥이다. 언론계는 내가 아는 가장 심각한 모순투성이 집단이다.

수연은 내 예상대로 부장인턴*이었다. 학벌이 이 친구

의 발목을 잡았을 것이란 생각이 들었다. 나이도 나이인 만큼, 이번 정규직 전환형 인턴 자리가 이 친구에게 사실상 마지막 기회일 것이다.

"인턴으로 입사한 지 한 달쯤 되지 않았나?"

"네, 그렇습니다. 한 달 동안 사회부 사건팀에서 선배들의 지시를 받아 취재를 도우며, 기사 작성하는 방법을 배웠습니다."

"할 만하던가?"

"사회적으로 중요한 현장에 제가 서 있다는 것 그 자체만으로도 흥분되는 경험이었습니다."

"그래? 수습기자로 선발돼 씻지도, 자지도 못하고 매일 선배들한테 욕만 먹으며 경찰서 기자실을 몇 달 동안 전전하다 보면 생각이 달라질 텐데. 뭐 그건 그렇고, 디지털 뉴스부는 어떤 일을 하는 곳인지 알고 있어?"

"언론시장의 미래는 온라인에 있으니, 온라인에 대해 잘 알아야 한다고 들었습니다."

나는 터져 나오려는 웃음을 겨우 참았다. 맞다. 언론시장의 미래는 확실히 온라인에 있다. 젊은이들뿐만 아니라 노인들도 신문 대신 스마트폰으로 기사를 읽고, 그 기

---

* 정규직 채용에 거듭 실패하고 인턴만 전전하는 취업준비생을 일컫는 신조어.

사를 메신저로 공유하는 세상이니 말이다. 지하철에서 신문을 펼치는 사람은 이제 경로석에서도 찾아보기 힘들다. 온라인 세상에선 오프라인에서 100만 부를 파는 메이저 매체의 기사나 1만 부도 못 파는 마이너 매체의 기사나 독자에겐 똑같은 하나의 기사일 뿐이다. 즉 온라인상에서 메이저 매체와 마이너 매체의 대결은 100 대 1이 아닌, 1 대 1의 대결이다. 온라인 언론시장은 인터넷의 발달과 더불어 춘추전국시대를 맞은 지 오래다.

반면 대중의 언론 신뢰도는 끊임없이 하락하고 있다. 어차피 1 대 1 싸움이라면 독자의 눈에 제일 먼저 띄는 게 장땡이다. 뇌를 숟가락으로 떠내듯 고통스럽게 오랜 시간 동안 정성을 들여 심층취재를 한 기사보다, 제목에 자극적인 키워드를 박아넣은 허접한 '우라까이'* 기사가 품이 덜 들고 독자의 관심을 더 끄니 별수 있나. 안타깝게도 긴 안목을 가지고 온라인 시장에 대응하는 매체는 거의 없는 게 현실이다. 이전투구가 계속된 끝에 각 매체별 디지털 뉴스부는 사실상 포털 사이트에서 독자를 낚기 위한 부서로 전락해버리고 말았다. 모두가 이 같은 현실의 심각성

---

* 다른 매체의 기사 일부를 대충 바꾸거나 조합해 새로운 기사처럼 내는 관행을 이르는 은어.

을 인식하면서도 낚시질을 멈추지 못하고 있다. 조회 수가 줄어들면 당장 온라인 광고비도 함께 줄어드는데, 대부분의 언론사들은 줄어든 광고비를 감내하면서까지 좋은 기사를 쓰겠다는 의지와 인내력을 가지고 있지 않다. 나는 악화가 양화를 구축해버린 이 같은 상황을 굳이 인턴들에게 설명하지 않았다. 어차피 며칠 지나지 않아 스스로 깨닫게 될 테니 말이다. 나는 내 핸드폰 번호를 인턴들에게 알려주며 자리를 정리하고, 이들을 인솔해 편집국으로 돌아왔다.

그나마 내가 교육을 맡게 된 인턴들의 처지는 조금 나은 편이다. 정규직 전환형이 아닌 일반 인턴들은 언론사가 얼마든지 부리고 버릴 수 있는 값싼 노동력이기 때문이다. 오죽하면 인턴은 '인(In)' 했다가 '턴(Turn)' 하는 자리라는 말까지 나왔을까. 이렇게 선발된 인턴들은 취재현장 대신 디지털뉴스부서로 배치되는 경우가 많은데, 이는 속셈이 뻔히 보이는 짓이다. 온라인 낚시 기사 작성에 가장 필요한 기술은 순발력이다. 포털 사이트 검색어 상위권에 오른 키워드를 확인해 재빨리 우라까이를 해서 조회 수를 늘리는 일이 이 부서의 가장 큰 업무이다. 며칠만 경험하면 누구나 할 수 있을 만큼 단순하다. 여기에 정부까지 나서서 인턴을 채용한 언론사에게 인건비의 상당부분을 지원해준다. 날로 먹는 장사다.

이렇게 대량으로 생산된 기사들은 홈페이지로 독자를 끌어들이는 데 큰 역할을 하지만, 그만큼 담당 기자의 자괴감도 커진다. 일부 언론사는 인턴 경험자에게 수습기자 지원 시 가산점을 주겠다는 미끼를 내걸기도 하지만, 가산점이 입사를 보장해주진 않는다. 많은 인턴을 경험하고 좁은 공채의 문을 뚫는 지원자도 있지만, 그 반대의 경우도 적지 않으니 말이다. 수연은 아마도 이 같은 현실을 잘 알고 있을 것이다. 부장인턴 짬밥이 있으니 말이다.

인턴들은 이미 사건팀에서 기본적인 기사 작성 교육을 받은 터라 내가 교육할 부분은 많지 않았다. 특히 수연은 인턴답지 않게 처음부터 능숙하게 온라인으로 내보낼 만한 우라까이 기사를 작성해 선배 기자들의 감탄을 자아냈다. 나머지 인턴들도 업무에 꽤 흥미를 보였다. 자신이 스마트폰이나 컴퓨터를 통해 접한 수많은 기사들이 이런 과정을 거쳐 생산된다는 사실이 신기한 듯했다. 신기함은 며칠 지나지 않아 실망감으로 바뀌겠지만, 뭐 그것은 그때 가서 위로할 일이다.

오전 업무를 마친 나는 인턴들과 점심식사를 마친 뒤 포털 사이트 실시간 검색어를 확인하며 우라까이에 필요한 기사를 찾다가 문자메시지를 받았다. 송신자는 수연이었다.

— 선배, 김수연입니다. 실례지만 오늘 업무 끝나고 잠시 시간을 내주실 수 있나요? 꼭 여쭤보고 싶은 게 있습니다.

나는 '내 얼굴이 마음에 들었나?', '평가과정에서 잘 봐달라는 로비를 하려는 건가?' 등등 엉뚱한 생각을 잠시 하다가 수연에게 답장을 보냈다.

— 알았다. 그런데 따로 둘이 만나는 모습이 눈에 띄면 자칫 다른 인턴들이 오해할 수 있으니 장소와 시간을 따로 보내줄게.

— 그 생각은 미처 못 했습니다. 무리한 부탁을 드려 죄송합니다. 바쁘시면 괜찮습니다.

— 아니야, 괜찮아. 저녁이나 같이 먹자. 인턴들에 대한 이야기도 들을 겸 비어캔치킨에 맥주나 간단히 하자. 공덕역 근처에 맛있게 하는 곳이 있다.

— 네, 알겠습니다. 이따가 뵙겠습니다.

나는 수연에게 만날 장소와 시간을 문자메시지로 보내고 곧바로 아내 정인에게 전화를 걸었다.

"정인아, 오늘 후배하고 약속이 생겼어. 저녁 먹고 들어갈게. 늦진 않을 거야. 여자 아냐! 남자 후배야, 남자! 속까지 시커먼 남자!"

약속 장소에 도착해보니 수연은 이미 자리를 잡고 나를 기다리고 있었다. 나는 비어캔치킨과 맥주 500cc 두 잔을 주문하며 수연에게 물었다.

"매운 음식 좋아해?"

"네! 정말 좋아해요. 오기 전에 미리 알아보니 이 집이 매운 닭발로도 유명하던데요?"

"이 집 닭발 괜찮지. 이모! 여기 닭발도 같이 주세요!"

수연은 맥주를 홀짝이며 상기된 표정으로 말했다.

"사실 인턴기자로 입사했을 때부터 선배를 꼭 한 번 만나 뵙고 싶었어요."

"나를? 왜?"

"언론사 입사를 준비하는 동안 선배가 블로그에 올려놓은 수습일기를 모두 읽어봤거든요. 정말 실감 나는 글이어서 저도 꼭 선배처럼 똑같은 경험을 하고 싶었어요."

기자로 입사하면 수습기간 동안 일기를 작성하게 하는 언론사들이 많다. 수습기자는 매일 겪은 사건과 이에 대한 느낌을 자유형식의 일기로 적어야 하는데, 교육을 담당하는 선배 기자들은 주기적으로 이 일기를 읽게 된다. 수습기자 입장에선 조금 민망한 일이지만, 선배들은 이 일기를 통해 수습기자들의 장점과 단점을 파악해 교육에 반영할 수 있어 긍정적인 면이 적지 않다. 수습기자 또한 교육에 필요한 부분을 일기로 선배에게 전달할 수 있다. 몇 년 전 나는 사측의 독려로 기자 전원이 블로그를 개설할 때 떠밀려 블로그를 개설했다. 그때 블로그에 채울 콘텐츠가 마땅치 않아 별생각 없이 내 수습일기를 옮겨 적었다. 그런데 이를 접한 기자 지망생과 후배 기자들이 많아 블로그가 나름 유명세를 탔다.

"많이 민망하다. 나는 수습기자 시절에 정말 무능했어. 만날 타사 수습기자한테 기사로 물을 먹었는데, 나는 단한 번도 그 녀석들한테 물을 먹이진 못했거든. 선배들한테 많이 혼났지. 열심히 하는 게 중요한 게 아냐. 잘해야지. 이 바닥에선 싸가지 없지만 일 잘하는 녀석이 일 못하지만 착한 녀석보다 낫다."

"저는 그런 내용들이 인간적으로 다가와서 좋았어요. 읽으면서 용기를 많이 얻었어요."

내 무능함이 인간적이란 수식어로 포장돼 누군가에게 할 수 있다는 용기를 줬다니 우스웠다. 맥주의 향이 잘 밴비어캔치킨의 속살은 부드럽고 촉촉했다. 수연은 비어캔치킨을 처음 먹어보는데 맛이 정말 좋다며 감탄사를 쏟아냈다. 담백한 비어캔치킨의 맛과 대비되는 매콤한 닭발도 일품이었다. 금세 둘의 맥주잔이 비었다. 나는 맥주 500cc 두 잔을 추가로 주문했다. 맥주를 기다리는 동안 수연이 조금 심각한 표정으로 물었다.

"선배, 지금 이 회사에 저와 같은 대학 출신 기자가 한 명이라도 있나요?"

전혀 예상하지 못했던 질문에 말문이 막혔다. 수연의 질문은 많은 의문들을 함축하고 있었다. 이미 몇몇 언론 사들을 전전하며 인턴으로 일했던 수연은 이 바닥의 불편한 현실을 파악했을 것이다. 나는 지금까지 수연과 같은 대학교 출신인 기자를 필드에서 만난 일이 단 한 번도 없다. 수연의 출신교는 나름 그 지역에선 전통이 있는 대학이다. 다른 언론사의 시니어 기자들 몇몇이 그 대학 출신이란 말을 건너 듣긴 했다. 하지만 그들이 다니던 시절의 지방대와 수연이 다니던 시절의 지방대의 위상은 하늘과 땅 차이다. 나는 그 사실을 차마 입 밖으로 꺼낼 수 없어 얼버무렸다. 세상에는 친절한 거짓말도 있지만, 상처를 주는 진실도 있는 법이니까.

"글쎄……. 기자들끼리 서로 출신학교를 물어보는 일이 많지 않아서 잘 모르겠다."

"없나 보군요……. 다른 곳에도 없었어요."

수연은 힘없이 말하며 고개를 숙였다. 나는 위로할 말도, 응원할 말도 찾을 수 없어 민망했다. 그 사이 빈 맥주 잔이 도로 채워졌다. 수연은 억지로 미소를 지으며 잔을 들었다.

"아무리 열심히 해도 안 되는 건 안 되는 건가 봐요. 죄송해요. 이런 푸념을 하려고 선배를 뵙자고 한 건 아닌데. 이번 인턴 기회가 저한텐 사실상 마지막 기회이다 보니 불안감만 쌓이네요. 내년이면 제 나이도 서른인데, 내세울 학벌이나 스펙도 없어서 더 불안해요."

"왜 기자가 되고 싶은 거니?"

"막연한 욕심일지도 모르지만, 글로 주변에 선한 영향력을 발휘하는 존재가 되고 싶었어요. 글을 쓰는 일도 좋아하기도 하고요. 선배는 왜 기자가 되기로 결심하셨나요?"

"뭐 나도 너하고 비슷해."

"정말요?"

거짓말이다. 내가 기자가 돼야겠다고 결심한 이유는 남들이 보기에 그럴싸해 보이는 직업이었기 때문이다. 학창 시절에 공부를 곧잘 했던 나는 재수 끝에 상경해 제법 이름 있는 대학교의 그럴싸해 보이는 학과인 법학과에 진학했다. 잠시나마 검사를 꿈꾸며 사법시험 공부도 살짝 해봤지만, 로스쿨 시대가 열리고 사법시험을 통한 선발인원이 점점 줄어들자 쉽지 않다는 것을 직감하고 빠르게 포기했다. 집안 형편도 로스쿨 학비를 댈 수 있는 처지가 아니었다. 고시 공부를 포기한 이후, 나는 그럴싸한 직업을 찾다가 기자 지망생인 친구에게 기자가 판사나 검사와 동급으로 논다는 이야기를 들었다. 기자가 된 지 얼마 지나지 않아 녀석의 말이 헛소리란 것을 알게 되었다. 동급으로 놀긴 개뿔. 놀아주는 척을 하는 것뿐이지.

오래 준비하지 않았음에도 불구하고, 운이 좋았는지 비교적 수월하게 메이저 언론사의 말석에 앉은 〈매일한국〉에 몸담을 수 있게 됐다. 이 바닥의 현실이 시궁창이란 걸 깨달은 때는 내가 더 이상 무언가를 시도하기 어려운 나이가 됐을 무렵이었다. 그렇게 나는 그럭저럭 맛있는 밥을 먹을 정도의 월급을 받으며 겉보기에 그럭저럭 잘사는 놈이 됐다. 나는 수연에게 대꾸하는 대신 질문을 다른 방향으로 돌렸다.

"고향에서 기자로 일하고 싶은 생각은 없었어? 지방지라면 아무래도 연고가 있으니까 입사하는 데 중앙지보다 수월하지 않을까 싶은데?"

"지방대 나왔으면 무조건 지방지에서 일해야 하는 건가요? 그건 아니잖아요. 스펙도 변변치 않으면서 눈만 높다는 이야기를 듣기 싫어서 누구보다 열심히 준비해왔어요. 스터디에서도 모두에게 인정을 받을 정도로 말이죠. 열심히 하면 학벌 차이를 극복할 수 있을 줄 알았어요. 그런데 스터디에서 누가 봐도 저보다 부족한 친구들이 하나둘씩 언론사에 합격하는 걸 보니 많이 지치네요. 대출받은 학자금도 어떻게 상환해야 할지 막막하고요. 게다가 그동안 기자라는 꿈만 가지고 이것밖에 해온 게 없어서 이번 기회를 놓치면 앞으로 뭘 해야 할지도 모르겠어요. 이제 서른인데 진로를 다른 곳으로 돌려 새롭게 다시 시작하기에는 쉽지 않은 나이잖아요. 그렇다고 집안 형편상 공무원 시험을 준비할 여력이 되는 것도 아니고요. 아버지께선 일찍 돌아가셨고, 어머니 혼자 작은 식당을 운영하시거든요. 남동생이 하나 있는데 중소기업에서 일하는 터라 저 혼자 먹고사는 일도 쉽지 않은 듯하고요."

수연은 힘내라는 말이 전혀 힘이 되지 않는 처지에 놓여 있었다. 힘내라는 말은 예의상 뭔가 액션을 취해야 하지만 엮이고 싶지 않을 때 흔하게 쓰이는 위로가 아니던가. 나는 아무 말 없이 맥주를 마시며 수연을 위로할 적당한 말을 찾았다.

"이번 인턴은 정규직 전환형이잖아. 정규직 전환형 인턴으로 너를 선발했다는 것 자체가 너에 대한 가능성을 봤다는 이야기가 아닐까? 예전에 인턴을 할 때와는 확실히 다른 상황이잖아? 이렇게 낙담하는 것보다 최선을 다해 주어진 기회를 잡는 게 생산적일 것 같다. 내가 해줄 말은 그것밖에 없다."

"정말 그럴까요?"

"기회를 결과로 만드는 건 네 몫이지."

수연은 내 말에 꽤 용기를 얻은 듯했다. 나 또한 내가
꽤 괜찮은 선배 역할을 한 것 같아 뿌듯했다. 수연과 헤어
지고 나는 병희 형에게 전화를 걸었다.

"뭐 해요?"

"뭐 하긴 뭐 해. 수습들 한 놈이라도 구제시키려고 조
지고 있지. 왜?"

"하나만 물어볼게요. 한 달 동안 교육시켰던 인턴들 어
땠어요? 잘했어요?"

"말도 마라. 수습들 관리하랴 갑자기 선발된 인턴들 관
리하랴 죽는 줄 알았다. 근데 걔네들 진짜 죽기 살기로 열
심히 하더라. 걔네들 정규직 전환형 인턴이라며? 그래서
그런가 일하는 자세가 수습들보다 더 살벌해. 서바이벌이
잖아."

"가장 괜찮았던 친구는 누구예요? 제가 디지털뉴스부
에서 인턴들 교육을 맡고 있는데 참고하려고요."

"으흠……. 김수연? 그 친구가 물건이야. 걔가 큰 걸 몇
개 물어와서 수습들이 혼난 일도 몇 번 있다."

"그래요? 알겠습니다. 고생 많이 하시고요. 다음 주에

한잔해요."

"싱거운 새끼. 알았어."

나는 잠시 고민하다가 수연에게 문자메시지를 보냈다.

— 오프더레코드다. 방금 전에 캡한테 인턴들에 대한
평가를 물어보니 네가 가장 괜찮았다더라. 오프더레코드
명심!

문자를 보내자마자 수연의 답장이 도착했다.

— 정말요? 선배, 감사합니다! 오늘 정말 큰 용기 얻었
습니다. 나중에 꼭 선배 밑에서 같이 일하고 싶습니다. 더
열심히 하겠습니다!

타이밍

수연의 태도는 나와 만난 후 여유로워졌다. 선배들에게 인사를 하는 표정이 더 밝아졌고, 목소리에선 자신감이 묻어났다. 다른 인턴에 따르면 수연은 사건팀에서 악바리처럼 독하게 일해 동료 인턴들을 조금 불편하게 만들기도 했는데, 요즘에는 서로 가볍게 농담을 나누기도 하는 등 태도가 달라졌다고 한다. 디지털뉴스부 내부의 수연에 대한 평가도 매우 좋은 편이어서, 내심 수연이 후배로 들어올 것이라고 여기는 기자들도 적지 않았다. 나 또한 그런 기자들 중 하나였다. 무사히 한 달 동안 디지털뉴스부에서 교육을 받은 인턴들은 이후 정치, 경제, 문화 등 다른 부서를 각각 일주일씩 돌게 될 예정이었다. 하지만 문제는 늘 예상할 수 없는 곳에서 발생한다.

점심시간이 다가오면 디지털뉴스부 기자들은 최대한 빨리 자리를 비운다. 가끔 외부인사와 점심 약속을 잡지 않은 국장이 디지털뉴스부로 찾아와 함께 점심을 먹을 사람을 찾는 일이 있기 때문이다. 급하게 온라인으로 막아야 할 기사를 쓰고 있던 나는 빠져나가야 할 타이밍을 놓쳤고, 하필 그날 국장에겐 외부 점심약속이 없었다.

국장은 나를 데리고 근처 일식집을 찾았다. 이 일식집은 가격이 저렴한 런치 메뉴 덕에 광화문에 일터를 둔 직장인들에게 인기를 모으는 곳으로, 점심시간이면 늘 손님들로 붐볐다. 마침 일찍 식사를 마치고 자리를 비우는 손님이 있어 국장과 나는 줄 서는 일을 면했다. 국장이 앉은 자리 뒤쪽의 칸막이 너머로 식사를 하고 있는 인턴들의 모습이 보였다. 오늘은 선배들과 동행하지 않고 자기들끼리 식사를 하는 모양이었다. 서로 이런저런 이야기를 나누며 식사를 하던 인턴들은 국장이 왔다는 사실을 눈치챈 듯 일제히 입을 닫고 조용히 식사에만 집중했다. 나는 그 모습이 우스워서 잠시 코웃음을 쳤다.

"나도 같이 웃자. 뭐가 웃겨서 나를 앞에 두고 쪼개냐?"

"아! 아닙니다. 어떤 메뉴로 주문할까요?"

"복잡하게 고르지 말고 그냥 런치 메뉴나 먹자. 이 집

런치 메뉴로 나오는 알탕이 꽤 먹을 만하더라. 반주 괜
찮지?"

손님 회전이 빠른 듯 금방 식사가 나왔다. 나와 국장은
서로 소주잔을 채워준 뒤 건배를 하고 한입에 잔을 비웠
다. 부실하게 아침식사를 때워 쓰린 속은 차가운 소주 한
잔에 찌르르 울렸다. 나는 급히 국물을 떠먹으며 속을 진
정시켰다. 서로 식사에 집중하느라 잠시 침묵이 이어지는
가 싶더니 국장이 입을 열었다.

"한 달 동안 인턴들 교육시키느라 수고 많았다. 교육해
보니 누가 좀 쓸 만하더냐?"

조용히 식사를 하던 인턴들의 움직임이 멎었다. 대답하
기 난감한 질문을 받은 나는 잠시 인턴들의 움직임을 살
피다가 뻔한 답을 내놓았다.

"다들 능력이 출중해서 누가 누구보다 잘한다고 말하
기 어렵습니다. 이번에 정말 인턴들을 잘 선발한 것 같습
니다."

"저번에 인턴 뽑을 때와는 달리 이번에는 서류전형을
블라인드로 진행했는데, 예상했던 것보다 내부 반응이 꽤
괜찮아. 다음에도 계속 블라인드 전형으로 인턴들을 선발
할 생각이야. 그런데 조금 걸리는 게 있네."

"어떤 점이요?"

"사건팀과 디지털뉴스부 모두 김수연 그 친구를 제일 높게 평가하더란 말이지."

온몸이 얼어붙는 것 같았다. 나는 국장에게 당신 바로 뒤에 인턴들이 있다고 외치고 싶었지만, 외침은 목구멍 아래에서 맴돌았다. 인턴들의 움직임을 살핀 나는 화제를 다른 곳으로 돌리기 위해 국장의 빈 잔에 술을 채웠지만, 국장의 입을 멈출 순 없었다.

"아무리 블라인드로 인턴을 선발했다고 하지만, 이번 인턴은 좀 다르지 않냐. 인턴이야 나가면 남이지만, 이번 인턴은 정규직 전환형이라 평가 후 수습기자로 채용되는 건데. 김수연 그 친구가 잘하고 있는 건 알지만, 아무리 그래도 그 대학 출신이 우리 회사에 입사하는 건 좀 그렇지 않냐? 가오 떨어지게."

국장의 말에 온몸에서 소름이 돋았다. 인턴들은 고개를 숙인 채 미동도 하지 않았다. 나는 최대한 빨리 자리를 정리하기 위해 머리를 굴렸다.

"그 어떤 조직보다 돈이 돌아가는 상황에 민감한 대기업들이 왜 최근 들어 스펙 초월 채용을 도입하겠습니까? 줄 세우기로는 더 이상 원하는 인재를 선발하지 못하기 때문에 그런 것 아니겠습니까? 블라인드로 인턴들을 선발했다면 끝까지 그 방식을 유지하는 것이 옳지 않을까요? 이번에 뽑은 인턴들에 대한 평가가 증명해주지 않습니까? 무리라는 걸 알지만, 저는 6명 모두 수습기자로 채용했으면 합니다."

"네 말도 일리가 있긴 한데, 가오 떨어지는 건 떨어지는 거야. 너도 인턴들 평가할 때 잘 생각해. 기자와 일반 회사원이 어떻게 같냐? 취재원들이 변변치 못한 대학 출신 기자를 제대로 상대해주겠냐? 다 먹었으면 일어나자."

국장이 계산을 하는 동안 나는 인턴들을 힐끔 바라봤다. 모두들 진즉 식사를 마친 듯했지만, 누구도 자리에서 일어나지 않았다. 식당 바깥으로 나오며 다시 편집국으로 돌아가는데, 마음이 몹시 무거웠다. 나는 국장에게 조금 전 인턴들이 우리가 나눴던 대화를 모두 들었다고 말하려다가 말았다.

인턴들은 점심시간이 거의 끝나갈 때쯤 편집국으로 돌아왔다. 표정들이 매우 어두웠다. 수연은 애써 밝은 표정을 지어 보이며 선배들의 지시에 답했다. 나는 위로가 되지 않는다는 것을 잘 알면서도, 그 모습을 그냥 지나치기가 민망해 문자메시지를 보내려 핸드폰을 집어 들었다.

— 아까 식당에서 너희를 봤다. 노파심이 들어 하는 말인데, 국장 얘기 신경 쓰지 마. 지나가는 소리로 한 얘기에 불과하니까 너는 그저 하던 대로 열심히 하면 된다. 국장

혼자 평가하는 것도 아니고, 국장이 말하는 대로 될 것 같았으면 처음부터 블라인드 전형도 실시하지 않았을 거야.

　나는 문자메시지 끝에 "내 말을 믿어도 된다"라는 문장을 썼다가 지우고 전송 버튼을 눌렀다. 나 자신이 조금 비겁하게 느껴졌다. 문자를 받은 수연은 잠시 나를 보고 쓴웃음을 지으며 목례를 했다. 나조차도 결과를 확신할 수 없는 상황에 대해 누가 누구를 격려하고 위로한다는 말인가. 자괴감이 조금 전 반주로 마신 소주의 술기운과 뒤섞여 올라와 얼굴을 붉혔다. 견디기 어려울 정도로 술이 당겼다. 나는 문자메시지로 병희 형을 호출했다.

　— 이따가 짭새들하고 술자리 일정 없으면 저랑 한잔해요.

　— 뭐 먹을래?

　— 날도 쌀쌀한데 시청역 근처에서 곱창전골에 소주나 마시죠.

　— 일이 늦게 끝날 것 같지 않으니까 6시쯤 보자.

　일을 마친 뒤 곱창전골집에서 병희 형을 만나 오늘 점심 때 벌어졌던 사태에 대해 이야기했다. 병희 형은 일그러진 표정으로 소주잔을 비웠다.

　"국장 새끼가 아주 맞는 말만 골라서 하는구나. 처맞을 말만. 너는 왜 국장을 안 말렸냐?"

"타이밍을 놓쳤어요. 설마 그런 자리에서 그런 말을 할 줄 누가 알았나요? 그래도 부서별 평가가 있는데, 국장이 엉뚱한 짓을 하진 못하겠죠?"

"아냐 아냐……. 국장은 충분히 그럴 수도 있어. 너도 잘 알겠지만, 사내에서 자기 대학 동문 모임을 주도하며 파벌 만드는 데 혈안인 인간 아니냐. 취재 지시나 똑바로 하고 정치를 하든가. 그 인간 눈에 지방대 출신이 어디 사람으로 보이겠냐? 그런데 너 유난히 신경 쓰는 것 같다?"

"그게 무슨……."

"수연이 말이야, 수연이."

주변의 돌아가는 사정에 무심한 편인 내가 수연에게 신경을 쓰는 것은 분명히 이례적인 일이긴 하다. 내 수습일기를 읽고 기자의 꿈을 다졌다는 수연의 말에 책임감을 느꼈기 때문일까? 이유야 어찌 됐든 내가 다른 인턴보다 수연에게 조금 더 마음을 준 것은 사실이다. 하지만 나는 파고드는 것을 좋아하는 병희 형의 성격을 잘 아는 터라 대충 둘러댔다.

"열심히 하고 또 잘하잖아요. 이왕이면 그런 친구가 후배로 들어오는 게 맞죠."

"언론사가 어디 원칙대로 굴러가더냐? 기자한텐 퇴근 시간이 없다고 자랑스럽게 얘기하며 노동법을 무시하는 꼰대들이 즐비한 이 바닥에서? 후배가 시간을 끌면 게으른 것이지만 선배가 시간을 끌면 치밀한 것이고, 후배가 아프면 꾀병이지만 선배가 아프면 전날 회사를 위해 과로한 것이 되는 게 이 바닥 인심이 아니더냐. 그런 꼰대들이 밖에서 벌어지는 부조리에 대한 지적질은 잘하고, 참기자 코스프레도 잘해요. 모든 세대는 앞선 세대보다 영리하고, 다음 세대보다 현명하다고 상상한다고 누가 그러지 않았냐?"

"조지 오웰이 한 말일걸요?"

"박대혁 똑똑하네? 이 바닥에 딱 맞는 말이지."

"반박하기 어려워 짜증 나네요."

"꼰대가 되는 건 아무래도 인간의 본능이 아닌가 싶다. 요즘 나도 점점 꼰대가 되고 있는 것 같거든. 잘난 것도 없는데 후배들한테 이러저런 설교를 늘어놓기 시작하는 걸 보니 말이야. 국장이라고 처음부터 꼰대였겠냐. 나는 가끔 국장이 불쌍해 보일 때도 있다. 국장이 이 조직에서 아무리 사자처럼 굴어봐야 동물원 속 사자일 뿐이야. 사자가 아무리 날뛰어봤자 동물원 주인은 오너란 사실은 변하지 않고. 국장은 자기가 국장 자리에서 내려오면 후배들이 순장에 응하리라고 착각하는 것 같단 말이야. 그건 잘나가는 재벌총수나 정치9단들도 못 이룬 대위업인데."

병희 형은 예전에 비해 확실히 말이 많아졌다. 나는 병희 형의 변화가 조직 내 중간관리자 입장에서 위아래로 치이는 일이 많아졌기 때문이리라고 여겼다. 얼마 전 병희 형은 재벌 2세와 3세에 얽힌 각종 추문을 엮은 기획기사를 보도했다가 국장에게서 "경제가 어려운 만큼 반기업적인 기사를 자제해야 한다"는 경고를 들었다. 경고는 오너로부터 내려온 것이었다. 술잔이 비어갈수록 병희 형의 한숨도 늘어났다.

"언론사는 광고비 외엔 돈 나올 구석이 없는데, 광고시장의 규모는 몇 년째 답보 상태 아니냐. 그런데 매체 수는 점점 늘어나고 있으니 신기한 일이지 않냐? 그러니 시간 들여 팩트를 파고드는 게 뭐가 중요해. 적당히 팩트를 포장하고 가공한 기사로 홈페이지 조회 수 올리는 게 모바일 광고비를 당기는 데 효율적이지. 열정페이로 인턴들을 뽑아 카드뉴스 제작에 투입해 기업들의 열정페이를 지적하는 꼴들을 봐라. 병신새끼들."

"저도 당장 인턴들한테 카드뉴스 제작 교육, 포털사이트 검색어 대응 방법 교육을 시키고 있는데요 뭐."

"며칠 전에 수습들하고 회식을 했어. 그런데 한 놈이 술에 취해 영화 〈스포트라이트〉의 주인공들처럼 취재하고 기사를 써보고 싶은데 현실에선 그게 어려운 것 같아

괴롭다고 말하더라."

"순진한 녀석이네요. 뭐라고 말해줬어요?"

"나도 술김에 그 녀석한테 기자 때려치우고 배우 되라고 말했다. 이 나라에선 기자로 살면서 영화처럼 취재하는 일보다, 배우로 살면서 기자를 연기하는 게 더 쉬울 테니까. 기사를 잘 쓰는 기자는 있어도, 좋은 삶을 사는 기자는 없잖아. 조직은 월급을 주지만, 삶까지 주진 않아. 나는 진심으로 수습들이 이 바닥을 빨리 떠났으면 좋겠어."

기사를 잘 쓰는 기자는 있어도, 좋은 삶을 사는 기자는 없다는 병희 형의 말. 그 말은 날카롭게 내 마음 한구석을 파고들었다. 기사를 잘 쓰지도 못하고, 딱히 좋은 삶을 사는 것 같지도 않은 나는 무엇을 위해 하루하루를 흘려보내고 있는가. 나는 찬 소주로 쓴웃음을 지웠다. 핸드폰을 들여다보던 병희 형이 무심하게 말했다.

"그나저나 수연이 그 친구 지금 뭐 하고 있으려나? 한번 전화해봐라."

"이 형, 주책이네! 해가 진 다음에는 퇴근한 처자한테 쓸데없이 연락하는 것 아닙니다."

"참 말 많다! 나도 한 달 동안 교육시켰던 녀석이야! 그 녀석 기분이 많이 꿀꿀할 텐데, 술이나 한잔 사주려고 그래. 먼 곳에 있지 않으면 얼굴이나 보자고 그래라."

나는 병희 형과 실랑이를 벌이다 투덜거리며 수연에게 전화를 걸었다. 잠시 후 핸드폰 너머로 다소 지친 듯한 수연의 목소리가 들려왔다.

"네. 선배."

"퇴근했을 텐데 미안하다. 실은 시청 근처에서 캡하고 술 한잔하고 있다. 혹시 회사에서 멀지 않은 곳에 있으면 여기로 합류할래?"

"저 실은 아직도 회사에 있어요."

"왜? 퇴근 안 했어?"

"재연 선배가 오늘 디지털뉴스부 저녁 당직인데, 급한 일이 있는 걸 깜빡했다며 대신 당직 서달라고 부탁하셔서요."

"장재연 이 아줌마가 정신이 있는 거야, 없는 거야! 어떻게 인턴한테 당직을 맡겨! 이게 무슨 황당한 경우야!"

장재연, 그 여자가 아무렇지도 않게 후배에게 일을 떠넘기는 사람이긴 하지만, 하다하다 당직을 후배 기자도 아닌 인턴에게 떠넘길 줄은 꿈에도 몰랐다. 어차피 저녁 당직은 포털 사이트 검색어에 대응해 우라까이 기사를 생산하는 일이 주된 업무이니, 수연에게 맡겨도 별 탈이 없을 것이라고 여겼겠지.

"그동안 많이 해본 일이어서 어렵진 않아요, 선배."

"일의 난이도를 떠나서 이건 개념이 없는 짓이지! 내가 당직 설 테니까 너는 퇴근해라. 내가 지금 회사로 갈게."

"아니에요, 선배. 선배가 회사로 오시면 제가 선배한테 재연 선배를 고자질한 꼴밖에 안 되잖아요. 선배도 이미 술을 드셨고요. 저는 진짜 괜찮아요."

지친 가운데에서도 애써 평정심을 유지하려는 듯한 수연의 목소리가 안쓰럽게 느껴졌다. 인턴 짬밥이 긴 수연도 이런 상황이 말도 안 된다는 사실을 잘 알고 있을 것이다. 나는 수연에게 당직을 무사히 마치고 귀가하라는 말 외에는 더 이상 해줄 말이 없었다. 내가 전화를 끊자 병희 형도 어이없다는 눈빛으로 나를 바라보며 탄식했다.

"재연이가 자기 당직을 인턴한테 맡기고 퇴근했다고? 걔가 이제 갈 데까지 가는구나."

"그 선배 형하고 동기 아니었나요?"

"동기긴 하지만, 뭐 서로 쌩까고 있지. 처음에 봤을 때에는 한없이 좋은 사람 같은데, 알고 보면 진상 중 진상인 인간이 있지 않냐. 걔가 교묘하게 착한 사람 코스프레를 하며 자기 일을 미루고 동기들을 이간질하는 바람에 동기들 사이가 아주 엉망이 된 일이 있었다. 그 사이가 복구되는 데 꽤 시간이 오래 걸렸지. 그런데 윗사람들만 걔 정체를 몰라. 그것도 재주라면 재주다."

나는 병희 형의 말에 동감하며 치를 떨었다. 처음에 내가 디지털뉴스부로 배치됐을 때 가장 많이 반겨준 이는 장재연이었다. 부서 배치 전에 그녀에 대한 이런저런 이야기들을 못 들은 게 아니었다. 하지만 먼저 나서서 부서의 분위기와 해야 할 일들에 대해 친절하게 설명해주는 그녀의 모습을 보고 나는 경계심을 풀었다.

그러자 장재연은 진면목을 보이기 시작했다. 그녀는 내게 도움이 될 것이라며 슬쩍슬쩍 자신의 일거리들을 넘겼는데, 바이라인에는 늘 자신의 이름만 넣었다. 심지어 내게 요즘에 관심 있는 기사 아이템이 없냐고 묻고는 그 아이템을 그대로 자신의 기획인 것처럼 포장해 기사를 쓰는 일도 수차례 있었다. 점심식사를 마치고 난 뒤에는 자신이 과거에 출입했던 기업의 홍보 담당자에게 전화를 걸어 영양제, 화장품 등 각종 생필품을 보내달라고 요구하는 일도 자주 눈에 띄었다. 홍보 담당자가 마음에 들지 않는다고 자기 앞에 무릎을 꿇리며 사죄하게 만들었다는 전설 같은 이야기도 돌았다. 자신에게 반기를 드는 후배, 특히 그런 후배가 여자라면 철저히 밟아 눈물을 쏙 뺐다. 몇몇 후배는 그녀 때문에 퇴사하기도 했다. 그야말로 구악*

---

* 갑질이 심한 기자들을 지칭하는 은어.

의 전형이었다.

"저는 같은 부서에서 지낸 지 얼마 되지 않았지만, 벌써 그 선배한테 학을 뗐어요."

"부장급 이상 아재 기자들이야 원래부터 그런 문화에 길든 양반들이니 이해할 구석이 조금이라도 있는데, 걔는 진짜 답이 없다. 때가 어느 때인데 아직도 구악질을 하고 돌아다니는지 모르겠다. 걔 몇 년 전 결혼할 때에도 현재 출입처 홍보팀뿐만 아니라 전 출입처와 전전 출입처 홍보팀에도 연락해 엄청나게 축의금을 땡겼다. 요즘에는 유아용품까지 땡기고 있다며? 진짜 대단하다."

"무엇을 하든 상상 그 이상이더라고요. 하다하다 후배 기자도 아니고 인턴한테 자기 당직을 맡길 줄은 상상도 못했어요."

"다른 후배들은 알아서 눈치 까고 튀었겠지. 그때 만만한 수연이가 눈에 띄었을 테고. 술이나 마시자. 그년 입에 올리지 마라. 술맛 떨어진다."

"그래도 말이죠. 그런 삶의 방식도 괜찮아 보이긴 하네요. 남들이야 무슨 소리를 해도 본인은 아주 해피하잖아요?"

"지랄한다. 술이나 마셔. 너도 그 아줌마한테 적당히 개겨라. 가는 말이 고우면 무시당하고, 원수는 직장에서 만

나며, 참을 인자가 셋이면 호구라는 말도 못 들어봤냐? 때 되면 개겨줘야 만만히 안 본다. 명심해라."

나는 병회 형과 술잔을 부딪치고 비운 뒤 시간을 살폈다. 저녁 당직이 끝날 시간이 가까워지고 있었다. 내일 장재연에게 한마디 해야겠다고 다짐하며 핸드폰으로 수연에게 문자를 보냈다.

— 오늘 이래저래 고생이 많다. 조심해서 귀가하고.

수연의 답문자는 당직이 끝나는 시간보다 1시간가량 지난 뒤에 도착했다. 나는 별생각 없이 문자를 확인하고 핸드폰을 주머니에 집어넣었다.

— 그동안 선배에게 감사했습니다. 그리고 죄송합니다.

벼랑 끝의 밤

핸드폰 벨소리가 얇은 잠을 깨웠다. 시간은 새벽 3시였고, 발신번호는 02로 시작했다. 나는 신경질적으로 전화를 끊었다. 잠시 후 다시 같은 번호로 전화가 왔다. 나는 벨소리 때문에 뒤척이는 정인이 깨지 않도록 조심스럽게 거실로 나와 피곤과 짜증이 섞인 목소리로 전화를 받았다.

"여보세요."

"세종로파출소 서상범 경사입니다. 박대혁 씨 핸드폰입니까?"

파출소라는 단어 하나에 정신이 번쩍 들었다. 이 시간에 경찰로부터 받는 연락은 결코 좋은 소식일 리 없으니 말이다.

"네, 맞습니다. 무슨 일이죠?"

"김수연 씨 아십니까?"

"저희 회사에서 교육 중인 인턴입니다. 그 친구한테 무슨 일이 생겼나요?"

"김수연 씨가 조금 전에 사망했는데, 핸드폰을 확인해 보니 고인이 마지막으로 연락한 사람이 박대혁 씨여서요. 확인할 것들이 있어서 참고인 조사가 필요한데, 오전 중에 출석이 가능하십니까?"

불과 몇 시간 전에 전화기로 목소리를 들었던 수연이 죽었다니. 사회부 사건팀 기자 시절부터 이런저런 취재를 하며 경찰들을 마주하기가 익숙해져 있었건만, 참고인 조사가 필요하다는 말에 마치 큰 죄라도 지은 것처럼 몸이 떨려왔다. 악몽이라도 꿨다가 깨어난 느낌이었다. 나는 황망한 기분을 추스르며 경찰에게 수연의 사인을 물었다.

"사인은 무엇이죠?"

"으흠……. 현재로선 자살입니다."

"지금 바로 파출소로 가겠습니다."

전화를 끊은 나는 대충 얼굴에 물을 묻힌 뒤, 트레이닝복과 점퍼를 걸쳐 입고 대로변으로 나와 택시를 잡아탔다. 파출소로 향하는 택시 안에서 나는 수연과 연락을 나넓던 기록을 살폈다. 수연이 나에게 보낸 문자 "그동안 선배에게 감사했습니다. 그리고 죄송합니다"가 나와 수연의 마지막 연락이었다. 처음에 문자를 받았을 때 대수롭지 않게 넘겼던 "그리고 죄송합니다"라는 문구에서 시선이 오랫동안 멈췄다. 깊은 한숨이 흘러나왔다. 그와 동시에 택시가 파출소 앞에서 멈췄다. 나는 숙취에서 덜 깨 지끈지끈 아파오는 머리를 왼손으로 감싸며 파출소의 문을 열었다.

"서상범 경사님 계십니까?"

"박대혁 씨인가요? 이리로 오세요."

나는 서 경사와 노트북을 사이에 두고 마주 앉았다. 서 경사에 따르면 수연의 시신은 몇 시간 전인 오전 1시께 회사 사옥 뒤편 주차장 앞 화단에서 발견됐다. 경찰은 수연이 편집국 내 탕비실 창문을 넘어 투신한 것으로 추정했다. 화단의 흙은 물렀지만, 편집국은 사옥의 5층에 자리 잡고 있다. 요행으로라도 죽음을 피하긴 어려운 높이다. 발견자는 경비원이었다. 그는 바로 119에 신고했고 출동한 소방대원들이 수연을 인근 병원으로 옮겼지만 이미 손을 쓸 수 없는 상황이었다. 경비원은 수연이 편집국 내에 늦게까지 남아 있었다는 사실을 몰랐다. 아마도 그는 경비태만을 이유로 해고되겠지.

"최근에 김수연 씨가 자살을 시도할 만한 이유나 조짐이 있었나요?"

서 경사의 사무적인 질문에 나는 전날 점심 때 국장과 나눴던 대화를 떠올렸다. 아마도 수연은 몹시 실망했을 것이다. 내가 아는 한도 내에서 이유나 조짐을 꼽자면 그것뿐이었다. 하지만 수연이 그런 대화를 엿들어서 실망해 자살했다는 결론은 비약처럼 보였다. 게다가 국장은 자신의 자리와 가까운 곳에 인턴들이 있다는 사실도 몰랐다. 나는 아무런 확신이 서지 않는 상태에서 긁어 부스럼을 만들고 싶지 않았다. 나는 서 경사에게 어제 저녁에 수연과 연락을 나눴던 상황에 대해서만 담백하게 진술했다.

"글쎄요……. 딱히 그런 조짐을 느끼진 못했습니다."

"그렇군요. 협조해주셔서 감사합니다. 나중에 필요한 질문이 있으면 다시 한 번 연락드리겠습니다."

진술조서 작성은 빨리 끝났다. 우선 홍 부장에게 상황을 알려야겠다는 생각에 핸드폰을 꺼내려는데, 누군가가 내 어깨를 붙잡았다. 몇 년 전 사건팀에 있을 때 안면을 쌓았던 윤현종 경사였다.

"박 기자, 오랜만이야! 이 시간에 여긴 어쩐 일이야?"

"형님, 오랜만이에요. 여기에서 다 만나게 되네. 잘 지내셨어요?"

"뭐 보이는 대로? 심야 택시 승차 거부 단속하다가 왔어."

나는 종로라인*을 취재하던 시절에 윤 경사를 만났다. 당시 종로경찰서 교통계에서 일하며 안면을 튼 윤 경사는 여느 경찰들처럼 술자리를 좋아했다. 나도 술을 좋아하다 보니 자연스럽게 친해졌다. 부서의 업무에 흥미도 없고 사건을 파고들어 특종을 챙기고 싶은 욕심도 없던 나는, 종종 윤 경사에게서 적당한 면피용 기사거리를 받아 하루하루를 때웠다. 그 대가로 나는 기사화되기에는 곤란한 부분을 눈감아주거나 기사의 톤을 부드럽게 조절해주며 윤 경사에게 협조했다. 서로 공생관계였던 셈이다. 내가 사건팀에서 떠난 뒤 서로 연락이 뜸해져 몇 년 동안 얼굴을 보지 못한 터였다. 경찰서에서 파출소로 전출되는 일은 징계성 발령인 경우가 많은 편이다. 나는 윤 경사가 그 사이에 뭔가 사고라도 쳤겠거니 짐작하며 그에게 근황을 물었다.

"언제 파출소로 오신 건가요? 저희 회사가 이 근처에 있잖아요. 오셨으면 연락 한번 하시지 그랬어요."

---

* 사회부 사건팀 기자들은 서울 지역 31개 경찰서를 9개 구역으로 나눠 취재한다. 그중 하나인 종로라인은 종로, 성북, 종암 경찰서를 포함한다.

"몇 달쯤? 얼마 안 됐어. 좀 일이 있었어. 박 기자 소식은 대충 들었어. 요즘에는 온라인으로 열나게 기사를 쓰고 있다며?"

나는 윤 경사의 '열나게'라는 표현에 살짝 거슬려 심드렁한 목소리로 대꾸했다.

"열나게 쓰면 뭘 합니까. 요즘에는 열심히 기레기 놀이를 하고 있어요. '톱 여배우, 첫날밤 어땠나?'와 같은 제목의 기사가 보이면 바이라인이 없어도 제가 쓴 걸로 아세요."

"기사 제목 한번 쌈빡하네. 그런데 여긴 웬일이야?"

윤 경사가 담배를 입에 물었다. 나는 그에게 조금 전 벌어진 사건에 대해 설명했다. 이야기를 들은 그는 담배를 밟아 끄며 심각한 표정을 지었다.

"아무래도 이거 내일 여기저기서 뉴스가 많이 될 것 같은데?"

"형님이 보기에도 그렇죠? 일단 데스크한테 보고하고 대책을 마련해봐야죠."

"대책 마련을 빨리 해야 할 것 같다. 저길 봐."

윤 경사가 턱으로 파출소 내부를 가리켰다. 두꺼운 점퍼를 입고 백팩을 둘러맨 여자가 수첩을 들고 서 경사에게 무언가를 질문하는 모습이 보였다. 이 시간에 저런 차림으로 파출소를 찾아올 인간은 사건팀에서 교육을 받는 수습기자뿐이다. 취재에 익숙하지 않은 수습기자들은 늘 기사거리와 보고거리에 목마르다. 사망 사건은 좋은 기사거리이자 보고거리이다. 사건이 흉폭하고, 시신의 상태가 엉망일수록 좋다. 경찰들은 대체적으로 남자보다 여자 수습기자에게 친절하고 대답도 잘해주는 편이다. 서 경사의 대답을 수첩에 받아 적는 수습기자의 지친 얼굴에서 환한 미소가 떠올랐다. 내 눈에 그 미소는 악마의 미소처럼 보였다. 나는 급히 주머니에서 핸드폰을 꺼내 홍 부장에게 전화를 걸었다. 신호음이 울리기가 무섭게 홍 부장이 다급한 목소리로 전화를 받았다.

"대혁아, 큰일 났다. 수연이 걔가 대형 사고를 쳤다."

"부장도 소식 들으셨어요? 저 지금 파출소에 와 있습니다."

"파출소? 거긴 왜?"

"수연이가 회사에서 투신해 죽었어요. 저도 갑자기 파출소에서 연락 받고 참고인 조사 때문에 여기 왔습니다."

"뭐? 걔가 진짜로 죽었다고? 유서가 구라가 아니었어? 이게 도대체 뭔 상황이야! 니미 돌아버리겠네!"

"죄송한데 다시 한 번 말씀해주세요. 유서라뇨?"

"걔가 자기 유서를 온라인 기사로 배포했어. 도대체 인턴이 그 시간에 무슨 수로 기사를 배포한 거야? 지금 급히 조치를 취해서 우리 회사 홈페이지와 포털 사이트에서 그 기사를 내렸는데, SNS에선 벌써 그 기사를 캡처한 이미지 파일과 원문이 퍼지고 있다. 이거 어떻게 하냐? 시간이 늦었으니 일단 전화 끊자. 이따가 아침회의 시간에 만나서 이야기하자."

수연이 유서를 온라인 기사로 배포했다니. 황당하지만 불가능한 이야기는 아니다. 신문지면을 통해 보도되는 기사와 달리, 속보를 강조하는 온라인 기사는 교열은커녕 최소한의 게이트키핑*조차 이뤄지지 않는 경우가 다반사다. 한정된 인력으로 많은 기사를 처리하다 보니 벌어지는 말도 안 되는 상황이다. 인턴들이 직접 작성한 기사를 인턴들이 온라인으로 배포하는 언론사들도 부지기수다. 우리 역시 예외는 아니다. 최근 들어 맞춤법이 엉망이거나 도저히 기사라고 볼 수 없는 수준 낮은 기사들이 늘어난 이유이다.

아마도 수연은 편집국 내 당직자 컴퓨터에 앉아 당직자 사번으로 접속해 유서를 기사로 배포했을 것이다. 원래 당직자였던 장재연이 수연에게 자신의 사번과 비밀번

---

* 기자나 편집자와 같은 뉴스 결정권자가 뉴스를 취사선택하는 일 또는 그 과정.

호를 알려주며 일을 맡겼을 것이다. 인턴에겐 사번이 없으니 말이다. 장재연은 곧 그 대가를 톡톡하게 치르게 되겠지.

서 경사에게 밤새 일어난 사건들을 듣고 받아 적은 수습기자가 급히 파출소 문을 열며 잰걸음을 했다. 점점 멀어지는 그녀는 전화를 걸고 있었다. 아마도 1진 기자에게 사건을 보고하려는 전화일 것이다. 나는 수습기자에게 수연의 자살에 대해 일러줬느냐고 서 경사에게 물었다. 서 경사는 고개를 끄덕였다. 윤 경사가 다급하게 물었다.

"무슨 일인데 그렇게 심각하게 전화를 받아?"

"방금 전에 죽은 인턴이 죽기 전에 자신의 유서를 온라인 기사로 배포해 SNS에서 난리가 났다고 하네요."

"기자도 아니고 인턴이 자기 마음대로 기사를 쓰는 게 가능해? 아무튼 이거 진짜 큰일 난 것 아냐?"

나는 대로변에서 택시를 급히 잡아타는 수습기자의 뒷모습을 바라보며 힘없이 말했다.

"이제 시작이겠죠. 앞으로 더 큰일들이 굴비처럼 엮여서 이어질 것 같네요. 저는 이만 가볼게요. 전화번호 안 바뀌었죠?"

"응 그대로야. 얼른 가봐. 조만간 소주 한잔 하자."

"곧 다시 전화 드릴게요. 내일 버티려면 조금이라도 눈을 붙여야 할 것 같아요. 잠이 올진 모르겠지만."

택시를 잡아 탄 나는 가방에서 태블릿을 꺼내 포털 사이트에 접속했다. 포털 사이트 실시간 검색어 1위 키워드는 '언론사 인턴 유서'였다. 한숨이 절로 흘러 나왔다. 온라인상에선 이미 수연의 유서 기사가 사라졌지만, 사라지기 전에 누군가가 캡처한 기사를 인용한 수많은 기사들이 포털 사이트 메인을 차지하고 있었다. "언론사 인턴, 기사로 유서 남겨 논란"과 같은 얌전한 제목부터 "'유서녀' 누군지 알고 보니?…'충격'"과 같은 전형적인 낚시 제목까지 수많은 기사들이 실시간으로 올라오고 있었다. 나는 그중 가장 많은 조회 수를 기록 중인 기사를 클릭했다.

'언론사 인턴 유서' 전문 살펴보니… 무슨 일이?

기사입력 201X-01-20 00:22

[고려데일리닷컴=홍기석 기자] 모 언론사의 인턴 김모 씨가 자신의 유서를 온라인 기사로 공개해 그 진위에 대한 논란이 일고 있다.

김 씨는 지난 19일 오후 11시 30분에 '유서: No Gain No Pain'이란 제목의 기사를 통해 자신의 유서를 공개했다.

김 씨는 유서를 통해 "내가 겪었던 세상의 법칙은 내가 배우고 믿어온 것들과 너무나도 달랐다"며 "실패에 대한 아무런 보험도 마련하지 않은 채 꿈을 미끼로 유혹하는 세상에서 나는 그저 먹잇감에 불과했다"고 자신의 비관적인 현실에 대해 토로했다.

이어 김 씨는 "대한민국에서 경험으로 인정받을 수 있는 실패는 오직 성공한 자들이 말하는 실패"라며 "미래가 나아질 것이란 기대를 할 수 없는 삶은 죽음이나 다름없다"고 유서를 남긴 이유를 덧붙였다.

유서에 따르면 김 씨는 지난 2011년 모 지방 사립대 사회학과 졸업 후 지금까지 언론사 입사를 준비하며 여러 언론사 인턴을 전전했다.

김 씨가 자신의 처지를 비관해 이 같은 유서를 남긴 것으로 추정된다.

현재 김 씨의 소재와 생사 여부는 파악되지 않는다.

한편, 김 씨의 유서 기사는 현재 해당 언론사의 홈페이지에서 삭제된 상황이다.

이하는 김 씨가 남긴 유서의 전문이다.

유서: No Gain No Pain

올해 나이 서른.

지방 사립대 사회학과 졸업 후 기자를 꿈꾸며 상경해

5년 넘게 여러 언론사에서 인턴과 계약직을 전전 중인 여자.

남은 것은 상환해야 할 학자금 대출 3000만 원과
불확실한 미래.

지금까지 나는 노력으로 한계를 극복할 수 있다고 배워왔고
또 믿어왔다.
그러나 내가 겪었던 세상의 법칙은
내가 배우고 믿어온 것들과 너무나도 달랐다.
그 차이 또한 노력으로 극복할 수 있다고 여기며 버텨왔다.
내가 가진 모든 것 중 가장 확실한 것은 열정이었고,
미래를 예측하기 가장 쉬운 방법은
미래를 직접 만들어나가는 것이라고 여겼기 때문이다.

하지만 이제 나는 내 생각이 틀렸다는 것을 인정한다.
'No Pain No Gain'이란 말은 이 땅에서 희망고문이자 환상이다.
실패에 대한 아무런 보험도 마련하지 않은 채
꿈을 미끼로 유혹하는 세상.
그런 세상에서 나는 먹잇감에 불과했다.
구조적인 문제를 개인적인 문제로 치환해버리는
세상의 벽 앞에서, 생존 조건을 결정하는 것은
숟가락 색깔이라는 불편한 진실도
고통스럽지만 받아들여야 할 것 같다.

대한민국에서 인정받을 수 있는 실패는

오직 성공한 자들이 말하는 실패다.

실패자들이 말하는 실패에 귀 기울여줄 사람은 아무도 없다.

내 실패는 세상에 수많은 사소한 실패 중 하나로

남게 될 것이다.

스스로 삶을 저버리는 일은

삶의 고통이 죽음의 고통보다 더 크다는 판단이 이뤄질 때

벌어지는 일이라고 생각한다.

미래가 나아질 것이란 기대를 할 수 없는 삶.

행복해지기 위해 달리는 게 아니라

불행해지지 않으려 도망치는 삶.

그런 삶은 내게 죽음이나 다름없다.

꿈은 가혹한 형벌이었다.

더 이상의 연명치료는 거부한다.

하지만 실패자에게도 변명은 있다.

'No Gain No Pain'.

우리가 세상이 정해놓은 성공의 기준에

억지로 자신을 끼워 맞추려 할수록,

세상의 틀은 더욱 공고해지고

우리는 고통스러워질 뿐이다.

아무것도 얻으려고 노력하지 않는다면,

고통도 없을 것이다.

kshong@goryeodaily.com

유서에 담긴 수연의 문장은 날카롭고 차가워서 낯설었다. 유서에는 그녀가 자살을 선택한 구체적인 이유가 담겨 있지 않았다. 사인은 여러 가지이겠지만, 나는 국장의 실언도 중요한 이유 중 하나라고 짐작할 뿐이었다. 그렇지 않다면 그녀가 이 시점에 이렇게 갑작스러운 선택을 하지 않았을 테니 말이다.

나는 포털 사이트 뉴스 페이지를 다시 확인해봤다. 내가 수연의 유서를 읽는 사이에 관련 기사 몇 개가 뉴스 페이지에 더 올라와 있었다. 그녀의 죽음을 기사로 다룬 기사가 '단독'이라는 타이틀을 걸고 뉴스 페이지 메인 자리를 차지하고 있었다. 조금 전 파출소에서 마주친 수습기자의 뒷모습이 떠올랐다.

[단독] 유서 남긴 언론사 인턴, 숨진 채 발견… 투신자살 추정

기사입력 201X-01-20 04:56

[합동뉴스통신=배두헌·김지원 기자] 자신의 유서를 기사로 공개해 논란이 일었던 언론사 인턴이 결국 숨진 채 발견됐다.

경찰에 따르면 20일 오전 1시께 서울 종로구 청계천로1 〈매일한국〉 사옥 주차장 앞 화단에 쓰러진 김 모(28·여) 씨를 사옥 경비원 강 모(57) 씨가 발견했다. 강 씨의 신고를 받고 출동한 119 소방대원들이 김 씨를 인근 병원으로 옮겼지만 곧 숨졌다.

경찰은 김 씨가 밤늦게까지 편집국에서 일하고 있는 모습을 담은 폐쇄회로(CCTV) 영상과 열려 있던 편집국 내 탕비실 창문 등의 정황을 미뤄 이날 오전 0~1시께 김 씨가 추락사한 것으로 추정하고 있다.

〈매일한국〉에서 인턴기자로 근무 중이던 김 씨는 지난 19일 오후 11시 30분 온라인 기사를 통해 자신의 유서를 공개했다.

불안정한 일자리와 취업난을 비관하는 내용을 담은 김 씨의 유서는 소셜네트워크서비스(SNS)를 통해 급속도로 확산되며 누리꾼들 사이에서 진위 여부에 대한 논란을 불러일으킨 바 있다.

한편, 김 씨의 유서를 담은 기사는 현재 해당 언론사의 홈페이지에서 삭제된 상황이다.

badhoney@hna.co.kr

이 기사에는 수연의 소속 매체명까지 구체적으로 언급돼 있었다. 같은 업계인데 군이 단독까지 붙여가며 기사에 매체명까지 언급할 필요가 있었나 싶어 야속한 마음이 들었다. 시계를 살펴보니 집에 들어갔다가 다시 나오는 게 무의미한 시간이었다. 나는 집으로 가는 방향으로 택시를 몰던 기사에게 행선지를 회사가 위치한 광화문 방향으로 바꿔달라고 부탁했다. 기사는 말없이 택시를 불법으로 유턴했다. 전화벨이 울렸다. 정인의 전화였다. 정인은 아직 졸음이 덜 가신 목소리로 물었다.

"오빠, 벌써 출근한 거야?"

"회사에 급한 일이 생겨서 빨리 나왔어."

"무슨 일인데 벌써 회사로 나가?"

"지금까지 기자생활을 하는 동안에 벌어진 일들 중에서 가장 큰 일."

잠시 침묵이 이어졌다.

"알았어. 전화 끊을게. 이따가 자세히 말해줘."

눈치 빠른 정인은 더 이상 묻지 않고 전화를 끊었다. 택시는 가로등 불빛에 하얗게 바래진 어둠 속을 빠른 속도로 내달렸다. 차창 밖 새벽의 어둠은 무겁고 고요했다. 자동차 히터 바람이 얼굴로 달려들자 눈꺼풀이 무거워졌다. 그 어느 때보다 길고 피곤한 하루가 시작되고 있었다.

No Gain No Pain

　사옥 앞에 도착한 나는 편집국으로 들어가려다가 발걸음을 옮겨 사옥 뒤편 화단으로 향했다. 화단으로 이어지는 건물 모퉁이에서 잠시 멈칫했다. 경찰이 확인해준 수연의 죽음은 마치 기사에서 수십 혹은 수백 단위로 헤아려지는 재난사고 사망자의 숫자처럼 현실감이 없었다. 저 모퉁이를 돈 뒤에야 수연의 죽음이 현실로 다가올 것 같았다. 나는 숨을 한 번 깊게 들이마신 뒤 모퉁이를 돌았다.

　누렇게 마른 잡풀이 덮인 화단의 바닥에 사람 모양의 윤곽선이 흰색 스프레이로 그려져 있었다. 윤곽선은 사람이 엎드린 모양 혹은 하늘을 바라보는 모양 같기도 했다.

나는 비로소 수연의 죽음을 실감했다. 그곳에서 편집국이 위치한 5층을 올려다봤다. 편집국의 조명이 환했다. 창문은 닫혀 있었다. 생과 사를 가른 1초 남짓의 추락 시간 동안 수연이 무슨 생각을 하고, 무엇을 봤을지 상상하기 어려웠다.

이른 새벽부터 편집국 회의실에선 회의가 벌어지고 있었다. 회의실 통유리창 너머로 국장을 비롯해 각 부서 데스크들이 저마다 심각한 표정으로 대화를 주고받는 모습이 보였다. 디지털뉴스부에는 아직 출근자가 없었다.

나는 어제 수연이 마지막으로 앉아서 근무했을 당직자 전용 컴퓨터 주변을 살폈다. 당직일지가 키보드 옆에 놓여 있었다. 당직일지에는 어젯밤 당직자의 이름으로 장재연이 적혀 있었다. 수연이 직접 그 이름을 기록했을 것이다. 만약 장재연이 수연에게 당직을 떠넘기지 않았다면 수연의 죽음도 없었을까. 수연의 단정한 글씨체를 보며 이런저런 부질없는 생각을 하는 사이 회의가 끝났다. 국장과 데스크들이 회의실 밖으로 빠져나왔다. 나와 눈이 마주친 홍 부장이 다급하게 다가와 물었다.

"경찰이 뭐라고 하더냐?"

"아까 전화로 말씀드린 내용과 크게 다르진 않습니다."

"도대체 인턴이 왜 야간당직을 섰던 거야? 원래 어젯밤 당직자가 누구였지?"

"장재연 선배라고 들었습니다."

나는 홍 부장에게 장재연이란 이름을 힘줘 말했다.

"뭐가 어쩌고 어째? 미친 거 아냐!"

화를 참지 못한 홍 부장이 장재연에게 바로 전화를 걸었다. 신호음이 한참 동안 이어진 후에야 장재연이 전화를 받았다. 홍 부장은 장재연에게 소리쳤다.

"야! 장재연! 너 도대체 뭐 하는 녀석이야! 정신이 있는 거야 없는 거야! 너 어제 왜 인턴한테 당직근무를 맡긴 거야! 뭐? 애가 아파서? 애가 아파서 당직을 바꿀 거면 기자들하고 바꿔야지 왜 인턴한테 맡겨! 급해서 어쩔 수 없었다고? 지금 전화 끊고 바로 회사로 뛰어와. 뭐? 남편 밥을 차려줘야 해? 지금 밥이 문제야! 김수연이 죽었다고! 무슨 말인지 못 알아듣겠어? 어제 너 대신 당직 섰던 김수연이 죽었다고! 못 알아듣겠으면 당장 일어나서 인터넷으로 뉴스를 검색해봐!"

홍 부장의 목소리를 들은 국장이 국장실 밖으로 고개를 내밀었다. 홍 부장에게 목소리를 낮춰달라고 주의를 준 국장은 손가락을 까딱거리며 나를 국장실로 불렀다.

"홍 부장한테 들었는데 조금 전에 파출소에 다녀왔다고?"

"네. 참고인 조사 때문에 다녀왔습니다."

"그런데 네가 왜 참고인 조사를 받아?"

"수연이 죽기 전에 마지막으로 연락한 사람이 저라고 경찰이 말하더군요. 그것 외에 다른 이유는 없었습니다."

"김수연과 원래 잘 아는 사이였나?"

"그건 아니고……. 실은 드릴 말씀이 있습니다."

나는 국장실 주변에 아무도 없다는 사실을 확인한 뒤, 작은 목소리로 국장에게 말했다.

"어제 점심 때 국장이 저와 수연이에 대해서 나눴던 대화들을 기억하시는지."

"기억하지. 그게 왜?"

"실은 국장 바로 뒤쪽 자리에서 인턴들 전원이 식사를 하고 있었습니다."

국장은 어이없다는 표정을 지으며 목소리를 높였다.

"야, 인마! 그걸 왜 그때 말 안 한 거야!"

나는 답답한 마음을 억누르며 차분하게 말했다.

"국장이 그 자리에서 그런 말씀을 하실 줄도 몰랐고, 이미 그런 말이 나온 상황에서 어떻게 제가 국장 뒤에 인턴들이 있다고 이야기를 합니까."

"아무리 그래도 그렇지 말을 해줬어야지! 진짜 돌아버리겠네!"

국장은 얼굴을 찡그리며 한숨을 푹푹 쉬었다. 나는 고개를 숙이고 입을 다물었다. 국장이 목소리를 낮췄다.

"어제 너와 나눴던 대화들이 지금 벌어진 사태의 주된 이유라고 보긴 어렵다. 그런 이야기를 듣고 죽을 사람이면 세상에 죽을 사람 천지삐까리다. 하지만 외부로 그런 이야기가 새나가면 문제가 커질 게 분명하다. 이 바닥이 워낙에 말이 많은 곳이니 말이다."

국장의 말이 비겁하게 들렸지만, 나는 억지로 동의의 뜻을 보이려고 고개를 끄덕였다. 국장은 가까이 다가와 더 낮은 목소리로 물었다.

"참고인 조사를 받을 때 경찰한테 그런 대화 했다고 말했어?"

"그런 말은 하지 않았습니다."

"그래. 현명하게 대처했다. 그렇다면 현재 그 대화에 대해 아는 사람은 나와 너 그리고 인턴들밖에 없는 거지?"

국장은 내 말에 안도하는 표정을 지었다. '현명하게 대처했다'는 말이 혐오스러웠다. 나는 어젯밤에 함께 국장을 술안주로 씹었던 병희 형의 얼굴을 떠올리며 국장에게 말했다.

"네. 그 외에는 없습니다."

"알았다. 말이 새나가면 너와 나뿐만 아니라 회사에도

도움 될 게 아무것도 없다. 입단속 잘 하고. 나가봐. 인턴들 출근하면 모두 국장실로 오라고 해."

말이 새나가면 가장 난처해질 사람이 나와 회사를 함께 엮어 말하는 꼴이 우스웠다. 나는 말없이 목례를 하고 국장실에서 빠져나왔다. 디지털뉴스부 기자들이 하나둘씩 출근해 자리에 앉아 있었다. 엘리베이터에서 내려 허겁지겁 자기 자리로 뛰어오는 장재연의 모습도 보였다. 홍 부장이 부원 전원을 회의실로 소집했다. 평소보다 일찍 출근한 인턴들의 표정은 매우 침울했다. 나는 인턴들에게 국장실에 들어가보라고 말했다.

"다들 모였나? 간밤에 일어난 사건에 대해선 뉴스로 너무 많이 나와 다들 모를 리 없을 테니 재방송하지 않겠습니다. 일단 장재연 씨. 어떻게 김수연 인턴이 본인 당직을 맡게 됐는지 똑바로 설명 좀 해봐."

홍 부장의 힐난에 장재연은 자신이 지을 수 있는 최대한 힘든 표정을 지어 보이며 말끝을 흐렸다.

"애가 아프다는 연락을 받았는데, 편집국 내부에는 사정을 얘기해도 제 당직을 대신 맡아주겠다는 기자가 없어서……."

장재연의 말은 교묘하게 자신의 책임을 비껴가면서 남들에게 책임을 돌렸다. 홍 부장은 어이가 없다는 표정을 지으며 그녀를 쏘아붙였다.

"그렇다고 무책임하게 인턴한테 일을 맡겨놓고 퇴근하는 경우가 어디 있어! 도대체 제정신이야! 이게 말이 된다고 생각해!"

장재연은 흐느끼기 시작했다. 부원들의 표정이 일제히 일그러졌다. 눈물은 그녀가 어떤 변명도 통하지 않을 때 쓰는 마지막 무기였다. 그녀가 출근하기 전에 나는 다른 기자들과 이야기를 나눠보았는데, 그녀는 다른 후배 기자들에게 당직근무를 대신 맡아달라고 부탁했지만 다들 저녁에 일정이 있다며 거절한 모양이었다. 어제 나와 전화 통화를 했던 수연은 그녀가 급한 일이 있는 걸 깜빡했다며 자신에게 당직근무를 대신 서달라고 부탁했다고 말했다. 애가 아팠다는 그녀의 말도 핑계 혹은 거짓말일 가능성이 높았다. 홍 부장은 흐느끼는 그녀를 못마땅한 눈빛으로 바라보다가 부원들에게 물었다.

"혹시 그동안 김수연 씨 보면서 이상한 점을 느낀 분 있습니까?"

모두들 서로 눈치를 보다가 고개를 숙이며 침묵했다. 홍 부장은 깊은 한숨 소리로 침묵을 깨며 부원들에게 몇 가지 사항을 공지했다.

"외부에 쓸데없는 이야기를 절대 발설하지 말라는 국

장의 지시가 있었습니다. 어차피 우리도 아는 게 없으니 발설할 말도 없겠지만. 앞으로 한동안 이번에 벌어진 사건을 다룬 온갖 기사들이 쏟아져 나올 겁니다. 그런 기사들이 보이면 바로바로 체크해서 나에게 메신저로 동향을 보고하기 바랍니다. 또한 당분간 온라인 기사를 기자가 직접 송고하는 일을 금지합니다. 기사를 홈페이지와 포털 사이트로 송고하기 전에 나에게 무조건 알려야 합니다. 그리고 장재연 씨는 지금 당장 시말서 제출하고."

홍 부장은 회의를 끝낸 후 나를 따로 불러 물었다.

"빈소는 어디냐? 가족관계는 어떻게 되고?"

"빈소는 시신이 안치된 병원의 장례식장에 마련되지 않을까요? 가족은 어머니와 남동생 하나가 있다고 들었습니다."

"빈소와 발인일자 확정되면 알려줘. 아무리 인턴기자라지만 부고 기사는 써야 할 것 아니냐. 인턴 하나 잘못 들였다가 이게 무슨 꼴이냐."

홍 부장의 짜증의 대상은 어느새 장재연에서 수연으로 옮겨졌다. 나는 뭔가 수연을 변호할 만한 말을 찾다가 포기했다. 심한 갈증이 일어 정수기가 있는 탕비실을 찾았다. 탕비실에서 나는 어딘가에 전화를 걸고 있던 장재연과 마주쳤다. 그녀의 얼굴에선 조금 전 회의실에서 홍 부장에게 지어 보였던 힘든 표정의 흔적을 찾아볼 수 없었다. 종이컵에 믹스 커피와 뜨거운 물을 붓고 섞던 나는 의도치 않게 그녀의 전화통화를 엿들었다. 통화의 상대방은 기업의 홍보담당자인 듯했다.

"아침부터 골치 아픈 일이 있었어. 말도 마. 나중에 만나서 얘기해. 이 대리, 다음에 점심으로 파스타 어때? 자기가 괜찮은 집 알아봐줘. 김영란법* 때문에 요즘 먹을 게 마땅치 않아. 자기도 그렇지? 정치인들은 떡값을 그렇게 챙기면서 기자들이 밥을 먹어봐야 얼마나 먹는다고 그런 법을 만들어. 치사하지 않아? 아! 그리고 저번에 자기가 보내준 아기 물티슈 정말 좋더라. 그거 다 떨어졌어. 한 박스만 더 보내줘. 넉넉하게 보내주면 더 좋고."

악마는 아주 가까운 곳에 있었다. 나는 한참 전화 통화를 하고 있는 장재연에게 다가가 말을 걸었다.

"선배, 잠깐 드릴 말씀이 있는데요."

"이 대리, 잠깐만. 왜? 할 말 있어?"

장재연의 목소리에는 살짝 짜증이 섞여 있었다. 나는

---

* 부정청탁 및 금품 등 수수의 금지에 관한 법률. 적용대상은 공직자와 언론인, 사립학교 유치원 임직원, 사학재단 이사진 등이다. 음식물·경조사비·선물 한도는 각각 3만 원, 5만 원, 10만 원이지만 원활한 직무수행, 사교·의례 또는 부조의 목적을 벗어나 대가성이 있다면 뇌물죄로 형사처벌 대상이 되며 과태료도 부과된다.

그녀가 서 있는 곳 뒤쪽의 창문을 가리키며 무뚝뚝하게
말했다.

"수연이가 지금 선배 바로 뒤쪽에 있는 창문을 열고 몇
시간 전에 뛰어내렸어요."

장재연이 짧게 비명을 지르며 그 자리에 주저앉았다.
그녀의 손에 쥐어져 있던 핸드폰이 바닥으로 떨어졌다.
핸드폰과 핸드폰 케이스가 서로 분리돼 바닥에 뒹굴었다.
그녀가 날카롭게 외쳤다.

"너 뭐야!"

"뭘 그리 놀라세요. 그런 일이 있었다고요. 기사를 안
읽어보셨어요? 기사에도 이미 언급된 내용인데. 아무튼
그런 일이 있었다고요."

주저앉은 채 말없이 나를 노려보던 장재연이 핸드폰과
핸드폰 케이스를 주섬주섬 챙겼다. 나는 그녀의 눈빛을
무시한 채 커피가 담긴 종이컵을 들고 탕비실에서 빠져나
왔다.

나는 커피를 마시며 현재 온라인에서 돌아가는 상황을
살폈다. 포털사이트 실시간 검색어 순위에서 '언론사 인
턴 유서'는 다른 검색어에 좀처럼 정상을 내주지 않고 있
었다. 톱스타 커플이 자필 편지로 밝힌 갑작스러운 결혼
소식도 소용없었다. 검색어 순위 5위권 언저리에는 '매일

한국'이란 매체명도 오르락내리락하는 중이었다. 온라인에선 수연의 죽음과 유서를 다룬 기사들이 제목과 본문을 조금씩 변형해가며 쉼 없이 재생산되고 있었다. 수연의 SNS 계정을 뒤져 그녀가 남긴 글들을 편집해 '단독' 타이틀을 걸고 소설에 가까운 기사를 작성해 자사 홈페이지 메인에 걸어놓은 매체도 있었다. 같은 내용의 기사를 두고 서로 단독이라고 주장하는 매체들도 눈에 띄었다. 포털 사이트의 기사 댓글 페이지에선 전쟁을 방불케 하는 격렬한 논쟁이 이어졌다.

무엇보다도 SNS와 각종 커뮤니티 게시판의 반응이 심상치 않았다. 특히 취업전선의 전방에 서 있는 20~30대 취업준비생들이 민감한 반응을 보였다. 이들은 다른 직장도 아닌, 기업의 비정규직 문제를 비롯해 사회의 부조리를 들춰내는 언론사에서 이런 일이 벌어졌다는 사실에 더욱 분노하고 있었다. 몇 년째 지속되고 있는 취업한파의 직격탄을 맞은 취업준비생들은 수연의 유서에 많은 공감을 표하며 자신의 처지에 분노했다. 많은 취업준비생들이 자신이 취업시장에서 겪었던 온갖 불합리한 사례들을 수연의 유서와 함께 SNS로 공유했다. 공유되는 사례들은 묶여서 실시간에 가까운 속도로 여러 매체를 통해 뉴스로 보도됐다. SNS로 공유되는 글에는 수연이 유서에 남긴 'No Gain No Pain'이란 구절이 '#NoGainNoPain'이란 해시태그*로 첨부돼 빠른 속도로 확산되고 있었다. 수연을 '김 열사'라고 추켜세우는 이들도 눈에 띄었다. 정신 없이 온라인 상황을 체크하던 중 전화벨이 울렸다. 핸드폰에 저장되지 않은 번호였다. 일이 바빠 전화를 무시했지만, 다시 같은 번호로 전화벨이 울렸다.

"여보세요."

"박대혁 기자님이십니까?"

"네, 맞습니다. 실례지만 전화 통화를 짧게 부탁드립니다. 너무 바빠서요. 무슨 일이시죠?"

"서상범 경사님께 전화번호를 받았습니다. 저는 김수연 씨 동생 김수완이라고 합니다."

"아! 제가 장소를 바꿔 다시 전화를 받겠습니다."

나는 핸드폰을 들고 급히 빈 휴게실을 찾았다.

"누님 일에 대해서 뭐라고 말씀을 드려야 할지 송구스럽습니다."

"누나는 예전에 다른 언론사에서 인턴으로 일할 때에는 몹시 힘겨워했는데, 〈매일한국〉에 인턴기자로 입사한

---

* 트위터, 페이스북 등 소셜 네트워크 서비스에서 특정 핵심어를 편리하게 검색할 수 있도록 하는 메타데이터의 한 형태. 메타데이터는 다른 데이터를 설명해주는 데이터를 의미한다.

이후 많이 밝아졌습니다. 그랬던 누나가 왜 하필 그곳에서 갑자기 그런 선택을 했는지 이해가 되지 않습니다. 〈매일한국〉에서 그런 일이 있었으니 〈매일한국〉에 책임을 묻고 화를 내고 싶은 게 솔직한 심정입니다. 그런데 누나의 유서를 아무리 읽어봐도 도대체 어느 곳에 책임의 소재를 물어야 할지 모르겠습니다. 〈매일한국〉 전 회사? 아니면 전전 회사? 아니면 세상의 모든 직장?"

수완의 질문에 가슴 한구석이 뜨끔했다.

"저는 직장이 안산에 있어서 누나를 자주 보지 못했습니다. 하지만 박 기자님 이야기는 몇 번 들었습니다. 좋으신 분이라고요. 서 경사님께 대강 이야기를 듣긴 했는데, 박 기자님은 더 짐작이 되는 부분이 없나요?"

좋으신 분이라. 뜨끔했던 가슴 한구석이 답답했다. 나를 둘러싼 모든 상황들이 번거롭게 느껴져 피하고 싶었다. 나는 말을 돌리려고 수완에게 수연의 빈소를 물었다.

"빈소는 강북삼성병원에 마련됐습니다. 발인은 22일 오전 7시이고요."

"형제, 자매 분들은 더 없나요?"

"둘이 전부입니다."

"알겠습니다. 그리고 미리 말씀을 드릴 게 있습니다. 이번 일이 워낙 많이 기사화된 터라 빈소가 매우 시끄러워질 겁니다. 무례하게 수연이에 대해 이것저것 물어보는 기자들도 있을 테고요. 대단히 불쾌하실 겁니다. 참으시란 말은 못하겠습니다. 그저 참고하시라고 미리 말씀을 드립니다."

"네, 알겠습니다."

"모친께서도 서울로 올라오셨나요?"

"지금 올라오시는 중입니다."

"알겠습니다. 곧 빈소에서 뵙겠습니다. 죄송합니다."

전화를 끊고 자리로 돌아오다가 국장실을 힐끔 바라봤다. 국장은 남은 인턴들에게 심각한 표정으로 무언가를 이야기하고 있었다. 인턴들은 고개를 숙인 채 말을 들었다. 잇단 외부의 항의전화에 대응하고 있던 홍 부장이 나를 보고 지친 목소리로 물었다.

"빈소에 대해 들은 것 없어?"

"안 그래도 방금 전에 수연이 동생한테서 전화를 받았습니다."

홍 부장이 부고 기사를 빨리 올리라고 지시했다. 나는 기자 입력 프로그램을 열고 수연의 부고를 써나갔다. 머리가 깨질 듯이 아파왔다.

[부고] 김수연(〈매일한국〉 인턴기자) 씨 별세

▶김수연(〈매일한국〉 인턴기자) 씨 별세=20일 오전 0시, 강북 삼성병원, 발인 22일 오전 7시. (02)2001-10XX.

침묵과 고발

    퇴근 후 찾은 수연의 빈소는 예상대로 시끄러웠다. 방송사 카메라기자와 신문사 사진기자 들이 빈소 근처 곳곳에 자리를 잡고 오가는 조문객들을 향해 렌즈를 들이댔다. 빈소에는 조문행렬이 길게 늘어서 있었다. 빈소에서 마주친 타사 후배 기자는 내게 수연의 유서를 읽고 공감한 젊은이들이 조문객으로 많이 찾아온 것 같다고 귀띔했다. 후배의 말을 듣고 조문행렬을 훑어보니 20~30대로 보이는 이들이 많았다. 수연의 죽음은 이미 개인적 차원의 문제를 넘어선 듯했다.

    나는 15분가량 기다린 끝에 빈소에 들어설 수 있었다. 영정 속 수연은 며칠 전 나와 맥주를 마셨을 때처럼 엷은 미소를 짓고 있었다. 불과 하루 전에 전화 통화를 나눴던 사람을 영정으로 마주치는 일은 어색하고 민망했다. 상주는 수완이었다. 그는 얼굴이 다소 갸져 있어서 수연과 다른 인상을 줬지만, 선한 눈매가 수연과 많이 닮아 있었다. 분향과 헌화를 마친 나는 수완과 맞절한 후 이야기를 나눴다.

"교육을 담당하는 선배로서 바로 찾아왔어야 했는데 일 때문에 조금 늦었습니다. 뭐라고 드릴 말씀이 없습니다."

"아닙니다."

"아침에 말씀을 드리긴 했는데, 기자들 때문에 난처하거나 불쾌한 일은 없었나요?"

"다행히 그런 일은 없었습니다. 기자들도 조심스럽게 다가와 누나에 대해 묻더군요. 누나가 하려고 했던 일도 저런 일이었다는 걸 모르진 않아서 대답할 수 있는 한도 내에서 해줬습니다. 그보다는 전혀 모르는 분들이 누나의 유서를 읽고 빈소로 많이 찾아와줘 고맙기도 하고 당황스럽기도 합니다."

수완의 목소리는 침착했다. 그러나 수완의 얼굴에선 슬픈 가운데에서도 평정심을 유지하려 애 쓰는 표정이 역력했다.

"어머님께선 어디에……."

"오열하다 지쳐서 쓰러지셨습니다. 지금 방에서 눈을 붙이고 계십니다."

갑자기 바깥에서 웅성거리는 소리가 들려왔다. 고개를 돌려보니 회사의 오너인 이형우 대표와 국장이 빈소 안으로 들어오는 모습이 보였다. 국장은 오너 옆에 붙어서 에스코트하고 있었다. 오너가 조문행렬을 무시하고 바로 빈소로 입장하려고 하자, 조문객들이 이를 문제 삼아서 소란이 일어난 모양이었다. 국장은 내게 자리에서 비키라는 손짓을 하며 오너를 빈소 안으로 이끌었다. 수완의 표정이 굳어졌다. 오너는 분향과 헌화를 마친 뒤 수완과 맞절을 하고 위로의 말을 전했다.

"이제 곧 〈매일한국〉의 식구가 되실 분이었는데, 이런 일이 벌어져 저희도 매우 놀랍고 송구할 따름입니다. 어떤 이유가 됐든, 저희 쪽에서 슬픈 일이 벌어진 만큼 도의적 책임을 다하겠습니다."

"구체적으로 어떤 도의적 책임을 다하시겠다는 말씀이신가요?"

수완은 차갑게 오너에게 물었다. 국장이 난감한 표정을 지었다. 오너 또한 국장과 비슷한 표정을 지으며 말을 버벅거렸다.

"그것에 대해선……. 현재 대책을 마련 중입니다."

그때 빈소 옆 작은 방의 문이 열렸다. 상복을 입은 얼굴이 초췌한 초로의 여인이 문밖으로 나왔다. 수연의 어머니였다. 그녀는 오너의 손을 붙잡고 주저앉아 오열했다.

"대책은 무슨 대책이야! 다 필요 없으니 우리 딸이나 살려내시오! 우리 착한 딸이나 살려내란 말이오!"

오너는 표정을 일그러뜨리며 손을 슬며시 뺐다. 여기에 국장의 눈치 없는 대처는 불난 집에 기름을 부은 꼴이 됐다.

"저희도 지금 이 일 때문에 매우 난처해진 상황인데 이러시면 곤란합니다. 박대혁! 빨리 대표님 모셔라."

"난처해? 뭐가 난처한데! 내 딸이 그곳에서 죽었어! 그렇다면 죽은 이유도 그곳에 있을 것 아니냐고!"

수완이 흥분해 오열하는 어머니를 일으켜 빈소 옆 작은 방으로 옮겼다. 소란스러운 상황을 촬영하기 위해 카메라 기자와 사진기자 들이 일제히 빈소 내부로 들이닥쳐 셔터를 눌러댔다. 포토라인*이 무너지자 기자들은 서로 뒤엉켰다. 사진과 영상을 촬영할 자리를 확보하지 못한 기자들이 소리를 지르며 앞에서 촬영하던 기자들의 목덜미를

---

* 신문사·방송사의 기자들이 취재 편의를 위해 접근하지 않기로 합의한 사진 촬영 지역.

잡으며 끌어냈고, 좁은 공간에선 욕설과 몸싸움이 난무했다. 길게 늘어선 조문객들은 그 모습을 핸드폰으로 촬영하며 혀를 찼다. 나와 국장은 오너가 빠져나갈 길을 몸으로 뚫었다. 원치 않는 카메라 플래시 세례가 곳곳에서 내쪽으로 쏟아졌다. 고개를 옆으로 돌리자 오너가 보낸 조화가 쓰러져 어지럽게 바닥에 흩어진 모습이 보였다. 조문객들은 그 모습도 빠짐없이 핸드폰으로 촬영했다.

간신히 주차장으로 빠져나온 오너는 답답한 표정으로 화를 참으며 말없이 여러 차례 한숨을 쉬었다. 국장은 오너가 한숨을 쉴 때마다 어깨를 움찔했다. 오너의 수행기사가 전용차량을 몰고 와 오른쪽 뒷문을 열었다. 오너는 좌석에 올라 손수건으로 손을 닦으며 국장에게 무거운 목소리로 말했다.

"성 국장. 우리와 더 이상 엮이는 일이 없도록 최대한 빨리 조치를 마련하세요."

"알겠습니다."

국장은 오너의 전용차량이 주차장 밖으로 사라질 때까지 고개를 숙였다. 살짝 목례만 하고 고개를 들었던 나도 그런 국장의 모습을 보고 다시 고개를 숙였다. 잠시 후 고개를 든 국장은 길게 한숨을 쉬며 분통을 터트렸다.

"이상한 년 하나를 잘못 들였다가 이게 도대체 무슨 생고생이냐!"

나는 국장의 '이상한 년'이란 말에 잠시 기분이 울컥했지만, 감정을 누르고 말을 돌렸다.

"차 몰고 오셨어요?"

"대표님하고 같이 타고 왔다. 아…… . 진짜 좆 같네…… ."

명색이 한 언론사의 편집국장이란 양반이 오너와 같이 차를 타고 왔다가 길에 버려져 떨고 있다니. 한편으로는 국장의 꼴이 처량해 보이기도 했다. 며칠 전에 같이 술을 마셨던 병희 형이 했던 말이 떠올랐다.

"국장이라고 처음부터 꼰대였겠냐. 나는 가끔 국장이 불쌍해 보일 때도 있다. 국장이 이 조직에서 아무리 사자처럼 굴어봐야 동물원 속 사자일 뿐이야. 사자가 아무리 날뛰어봤자 동물원 주인은 오너란 사실은 변하지 않고."

나는 택시를 잡기 위해 국장과 함께 대로변으로 나왔다. 오가는 택시는 많았지만, 빈 택시는 보이지 않았다.

"국장, 콜택시라도 부를까요? 빈 택시가 안 보이네요."

"그럴 것 없어. 곧 오겠지. 대혁아."

"네, 국장."

"딸이 내년에 대학에 입학한다. 지금 상황이 빨리 정리되지 않으면 골치 아파진다."

국장은 쓸쓸한 표정을 지으며 담배를 입에 물고 라이터

를 켰다. 담배연기가 차가운 강풍에 흩어졌다. 국장의 말에선 부지런히 벌어서 수험생 뒷바라지를 하고 대학등록금도 마련해야 하는 부모의 비애가 느껴졌다. 국장은 술에 취하면 수시로 옆자리에 앉아 있는 사람들에게 핸드폰에 담긴 딸의 사진을 보여주며 예쁘지 않냐고 자랑할 정도로 소문난 딸바보다. 나는 국장의 딸이 공부에는 그리 소질이 없는 편이라고 얼핏 들었다. 올 한 해 기적 같은 성적 상승이 일어나지 않는 이상, 국장의 딸은 그의 모교는커녕 수도권 대학에 입학하기도 쉽지 않을 것이다. 만약 그런 상황이 벌어진다면 국장은 딸에게도 가오 떨어지게 그런 대학에 가야 하느냐고 말할 수 있을지 궁금했다.

사실 국장이 처음 취임했을 때 편집국 내에서 그에게 기대를 건 기자들이 적지 않았다. 그는 일선 취재기자 시절에는 민완기자로, 데스크 시절에는 유능한 리더로 조직 내에서 신망을 얻었다. 특히 그가 작성한 취재 매뉴얼은 지금까지도 많은 후배들이 참고하고 있을 정도다. 평소에 국장을 향한 악담을 서슴지 않던 병희 형조차도 국장의 취재 매뉴얼에는 감탄을 아끼지 않았다.

"대혁아. 나는 국장이 조금도 마음에 들지 않지만, 그 양반이 오래전에 만든 취재 매뉴얼만큼은 정석 중의 정석이라고 생각한다. 반드시 취재 현장에 가라. 기자들이 모인 곳에 특종은 없다. 모든 특종은 독대에서 나온다. 취재 현장에 기자들과 모여 있을 때에는 절대 다른 기자들 앞에서 질문을 많이 하지 말고, 가능한 한 마지막까지 남아서 혼자 질문해라. 팩트를 제대로 잡으려면 취재원을 대할 때 백지 상태가 돼야 한다. 취재원의 입을 열고 싶다면 만나자마자 수첩부터 꺼내 들지 말고 대화를 외우는 습관을 들여라. 핵심 인물의 일정을 철저히 파악하고, 자신의 출입처에서 진행되는 현안들에 대한 체크 리스트를 만들어라. 취재원에게서 정보만 챙기지 말고 좋은 아이디어도 던져라. 끈 떨어진 사람도 수시로 챙겨라. 특종을 아무리 많이 해도, 낙종을 더 많이 하면 낙종 기자다. 대충 기억나는 것만 꼽아도 이렇게 주옥같다. 이것들만 제대로 머릿속에 새기고 행동해도 꽤 괜찮은 기자가 될 수 있을 텐데, 그걸 못하니까 우리가 이 모양 이 꼴이지. 그나저나 매뉴얼을 만든 당사자인 국장은 왜 저렇게 변한 걸까? 미스터리가 따로 없어."*

빈 택시 몇 대가 한꺼번에 다가오고 있었다. 나는 손을 흔들어 그중 한 대를 잡았다. 국장은 아직 덜 태운 담배를 바닥에 밟아 끄고 택시에 올랐다.

---

* 故 이상철 전 〈조선일보〉 편집국장의 글 '취재란 무엇인가' 중 일부를 참조.

"한잔할 생각 있어? 있으면 같이 타고."

"죄송합니다. 다음에 함께 하겠습니다. 참고인 조사 때문에 밤새 잠을 거의 못 잔 터라."

"맞아. 그랬지. 내일 보자. 수고했다."

국장이 탄 택시가 멀어져갔다. 오너에게 과잉 충성하며 쩔쩔매는 국장이 지금도 많은 후배들이 참고하는 취재 매뉴얼을 만든 존경받는 선배였다는 사실이 믿기지 않았다. 처음 취임했을 때와는 달리, 이제 국장에게 기대를 거는 기자는 아무도 없다. 전임 국장도 그리 좋은 평가를 받지 못했는데, 구관이 명관이란 소리가 절로 나올 지경에 이르렀다. 사람마다 자신이 감당할 수 있는 무게를 가진 자리가 따로 있는 것인가. 나는 차라리 그가 국장 자리를 욕심내지 않고, 데스크로 조금 더 머물다가 논설위원으로* 자리를 옮겼으면 모두에게 긍정적인 결과가 나오지 않았을까 잠시 생각했다. 집으로 갈 택시를 잡던 중 전화벨이 울렸다. 수완의 전화였다. 나는 잡은 택시를 도로 보냈다.

---

* 기자 직급은 크게 기자, 차장, 부장, 국장으로 나뉜다. 데스크는 각 부서를 책임지는 관리자로 보통 20년 내외의 경력이 있는 부장 직급 기자가 맡는다. 신문 편집을 총괄해 책임지는 편집국장은 각 부서 데스크를 두루 거친 부장 이상급 기자들 중에서 임명된다. 편집국장 임기를 마친 기자는 논설위원이나 논설실장으로 자리를 옮기는 경우가 많다. 그러나 편집국장 자리는 하나이기 때문에, 편집국장을 달지 못한 데스크들이 바로 논설위원으로 옮기는 경우도 종종 있다.

"박 기자님. 김수완입니다."

"네. 아까 많이 놀라셨죠? 저도 그런 상황이 벌어질 줄은 몰랐습니다."

"곰곰이 생각해보니 어머니의 말씀이 단순하지만 맞는 것 같습니다. 원인이 있는 곳에 결과가 있는 게 당연한 이치 아닌가요? 누나가 〈매일한국〉에서 죽었다면 죽은 이유 또한 분명히 그곳에 있는 게 당연하겠다는 생각이 들더군요."

수완의 목소리는 단호했다. 나는 아무런 대꾸도 할 수 없었다.

"아까 대표님의 모습을 보니 〈매일한국〉이 어떤 성격의 조직인지 대강 파악이 되더군요. 〈매일한국〉 측에 소송을 제기해 누나의 죽음에 대한 책임을 묻겠습니다. 소송에서 이기든 지든 간에, 도대체 누나가 왜 그곳에서 죽었는지 이유는 알아야겠습니다. 아까 빈소에 오셨던 분들께 그렇게 전해주세요."

수완은 내 대답을 듣지 않고 전화를 끊었다. 내 앞에 택시가 멈춰 섰다. 난 기사에게 서울지방경찰청으로 가달라고 부탁하며 병희 형에게 전화를 걸었다.

"아직 시경 기자실에 계신 거죠?"

"밀린 일이 있어서 지금 막 정리했어. 이제 빈소로 가

볼 생각이다."

"지금 빈소로 가는 건 그리 좋은 선택 같진 않은데요."

"왜? 무슨 일 있나?"

"저 지금 택시 타고 그리로 가고 있어요. 자세한 이야기는 얼굴 보면서 해요. 근처 카페에서 뵈어요."

"커피는 무슨. 저녁 안 먹었으면 양곰탕이나 먹자. 예전에 먹었던 곳 알지? 무교동 쪽으로 와라. 나도 그리고 갈 테니."

나는 가방에서 태블릿을 꺼내 빈소에서 벌어진 일들을 다룬 뉴스들이 올라오고 있는지 확인하고자 포털 사이트에 접속했다. 이미 사진 기사 수십여 개가 올라와 있었다. 빈소에서 오너가 빠져나갈 길을 뚫는 국장과 나의 모습도 여러 사진 기사에 담겨 있었다. 뉴스 밑 댓글난에는 격한 반응들이 줄을 이었다. 댓글난에서 오너는 인턴기자를 죽음으로 몰고 간 악덕 언론사주로, 국장과 나는 언론 부역자로 온갖 욕을 먹고 있었다. SNS의 반응은 더욱 심각했다. 수연의 빈소에 조문하기 위해 들렀던 많은 이들이 SNS에 현장에서 벌어진 일들을 설명하는 글과 함께 사진과 동영상을 올렸다. 이들이 올린 게시물은 해시태그 '#NoGainNoPain'과 함께 빠른 속도로 SNS에서 공유되고 있었다.

약속 장소에 들어가 보니 병희 형은 나보다 먼저 도착해서 주문을 해놓은 상태였다. 병희 형은 자리에 앉는 나를 보고 굳은 표정을 지으며 손가락으로 TV 화면을 가리켰다.

"대혁아. 너 지금 뉴스에 나온다."

뉴스는 수연의 빈소에서 벌어진 소란을 보도하고 있었다. 카메라 플래시 세례를 뚫고 오너가 빠져나갈 길을 만드는 국장과 나의 모습이 뉴스 영상으로 잡혔다. 카메라 플래시에 눈이 부셔 얼굴을 찡그린 내 모습을 뉴스로 지켜보는 일은 유쾌하지 않았다.

"기분 엿 같네……. 이모! 여기 빨간 것 한 병 주세요."

"밤새워서 피곤할 텐데 술 괜찮겠어? 만날 나랑 그렇게 술 마시고 들어가면, 나 제수씨 얼굴 못 본다."

"정인이도 이 바닥 출신인데요 뭐. 꽐라만 되지 않고 집에 잘 들어오면 크게 뭐라고 안 해요. 그건 형도 마찬가지잖아요."

"난 제수씨를 과부로 만들었다는 원망을 듣고 싶진 않다."

나는 병희 형과 술잔을 기울이며 새벽부터 방금 전까지 있던 일들을 대강 전했다. 내가 이야기를 더해갈수록 그의 표정도 점점 굳어졌다.

"국장은 내가 너한테서 그 사실에 대해 들었다는 걸 모르고 있다는 거지? 경찰한테도 말하지 않았고?"

"혹시 몰라서 형한테 그런 얘기 했다는 말은 하지 않았어요."

나는 병희 형과 내 빈 잔에 술을 채우며 힘없이 말했다.

"수연이 동생이 저한테 누나의 죽음에 대해 짐작이 가는 부분이 더 없냐고 묻더군요."

"뭐라고 말했어?"

"없다고 말했죠. 국장이 실언을 한 건 분명해요. 하지만 고의는 아니었잖아요. 설마 인턴들이 앞에 있었다면 그런 말도 안 되는 소리를 했겠어요? 솔직히 국장의 실언만으로 수연이 그런 선택을 했다는 것도 납득이 되지 않고요. 하지만 진짜 찝찝해요. 수연이 동생한테 짐작이 가는 부분이 없다고 말할 때 마치 거짓 위에 거짓을 쌓는 기분이 들어서 마음이 좋지 않았어요."

카카오톡 메신저와 문자메시지가 도착했음을 알리는 소리가 내 핸드폰에서 연이어 울렸다. 그중 몇 개를 읽어 보니 모두 뉴스에 나온 내 모습을 보고 보낸 메시지들이었다. 한동안 연락이 뜸했던 지인들의 전화도 이어졌다. 나는 핸드폰 알림 설정을 무음으로 바꾸고, 핸드폰을 가방에 집어넣었다.

"좋은 뉴스도 아닌데, 뉴스에 한번 나왔다고 뜸했던 사람들의 연락이 빗발치네. 지금쯤 국장도 저와 똑같은 상황을 겪고 있겠네요."

"너는 최진실 누님이 왜 자살했다고 생각해?"

"뜬금없이 최진실은 왜요?"

병희 형은 술잔을 비우며 날카로운 눈빛으로 내 눈을 바라봤다.

"돌이켜보면 그 누님이 자살한 시점이 조금 뜬금없었어. 사실 그 누님은 자살했을 당시보다 자살하기 전에 험한 일을 더 많이 겪었거든. 전 매니저를 청부 살인했다는 소문부터 이혼 과정에서도 혼인 당시 유책 배우자였다는 소문에 돈을 빌려준 배우를 압박해 자살하게 만들었다는 소문까지 진짜 별의별 소문에 다 휘말렸어. 물론 그 소문들은 나중에 모두 거짓으로 밝혀졌지만, 그 사이에 겪은 마음고생은 이만저만이 아니었겠지. 그런 와중에도 꿋꿋하게 버티며 다양한 공익활동을 펼치고, 연기상까지 거머쥐었던 누님이야. 그렇게 강인했던 누님이 왜 하필 그 시점에 무너졌을까? 더 힘든 시절도 있었는데?"

"그러네요. 형 말을 듣고 다시 생각해보니 좀 뜬금없긴 했어요."

병희 형은 갑자기 권투 자세를 취하며 내 눈앞에 주먹

을 내밀었다.

"무하마드 알리가 왜 파킨슨병으로 말년에 고생했는지 알지?"

"경기를 하다가 너무 많이 맞아서 생긴 후유증 아닌가요?"

"맞아. 펀치드렁크 증후군*이라고 하지. 옛말에도 매에는 장사가 없다고 했다. 아무리 강한 사람이라도 마음의 맷집에는 한계가 있는 거야. 나는 진실이 누님도 그 무렵에 마음의 맷집에 한계가 왔기 때문에 그런 비극적인 선택을 했다고 본다. 그 누님과 친분이 있던 연예인들은 그 누님이 절대 자살할 사람이 아닌데 자살해서 충격을 받았다고 했지. 하지만 누님의 맷집이 어느 정도인지 남들이 어떻게 알아? 자기 자신의 마음의 맷집도 모르는 게 사람이야. 너는 네 맷집이 어느 정도 되는지 알아? 잘 모르겠지? 그건 겪어봐야 아는 거야. 수연이도 비슷한 경우가 아닐까? 우울증의 가장 무서운 합병증은 자살이야."

졸업 후 몇 년 동안 인턴을 전전하며 마음에 상처를 입다가 사실상 마지막으로 얻은 기회. 그 기회를 붙잡기 위

---

* 지속적으로 머리에 강한 충격을 받아 뇌세포가 차츰 손상되면서 일어나는 후유증을 의미한다. 복싱선수나 미식축구선수와 같이 머리에 지속적인 충격을 받는 운동선수들의 대표적인 직업병이다.

해 노력하던 중 우연히 듣게 된 국장의 실언. 병희 형의 말을 듣고 나는 수연의 자살을 조금 납득할 수 있었다.

"그렇다면 이대로 모른 척하고 가만히 앉아 있어선 안 되잖아요?"

"박대혁이 감 많이 떨어졌네? 모른 척하지 않으면 네가 뭘 할 수 있는데? 정의의 사도라도 되고 싶어?"

"형! 지금 그게 할 말이에요?"

병희 형은 진정하라며 손짓했다.

"흥분하지 말고 내 말 잘 들어봐. 너는 수연이의 죽음에 대한 책임이 전적으로 〈매일한국〉에 있다고 여기는 거냐?"

"전적으로 책임이 있다고 말할 순 없지만, 어쨌든 여기서 죽었잖아요."

"네가 최근까지 그 친구 교육을 맡았으니 흥분하는 건 이해하겠는데, 나도 네 바로 전에 그 친구 교육을 한 달 동안 맡았다. 너만 마음 아픈 것 아니다. 냉정하게 다시 따져보자. 그래서 네가 내부고발자라도 되겠다는 거야? 회사 때려치울 각오를 하고?"

병희 형의 지적에 말문이 막혔다. 더불어 흥분도 가라앉았다.

"설사 네가 내부고발자 역할을 하겠다고 해도 문제야.

확실한 증거가 있냐?"

"저도, 인턴들도 모두 국장의 말을 듣지 않습니까."

"수연이 동생이 소송을 걸겠다고 말했다며? 그렇다면 직장 내 스트레스로 인한 자살이니 법원에 업무상 재해를 인정해달라고 소송을 걸겠지. 하지만 그게 쉬울까? 너도 내 밑에서 잠깐 법조를 출입해봤으니 대충 알아들을 거야. 대법원은 최근 들어 자살의 원인이 의학적으로 명백히 증명되지 않아도 상당한 인과관계가 있다면 업무상 재해로 인정하고 있어. 너는 법원이 국장의 고의 없는 실언과 수연의 자살 사이의 인과관계를 인정할 거라고 생각해? 법원에 가봐야 알겠지만, 내 경험상 아마 쉽지 않을 거다."

병희 형의 지적에 나는 반박할 말을 찾지 못하고 얼굴만 붉혔다.

"더 큰 문제는 인턴들이야. 이번에 뽑힌 인턴들은 정규직 전환형 인턴이잖아. 열심히 일하고 별다른 사고를 치지 않으면 우리 식구로 들어올 가능성이 높은 녀석들이라고. 최악의 취업 빙하기가 계속되는 데다 다른 곳에 취업이 보장된 것도 아닌데, 어느 정도 보장된 자리를 걸고 감히 회사에 불리한 행동을 나서서 할 수 있을까? 불의는 참아도 불이익은 못 참는 게 인간사야. 박대혁, 짬밥도 먹을 만큼 먹은 녀석이 그렇게 나이브하게 생각하지 마."

나는 쓴웃음을 지으며 잔을 비웠다.

"형도 많이 변했네요. 솔직히 형이 더 흥분할 거라고 생각했는데……. 침묵으로 얻은 평화가 무슨 의미가 있을까요."

"무조건 침묵하라는 말이 아니다. 이 조직, 아니 대한민국에서 힘없는 놈의 용기만큼 공허한 것도 없더라. 네가 문제를 지적하고 쿨하게 조직을 떠난다고 하더라도 동요는 잠깐뿐이야. 곧 누군가가 네 자리를 대체하게 될 테고, 조직은 다시 아무 일 없던 것처럼 굴러가게 될 거야. 지금까지 늘 그래왔고, 앞으로도 그 사실은 변함없어. 조직에서 비굴하게 처신하는 것도 능력이다. 국장이 하는 짓을 보면 역겹겠지. 나도 마찬가지야. 하지만 그 덕에 국장이 지금 국장 자리를 차지하게 된 거야. 지금 신문을 만드는 사람은 인정하기 싫어도 국장이야. 너도 아니고, 나도 아니고."

병희 형은 내 빈 잔에 소주를 채우며 양곰탕 국물을 들이켰다. 나는 양곰탕 국물에 분 당면을 건져 먹으며 술잔을 비웠다.

"네가 최근까지 인턴 교육을 담당했으니까, 일단 그 친구들 만나서 얘기를 들어봐라. 아무래도 너보다는 그 친구들이 수연이와 지낸 시간이 많을 테니, 들을 이야기도 더 많지 않겠냐. 그게 먼저 할 일인 것 같다."

병희 형과의 술자리는 1차에서 끝났다. 나는 더 마실 기분도, 기운도 없어서 택시를 타고 바로 집으로 향했다. 택시 안에서 나는 병희 형이 내게 마지막으로 남겼던 말들을 곱씹었다.

"나쁜 짓을 했으면 벌을 받아야지. 그런데 약자가 선이고 정의로울 것이란 선입견을 버려. 국장이 남긴 취재 매뉴얼 기억하지? 팩트를 제대로 잡으려면 취재원을 대할 때 백지 상태가 돼야 한다. 사회적 약자인 노숙자들이 같은 노숙자를 약하다는 이유로 폭행하고, 여성이란 이유로 희롱하는 것도 세상이야. 유대인을 학살했던 독일군도 집에선 평범한 가정의 가장이자 아들이고, 국민이었어. 악은 이렇게 평범하고 일반적인 상황에서도 나올 수 있어. 사실 우리 주변에서 벌어지는 갈등은 선악보다는 상호 이익 간의 충돌인 경우가 대부분이야. 노사갈등을 마치 선과 악의 대결구도로 바라보는 이들도 많은데, 그것도 따지고 보면 이익 충돌의 문제야. 노동자 측은 노동시간을 줄이면서 사측으로부터 최대한 많은 임금과 복지를 쟁취하려 투쟁하고, 사측은 인건비를 가능한 한 줄이면서 매출을 늘리기 위해 머리를 굴리고. 그런 이익의 충돌을 조절해 균형을 맞추는 게 정치의 역할이지. 한쪽을 나쁜 놈으로 만들어버리는 정치는 필패야. 언론은 정치가 똑바로 이뤄질 수 있도록 끊임없이 귀찮게 하는 게 역할이고. 물론 이 땅에선 언론이 그런 역할을 못하고 있으니 기레기 소리나 듣고 있지만. 10년 가까이 기자 생활을 했다는 녀석이 아직도 그런 개념이 없냐. 선입견 가지지 말고 살펴. 판단은 그때 가서 해도 늦지 않으니까."

문득 오래전 막 스무 살이 됐을 때 무렵의 일이 머릿속에 떠올랐다. 당시 재수를 결심한 나는 용돈벌이라도 하기 위해 동네 대형슈퍼에서 아르바이트를 했다. 주인아주머니가 매우 친절해 자주 들르던 가게였는데, 그녀는 나에게 시간이 되면 아르바이트를 해보는 게 어떻겠느냐고 제안했다. 마침 집에서 빈둥거리고 있던 나는 기분 좋게 아르바이트를 시작했다.

업무는 카운터를 보거나 물건을 배달하는 단순 노동이었다. 그런데 하루하루 지날수록 기분이 이상해졌다. 주인아주머니는 입으로는 배려하고 위해주는 척을 했지만, 언젠가부터 가게 업무와 관련 없는 개인적인 일을 시키는 경우가 많아진 것이다. 나는 내가 하는 일이 아르바이트인지 그 집의 집사인지 헷갈리기 시작했다.

그러던 어느 날, 주인아주머니는 냉장고에서 이런저런

반찬을 꺼내 오라고 지시했다. 내심 나는 식사를 챙겨주려는 줄 알고 기대했다. 반찬을 꺼내며 고마운 마음까지 들 정도였다. 기대는 바로 깨졌다. 그녀는 자신의 몸이 좋지 않으니 나더러 밥상에 밥을 차려 가게 2층에 있는 자기 아들에게 갖다달라고 말했다. 이건 뭔가 아닌 것 같다는 생각이 들었지만, 나는 얼떨결에 그녀의 지시대로 밥상을 차린 뒤 상을 들고 2층으로 향하는 계단에 올랐다. 밥상을 들고 칼바람이 부는 계단을 오를 때 온갖 자괴감이 들었다.

주인아주머니의 아들은 나보다 몇 살 많은 백수였다. 가게에서 일하는 동안 마주칠 일은 드물었지만, 어쩌다 마주치는 그녀의 아들은 모습도, 말투도 양아치 그 자체였다. 주인아주머니는 종종 아들의 미래를 걱정하며 한참 어린 내게 답이 나오지 않을 조언을 구하기도 했다. 그 녀석은 밥상을 들고 온 나를 위아래로 훑어보다가 상을 놓고 나가라며 내게 귀찮은 듯 손짓을 했다. 그날 이후 나는 일에 대한 의욕을 잃었다.

나는 딱 한 달을 채운 뒤 아르바이트를 그만뒀다. 주인아주머니는 이렇게 빨리 그만두는 게 어디 있느냐며 후임자를 구해놓고 나가라고 요구했다. 나는 그 요구를 무시했다. 그녀는 나에게 꽤 서운한 말을 많이 하면서도, 재수

하면서 필요한 책을 구입하는 데 쓰라며 월급에 도서상품권 10만 원을 더 얹어줬다. 봉투에 담긴 도서상품권은 그녀에 대한 나의 판단을 더욱 혼란스럽게 만들었다. 세상일이 결코 선과 악이라는 이분법으로 흘러가지 않는다는 것을 실감한 순간이었다.

택시에서 옛 기억에 빠져들다 깜빡 잠든 나는 꿈을 꿨다. 나는 거대한 로봇을 조종하며, 악당 로봇을 조종하는 국장과 대결하고 있었다. 국장이 조종하는 로봇은 왼손에 수연을 쥐고 있었다. 나는 로봇의 두 주먹을 모두 발사하고 한쪽 팔을 잃은 끝에 국장을 물리치고 수연을 구할 수 있었다. 그때 갑자기 누군가가 뒤에서 기습했다. 기습한 적은 오너가 조종하는 로봇이었다. 오너는 쓰러진 내 로봇의 가슴을 짓밟으며 비웃었다.

"네가 제일 나쁜 새끼야."

꿈에서 화들짝 깨어나 보니 택시는 집 근처에 접어들어 있었다. 겨우 5분 남짓 잠든 사이에 꾼 꿈치고는 스케일이 커서 우스웠다. 하지만 꿈에서 오너가 나를 비웃던 모습만큼은 생생했다. 내가 제일 나쁜 새끼라니……

나는 어렸을 때 로봇 만화영화에 열광했다. 내 어린 시절의 기억에 가장 깊게 남아 있는 로봇 만화영화는 〈메칸더 브이〉다. 나뿐만 아니라 내 또래 남자들의 기억에 남아 있는 로봇 만화영화는 십중팔구 〈메칸더 브이〉일 것이다. 〈메칸더 브이〉는 거의 동시대에 등장한 〈기동전사 건담〉과 비교해 한참 못생긴 로봇이었다. 그럼에도 불구하고 내 또래 어린이들이 〈메칸더 브이〉에 열광했던 이유는 단 하나, TV에 나오는 로봇 만화영화가 그것뿐이었기 때문이다. 당시 탱크를 앞세워 정권을 탈취한 머리 벗겨진 군인의 부인께서 로봇 만화영화를 좋아하지 않아 한동안 방송에서 모두 사라졌다는 어처구니없는 이야기를 접한 것은, 그보다 훨씬 세월이 흐른 뒤의 일이다. 그런 중세 암흑기 같은 시절을 거쳐 TV에 다시 화려하게 등장한 로봇이 〈메칸더 브이〉였다. 못생긴 외모는 내 또래 남자아이들에게 조금도 문제가 되지 않았다. 어차피 비교대상도 없었으니까. 정부의 언론 통제는 아이들의 취향까지도 획일화시켰다.

하지만 〈메칸더 브이〉는 내게 많은 충격을 준 작품이기도 하다. 우리 편 로봇이 악당의 공격을 받아 파괴되는 장면이 방송되던 날, 나는 무섭고 슬퍼서 엉엉 울었다. 우리 편 로봇이 악당에게 패배한다는 것은 도저히 상상할 수 없는 일이었기 때문이다. 저녁을 준비하시던 어머니는 갑자기 만화를 보다가 우는 나를 보고 놀라셨다가, 우는 이유를 듣고 된장국이 넘쳤다며 내 엉덩이를 때렸다. 나는 더욱 서럽게 울었다. 다음날 옹기종기 모인 동네 아이들은 악당에게 파괴된 〈메칸더 브이〉를 걱정하며 풍전등화의 운명에 놓인 지구의 미래를 심각하게 고민했다. 더욱 충격적인 내용은 우리 편 로봇을 파괴한 악당이 사이보그로 변한 주인공의 어머니였다는 사실이다. 이는 우리 편 로봇이 악당에게 파괴됐다는 사실보다 더 믿기 힘든 충격이었다. 우리 엄마가 사이보그로 변신해 나를 죽이겠다고 쫓아오는 사태는 상상만으로도 끔찍한 일이 아닌가. 〈메칸더 브이〉가 한국 만화가 아니라 어렸을 때 북한만큼 나쁜 놈이라고 여겼던 일본 만화란 사실도, 주인공이 지구인이 아니라 '가니메데' 별 출신 외계인이었다는 사실도 그에 못지않은 충격이었지만.

더욱 어처구니없는 일은 마지막 회에서 일어났다. 세상을 정복하고 사람들을 죄다 로봇으로 만들어버린 악당의 우두머리가 우리 편과 제대로 싸워보지도 못하고 자멸해버리다니. 고작 저런 악당이 세상을 지독하게 괴롭혀왔다는 사실이 어린 나이에도 납득이 되지 않았다. 액션이 통쾌해지려면 악당들이 강력해야 한다. 할리우드 액션영화 〈터미네이터2〉의 세계적인 흥행은 악당으로 등장하는 액체금속로봇이 말도 안 되게 강력했기 때문이다. 만약 〈메칸더 브이〉가 방송됐을 때 다른 로봇 만화영화가 함께 방송됐다면 어떤 일이 벌어졌을까. 원산지인 일본에선 〈메칸더 브이〉가 흥행에 실패했다고 들었다.

나는 국장이 진심으로 강력한 악당이길 바랐다. 하지만 딸바보에다 오너의 행동 하나하나에 쩔쩔매는 모습은 〈메칸더 브이〉에 등장하는 시시한 악당의 우두머리보다도 훨씬 시시했다. 오너가 보여준 카리스마도 악당의 우두머리라고 부르기에는 한참 못 미치는 수준이었다. 그리고 나는 스스로가 알고 있는 사실을 밝힐 용기도, 확신도 없는 놈이다. 이들 중에서 누가 제일 나쁜 놈인가. 오너가 꿈속에서 비웃으며 말한 대로 내가 제일 나쁜 놈인가. 머릿속의 혼란은 쉽게 정리되지 않았다.

집으로 돌아와 현관문을 여는데, 냄새가 진동했다. 정인이 늦은 저녁으로 컵라면을 끓여 먹고 있었다.

"웬일이야? 이렇게 이른 시간에 집에 다 들어오고?"

"너무 피곤해서 1차만 마셨어."

"누구하고? 또 병희 선배하고 마신 거야?"

"그렇지 뭐."

"경선이 언니하고 나를 과부로 만들고 싶어 둘이 아주 작당들을 하셨구려. 라면으로 해장할래? 컵라면 몇 개 더 사다놓은 게 있는데?"

"괜찮아. 먹을 기운도 없어."

나는 옷걸이에 코트를 대충 걸고 소파에 몸을 파묻었다. 정인은 다 먹은 컵라면 용기를 재활용 쓰레기를 모으는 상자에 버리고 내 옆에 앉았다.

"아까 뉴스 찾아봤어. 어제오늘 난리도 아니었더라. 괜찮은 거야?"

"하룻밤 사이에 너무 많은 일을 겪었더니 모든 게 다 거짓말 같은 기분이야."

"앞으로 더 시끄러워질 것 같은데, 회사 분위기는 어때?"

"오늘은 공장 얘기 그만하고 싶다. 한바탕 큰 전쟁을 치르고 겨우 살아서 돌아온 것 같아."

"알았어. 나는 극본 쓰던 것 마무리나 더 하고 잘게. 공모전에 출품할 게 더 있어서 다듬느라 정신이 없네. 오빠도 얼른 씻고 자."

자신의 방으로 들어가는 정인의 뒷모습과 오래전 경찰서에서 당직경찰관에게 밤새 벌어진 사건에 대해 묻던 수습기자 최정인의 뒷모습이 겹쳐 보였다. 정인과 나는 9년 전 수습기자로 처음 만났다. 수습기자들이 쪽잠을 자는 경찰서 2진 기자실은 좁고 열악한 환경으로 악명이 높다. 많은 언론사들이 비슷한 시기에 수습기자를 선발하는 터라 가뜩이나 좁은 기자실은 더욱 좁아진다. 그 좁은 공간에 남녀가 뒤섞여 제대로 씻지도 못한 채 서로의 땀 냄새와 발 냄새를 맡으며 쪽잠을 잔다. 자연스럽게 수습기자들 사이에선 매체 구별 없이 전우애 비슷한 친분이 쌓이게 된다. 이 친분은 기자 경력 내내 이어져 큰 힘이 되기도 한다. 그 와중에도 로맨스가 싹트곤 하는데, 정인과 나는 그렇게 인연을 맺은 케이스였다.

내가 정인을 처음 마주친 곳은 동작경찰서 로비였다. 그때 나는 관악라인* 사스마와리**를 돌고 있었다. 수습기자는 야간에 수시로 담당 라인을 돌며 경찰서 당직경찰관에게 사건정보를 얻어 1진 기자에게 보고해야 하는데, 사건정보를 친절하게 알려주는 경찰은 거의 없다. 이미 오랫동안 수많은 수습기자들을 겪어본 경찰들에게 수습기자는 애송이에 불과하다. 속된 말로 가지고 노는 수준이다.

그런데 정인은 어떻게 당직경찰관을 구워삶았는지 다른 수습기자들이 듣지 못한 다양한 사건정보로 단독 기사를 쓸 때가 많았다. 정인은 당시 나에게 가장 많이 물을

---

* 사회부 사건팀 기자들은 서울 지역 31개 경찰서를 9개 구역으로 나눠 취재한다. 그중 하나인 관악라인은 관악, 방배, 금천, 동작 경찰서를 포함한다.
** '돌아다니며 살펴본다'는 의미의 한자 '찰회(察廻)'의 일본식 발음으로, 담당 라인 경찰서를 도는 일을 의미한다. 언론계에서 관행적으로 쓰이지만 없어져야 할 용어이다.

먹였던 타사 수습기자였다. 부끄럽게도 나는 최대한 물을 먹지 않기 위해 정인의 꽁무니를 쫓아다녔다. 밥도 같이 먹고, 택시도 같이 타고, 취재도 같이 하다 보니 어느새 서로 친해지고 정이 들어 연인이 돼 있었다. 그때부터 나는 물을 조금 덜 먹게 됐다.

수습기자끼리 연애를 하고 있다는 소문은 1진 기자들 사이에서 빠르게 퍼졌다. 선배들은 나에게 수습기자 주제에 하라는 취재는 안 하고 연애만 하느냐고 온갖 핀잔을 줬다. 내게 가장 많은 핀잔을 준 선배가 병희 형이었다. 그런 그도 수습기자 시절에 타사 수습기자를 만나 결혼까지 하게 됐다는 웃지 못할 이야기는 나중에 듣게 됐지만. 형수와 정인이 병희 형과 내가 술을 자주 마시는 것에 대해 관대한 이유가 여기에 있다. 둘 다 이 바닥 출신이어서 동선에 대해 빠삭하게 알고 있으니, 남자 둘이서 술 마시고 놀아봐야 부처님 손바닥 안에서 놀고 있는 셈이다.

그런 정인이 기자를 그만둔 것은 1년 반 전, 결혼 후 3년 쯤 지난 후였다. 당시 정인은 나에게 드라마 극본을 써보고 싶다고 말했다. 정인이 드라마를 마니아 수준으로 좋아하는 건 알았지만, 직접 극본을 써보겠다고 나설 줄은 예상하지 못했다. 이유를 묻자 정인은 이렇게 말했다.

"기자는 아무리 잘난 척해봐야 사건을 쫓아가는 사람

이지, 사건을 만드는 사람은 아니잖아. 그런데도 매체의 영향력을 자신의 영향력으로 착각하며 잘난 척하고 다니는 기자들이 너무 많아. 웃기지 않아? 더 늦기 전에 온전히 내 이름을 걸고 내가 해보고 싶었던 꿈을 시도하고 싶어졌어. 당분간 오빠가 고생 좀 해주면 안 돼? 오래 걸리진 않을 거야. 내 퇴직금이 바닥날 때까지만 버텨볼게. 그때까지도 결과가 나오지 않으면 내 재능이 거기까지인 것으로 알고 그만둘게. 알았지?"

이미 결심을 굳힌 정인을 막을 방법은 없었다. 정인은 기자를 그만둔 이후 평일에는 방에 틀어박혀 극본을 썼고, 주말에는 완결 드라마를 하루 종일 몰아서 봤다. 나는 그런 정인을 응원해주면서도 큰 기대를 하진 않았다. 선수가 축구 경기를 답답하게 풀어간다는 이유로, 팬이 직접 그 경기에 뛰어들 순 없는 노릇 아닌가. 그런데 정인이 쓴 극본은 내 예상을 깨고 퇴직금이 바닥나기도 전에 몇몇 크고 작은 공모전에서 당선되는 기염을 보였다. 하지만 정인의 극본이 드라마로 제작될 기회가 좀처럼 잡히지 않고 있는 것도 현실이다. 자연스럽게 자녀 계획도 미뤄졌다. 더불어 처가와 친가의 압박 강도도 높아졌다.

병희 형이 조금 전 했던 말이 귓가에서 쉽게 떠나지 않았다. 나는 과연 회사를 박차고 나올 각오를 하고 내부고

발자가 될 수 있을까? 그런 빈약한 증거를 증거라고 내세울 수 있을까? 몇 번을 생각해봐도 어려운 일이었다. 문득 정인의 생각이 궁금해졌다. 나는 정인의 방문을 열고 들어가 조심스럽게 물었다.

"내가 만약 회사를 그만두면 어떻게 할 거야?"

정인은 싸늘한 표정을 지으며 주먹을 쥐어 보였다.

"다시 그런 헛소리 하면 죽는다."

나는 헛기침을 하며 방에서 나와 욕실로 향했다. 샤워기에서 흘러나온 뜨거운 물이 어깨를 적시자 피로와 함께 현기증이 몰려왔다. 얼굴을 씻는데 오른쪽 볼에 난 뾰루지에서 통증이 느껴졌다. 며칠 전 볼에 올라온 뾰루지가 곪은 모양이었다. 나는 뾰루지를 터트리기 위해 습기에 흐려진 거울을 닦고 얼굴을 거울 가까이에 비쳤다. 거울에 비친 내 얼굴이 낯설게 느껴져 흠칫했다. 나는 양손 검지로 뾰루지를 짰다. 뾰루지는 터지지 않고 부어올라 통증만 더 심해졌다. 거울이 다시 흐려졌다.

방관자들

나는 더 이상 대한민국의 언론을 믿지 않는다.

김수연 인턴기자의 죽음은 대한민국 언론계의 온갖 모순을 집약해 보여준 비극이었다.

최근 들어 언론사들은 채용에서 직무 관련 경험을 중시하고 있다. 언론사 지망생들에게 인턴기자는 직무 관련 경험과 스펙을 쌓을 수 있는 좋은 기회이다. 이 때문에 인턴기자 모집 경쟁률은 신입 공채를 방불케 할 정도로 높다. 언론사들은 인턴기자 모집 공고를 내며 취재현장 경험과 교육 제공을 약속한다. 그러나 대부분의 인턴기자들은 허드렛일에 내몰리고 있으며, 언론사가 약속한 체계적인 교육도 받지 못하는 게 현실이다.

나는 1년 전 치열한 경쟁률을 뚫고 한 언론사의 인턴기자로 선발됐다. 그러나 내 인턴기자 생활은 기대했던 것과 너무도 달랐다. 모집공고의 내용과는 달리 나는 기사 작성, 취재 방법 등에 대한 교육을 전혀 받지 못했다. 사무실에 멍하니 앉아 자리만 지키다가 퇴근하는 일도 있었다. 심지어 인턴기자를 관리하는 체계조차 잡혀 있지 않아, 선배 기자들도 어떻게 인턴기자들을 교육시켜야 할지 모른다.

그곳에서 나는 단 한 차례도 취재 현장을 경험해보지 못했다. 내 주된 업무는 하루 종일 사무실에 앉아 다른 기사의 문장을 살짝 돌려 베껴 쓰는 일이었다. 홈페이지 조회 수를 늘리기 위해 자극적인 키워드를 기사와 제목에 넣을 때마다 자괴감에 시달렸다. 경력에 전혀 도움이 되지 않을 것 같아 그만두고 다른 언론사에 인턴기자로 지원해 선발됐지만, 그곳에서도 내 업무는 크게 달라지지 않았다.

대한민국 언론사의 인턴기자는 허드렛일을 할 사람이 부족하니까 싼값에 부리기 위해 소모되는 존재에 불과하다. 그럼에도 불구하고 이력서에 한 줄이라도 더 채워넣기 위해 지금도 수많은 인턴기자 지원자들이 언론사에 몰리고 있고, 언론사들은 이를 착취하고 있는 게 현실이다. 김수연 기자도 그렇게 꿈을 미끼로 착취돼온 언론사 지망생들 중 하나였다.

대부분의 언론사들은 인턴기자들에게 활동비 명목으로 최저임금에 미치지 못하는 임금을 지급한다. 야근수당 등 초과근무수당 따위는 기대할 수 없다. 뿐만 아니라 주말에도 언론사 업무와 관계없는 각종 행사에 잡부로 동원되기 일쑤다. 물론 정식채용을 전제로 인턴기자를 선발해 제대로 교육을 시키는 언론사들도 있다. 그러나 그런 언론사는 소수에 불과하다.

언론사 채용공고들을 살펴보면 오르지 못할 경력기자 채용 공고와 버려질 인턴기자 채용 공고만 널려 있다. 언론사들이 과연 열정페이, 비정규직, 청년실업 문제를 지적할 자격이 있는가? 나는 더 이상 대한민국의 언론을 믿지 않는다. 그리고 기자의 꿈을 접은 것도 전혀 후회하지 않는다.[*]

- 前 언론사 지망생

수연의 죽음은 다음날 온·오프라인에서 언론계의 비정규직 문제 논란으로 비화됐다. 수연의 빈소에서 일어났던 소동이 크게 기사화된 후, 몇몇 시민단체들이 언론계의 비정규직 문제를 정면으로 들고 나온 것이다. 이와 더불어 한 언론사 지망생 출신 필자가 익명으로 미디어 비평 전문지에 실은 기고는 해시태그 'No Gain No Pain'과 함께 빠르게 SNS에서 공유돼 많은 사람들의 관심을 모았다.

---

[*] 기자협회보 2015년 8월 19일자 '스펙이라는 당근 내걸어 기자 아닌 알바로 부리는 언론사' 기사 일부 참조.

언론계의 비정규직 문제는 지금까지 비정규직 문제의 사각지대에 놓여 있었다. 언론과의 관계를 의식한 정치권은 여야 할 것 없이 언론계의 비정규직 문제의 공론화에 소극적인 태도를 보여왔다. 언론사 지망생들 역시 한 다리만 건너면 서로 연결될 정도로 좁은 바닥에서 자칫 취업에 불이익을 받을까 염려해, 불합리한 일을 겪고도 공론화를 꺼려왔다. 심지어 이직 시 전 직장에서 퇴직금을 제때 받지 못해도, 평판을 염려해 이의 제기를 못 하는 현직 언론인들도 있을 정도다. 이 때문에 언론계 비정규직 문제는 언론계를 전문적으로 취재하는 일부 매체를 제외하고는 대부분의 언론사들이 외면해온 문제였다. 모두가 공범이기 때문이다. 비정규직 노동자 문제를 다루는 고발 프로그램조차 비정규직 노동자를 고용해 프로그램을 제작하는 게 현실이니 말이다. 수연의 죽음과 관련된 기사는 수연의 유가족이 〈매일한국〉을 상대로 소송을 제기한다는 몇몇 기사들 외에는 새로운 게 보이지 않았다. 나는 언론계의 보이지 않는 단합의 위력에 경악했다.

하지만 SNS에서의 반응은 더욱 뜨거워져 있었다. 수연이 유서에 남긴 문구인 'No Gain No Pain'이란 이름으로 비정규직 노동자들이 익명으로 불합리한 사례를 공유하고 고발하는 페이스북 페이지(https://www.facebook.com/

NoGainNoPainCrew)가 만들어진 것이다. 대기업 인턴사원부터 편의점 아르바이트생까지 다양한 직종의 비정규직 노동자들이 자신이 겪은 부조리를 'No Gain No Pain' 페이지에 게시물로 쏟아냈다. 이들이 쏟아낸 다양한 사례들은 여러 언론사의 기획기사로 엮여 포털 사이트의 뉴스 메인 페이지를 채웠다. 방송사들 또한 앞다퉈 기업의 비정규직 문제를 비중 있게 다뤘다. 나는 이 같은 언론사들의 뻔뻔함에 치를 떨었다. 심지어 홍 부장까지 부원들에게 'No Gain No Pain' 페이지에 올라온 사례들을 실시간으로 수집해 묶어서 가볍게 기사를 작성하고, 수집한 사례들을 사회부로 전달하라는 지시를 내렸다. 나는 어이가 없어 홍 부장에게 사내 메신저로 메시지를 보냈다.

— 부장, 솔직히 이건 아닙니다. 수연이가 죽은 지 얼마나 됐다고.

— 설마 내가 이 짓을 하고 싶어서 하겠냐? 아침회의 시간에 이에 대해 온라인 기사로 실시간 대처하라는 지시를 받았다.

— 국장이 회의에서 지시한 겁니까?

— 지금 가장 조회 수가 잘 나오는 기사가 그 내용을 다루는 기사인데, 우리만 손 놓고 있을 순 없지 않냐. 묻어갈 때는 같이 묻어가야지. 오전이 지나지도 않았는데 벌

써 어제보다 조회 수가 2배 이상 올랐다.

— 다른 매체는 몰라도 우리가 이런 기사를 내면 정말 욕 많이 먹을 겁니다.

— 일단 국장의 지시가 내려왔으니 하는 척은 해야 한다.

나는 고개를 들어 홍 부장을 바라봤다. 홍 부장은 상기된 표정으로 모니터를 보며 미소를 짓고 있었다. 홍 부장의 머릿속에는 나에게 강조했던 '회사 홈페이지 트래픽 1년 내 100% 증가'라는 목표 외엔 없는 것 같았다. 20여년 전 삼풍백화점 붕괴 현장에서 탐욕에 사로잡힌 미소를 지으며 옷을 훔치는 중년 여성의 모습이 CCTV에 잡혀 전국민의 공분을 일으킨 바 있다. 홍 부장의 미소가 그 중년 여성의 미소와 닮은 것 같아 소름이 돋았다. 어제 병희 형이 남긴 말이 머릿속에서 마치 묵시록처럼 울렸다.

"사회적 약자인 노숙자들이 같은 노숙자를 약하다는 이유로 폭행하고, 여성이란 이유로 희롱하는 것도 세상이야. 유대인을 학살했던 독일군도 집에선 평범한 가정의 가장이자 아들이고, 국민이었어. 악은 이렇게 평범하고 일반적인 상황에서도 나올 수 있어."

데스크에게 지시를 내렸을 국장, 그 지시를 따르는 홍 부장, 백화점 붕괴 현장에서 옷을 훔치던 중년 여성. 이들모두 누군가의 따뜻한 배우자이자 부모일 것이란 사실이

섬뜩했다. 내가 섬뜩해하거나 말거나 기사는 부지런히 올라오고 있었다. 'No Gain No Pain' 페이지에선 우리가 올린 비정규직 문제 관련 기사가 실시간으로 공유돼 댓글로 온갖 욕을 먹고 있었다. 인턴들이 디지털뉴스부에서 이 꼴을 보지 않고, 다른 부서에서 교육을 받고 있다는 사실에 안도했다.

나는 인턴들에게 저녁에 시간이 되면 만나서 간단히 맥주나 한잔하자고 문자메시지를 보냈다. 5명 중 서희철, 남승엽, 이지영 등 3명이 응했다. 나는 인턴들에게 무심코 며칠 전 수연과 만났던 비어캔치킨집에서 만나자고 공지했다. 순간 아차 싶었지만 마땅한 곳이 떠오르지 않아 장소를 변경하진 않았다.

업무 시간 내내 디지털뉴스부는 'No Gain No Pain' 페이지 관련 기사들을 작성했고, 그 기사들은 해당 페이지에 공유돼 끊임없이 욕을 먹으며 회사 홈페이지 조회 수를 높여줬다. 퇴근 무렵 홍 부장은 메신저로 부원들에게 〈매일한국〉 홈페이지가 최근 1년간을 통틀어 가장 높은 일간 조회 수를 기록했다고 격려하는 메시지를 보냈다. 내가 지금까지 경험한 최악의 노이즈마케팅이었다.

퇴근 후 비어캔치킨집에 모인 인턴들의 표정은 여전히 침통했다. 나는 분위기를 전환하고자 맥주 500cc 4잔을 먼저 주문해 건배를 제의했다. 인턴들은 억지로 미소를 지으며 건배에 응했다. 아무래도 분위기 전환이 어려울 것 같아 비어캔치킨이 나오기 전에 나는 바로 본론으로 넘어갔다.

"수연이 빈소에는 다들 잘 다녀왔지?"

희철이 승엽과 지영의 눈치를 보다가 한숨을 쉬며 말했다.

"뉴스를 보니 빈소가 소란스러운 것 같아서, 빈소가 마련된 다음날 오전에 조문객이 뜸할 때 함께 다녀왔습니다. 저희 셋은 발인에도 참여했고요."

"김원용, 주은혜 두 친구는 따로 일정이 있어서 못 나온 거야?"

"은혜는 며칠 전부터 몸이 좋지 않아서 먼저 집으로 갔습니다. 그리고 원용이는 수연이 누나 죽고 나서 그만뒀고요."

"원용이 그 친구는 왜?"

승엽이 살짝 빈정거리는 말투로 대답했다.

"기자 일에 관심은 있는 것 같았는데, 아쉬울 것 없는 친구예요. 뭐 이 일 안 해도 크게 지장 없기도 하고요."

"그래? 그 친구 집이 조금 사나 보네?"

"조금 사는 정도가 아니고 준재벌이에요. 여산전자 아

시죠? 요즘 잘나가는 LED 반도체 기업. 거기 회장님 막내 아들이에요. 저도 원용이와 대학동기인 친구한테 듣고 우연히 알았어요."

여산전자는 전 세계 LED 업계에서 열 손가락 내에 드는 매출액을 기록 중인 중견기업으로, 다수의 글로벌 특허를 앞세워 대기업과의 경쟁하면서 승승장구 중이다. 특히 여산전자는 지난해 전 세계 LED 시장이 역성장을 기록하는 가운데에서도 창사 이래 최대 매출액을 기록해 재계의 주목을 받았다.

원용은 반듯하게 잘 자랐다는 인상을 주는 인턴기자였는데, 그런 배경이 있었다니 놀라웠다. 원용에게선 치열하게 일에 매달리는 수연과는 달리 여유가 느껴져 비교가 되었다. 하지만 원용을 언급하는 인턴들은 표정에서 질시를 숨기지 못했다. 특히 지영은 노골적으로 반감을 드러냈다.

"저렇게 그만둬버릴 거면 처음부터 지원을 하지 말았어야죠. 정말로 이 일을 원하는 사람의 자리 하나를 뺏는 건데."

희철이 내 눈치를 보며 지영을 제지했다. 그러나 지영은 멈추지 않았다.

"저희는 이번 기회를 놓치면 언제 다시 기회를 잡게 될지 모르는데, 원용이는 기자 안 해도 먹고사는 데 아무런 지장이 없잖아요. 원용이가 착한 애인 건 아는데 솔직히 짜증 나요. 수연이 언니만 불쌍해요."

지영은 눈물을 훌쩍이며 맥주를 들이켰다. 승엽이 지영을 달래며 말했다.

"국장께서 말씀하셨잖아. 우리 모두 곧 수습기자 신분으로 전환되니 남은 기간 동안 열심히 일하라고."

나는 승엽의 말에 고개를 갸우뚱했다. 홍 부장은 내게 인턴 교육을 맡길 때 분명히 인턴들 중 일부만 정규직으로 전환된다고 귀띔을 했기 때문이다.

"국장이 며칠 전 너희를 국장실로 불러서 뭐라고 얘기 했어?"

희철에 따르면 국장은 인턴들에게 이번에 선발된 인턴들 모두 수습기자로 전환될 예정이었는데, 슬픈 일이 벌어져 안타깝다고 말했다고 한다. 또한 국장은 인턴들에게 수연의 죽음과 관련해 엉뚱한 이야기가 떠돌 수 있으니 외부에서 수연에 대한 이야기는 언급하지 않는 것이 좋을 것 같다고 주의를 줬다는 것이다. 전원 수습기자 전환은 아무리 생각해봐도 인턴들의 입막음을 위한 미끼였다.

"너희 그날 식당에서 국장이 하는 말 모두 들었지?"

셋은 말없이 고개를 끄덕였다. 셋은 국장이 그날의 대

화를 인턴들도 들었다는 사실을 모른다고 여기는 것 같
았다.

"국장이 너희한테 한 말이 그게 전부였어?"

"네. 다른 말씀은 안 하셨습니다."

나는 잠시 고민 끝에 셋에게 진실을 털어놓았다.

"국장은 너희가 그날 대화를 모두 들었다는 걸 알고 있
어. 수연이가 죽은 날, 내가 국장한테 너희도 대화를 들었
다고 분명히 얘기해줬거든. 그리고 너희가 전원 수습기자
로 전환된다는 말은 여기서 처음 듣는다. 홍 부장은 분명
히 나한테 너희 중 일부만 전환된다고 얘기했어."

셋은 일제히 당황스럽다는 표정을 지으며 입을 다물지
못했다. 나는 셋의 눈을 차례로 바라보며 말을 이었다.

"나는 국장이 너희한테 한 말이, 수연이의 죽음과 관련
해 너희 입을 막기 위한 사탕발림이라고 생각한다. 그러
니까 너희가 나서서 문제를……."

"선배, 그만하세요."

지영이 내 말을 끊으며 다소 격앙된 목소리로 따지듯
말했다.

"선배가 하신 말씀은 못 들은 걸로 할게요."

"그게 무슨 소리야?"

승엽이 나와 지영의 사이에 끼어들어 조심스럽게 물

128 침묵주의보

었다.

"선배의 말씀은 수연이 누나가 국장의 말 때문에 죽었으니 저희가 나서서 진상을 밝혀야 한다는 의미인가요?"

나는 승엽의 단도직입적인 질문에 말문이 막혔다. 승엽은 침착한 목소리로 다시 물었다.

"선배는 정말로 수연이 누나가 국장의 말 때문에 죽었다고 생각하세요? 수연이 누나가 죽은 건 안타깝고 슬픈 일이에요. 하지만 납득이 가지 않는 것도 사실이에요. 저뿐만 아니라 저희 모두 같은 생각이에요. 말 한 마디로 죽을 목숨이면 저도 군대에서 갈굼 당할 때 여러 번 죽었을 거예요."

내가 승엽의 질문에 대답할 틈도 없이 지영이 끼어들었다.

"언론사 지망생들이 모이는 온라인 카페에서 왜 언론사에 대한 비판이 잘 안 올라오는지 아시잖아요. 이 바닥 정말 좁아요. 모두들 혹시라도 모를 불이익을 두려워해요. 선배도 그 카페를 통해 언론사 시험을 준비하셨을 테니 잘 아시잖아요. 온라인 구직 사이트에서 쉽게 검색할 수 있는 연봉정보조차 다들 눈치를 보고 올리지 못해요. 어쩌다 불만이 올라와도 철저히 익명이고요. 많은 눈이 지켜보고 있다는 걸 잘 아는 거예요. 만약에 저희가 수연이 언니의 죽음에 대해 공개적으로 문제를 제기하면 어떤 일이 벌어질 거라고 생각하세요? 아마 저희는 〈매일한국〉에 발을 붙이기 어렵게 되겠죠. 뿐만 아니라 다른 언론사에 소문이 돌면 원서를 내더라도 불이익을 받게 될지 모르고요."

지영의 반박하기 어려운 지적은 나를 아프게 찔렀다. 지영의 지적은 병희 형의 지적과 크게 다르지 않았다.

"이번에 뽑힌 인턴들은 정규직 전환형 인턴이잖아. 열심히 일하고 별다른 사고를 치지 않으면 우리 식구로 들어올 가능성이 높은 녀석들이라고. 최악의 취업 빙하기가 계속되는 데다 다른 곳에 취업이 보장된 것도 아닌데, 어느 정도 보장된 자리를 걸고 감히 회사에 불리한 행동을 나서서 할 수 있을까? 불의는 참아도 불이익은 못 참는 게 인간사야."

아무 말도 못하고 얼굴을 붉히는 나에게 지영이 쐐기를 박았다.

"당장 졸업 후 몇 년만 허송세월해도 취직이 힘들어지는 마당에, 그 공포를 이겨내라는 말인가요? 그런 의도라면 저희한테 너무 무책임한 말이에요. 죄송하지만 문제를 제기하고 싶으면 선배가 직접 해주셨으면 좋겠어요. 국장과 그날 직접 대화를 나누셨던 분은 저희가 아니라 선배잖아요. 저희는 그저 우연히 그 자리 가까운 곳에 있다가 대화를 듣게 된 것뿐이고요. 선배는 수연이 언니를 위해 자리를 걸고 회사에 문제를 제기하실 수 있으세요?"

지영의 물음에 집에서 드라마 극본을 쓰다가 컵라면을 먹던 정인의 얼굴이 떠올랐다. 마음에 군살이 붙으면 겁이 많아진다. 나는 아무런 답을 할 수 없었다. '밥'이란 정말 무서운 것이었다. 나에게도, 인턴들에게도. 승엽이 미안함을 담은 목소리로 말했다.

"선배, 저희가 정말 비겁한 소리를 하고 있다는 것 잘 알아요. 사회의 부조리를 바로 잡아보겠다며 기자를 지망했는데 가까운 곳의 부조리를 보고도 어쩌지 못하고 있으니까요. 하지만 우선 언론사에 취직을 해야 기자로서 뭐든 시도해볼 수 있는 거잖아요? 사실 저는 선배가 홀로 나서서 수연이 누나의 죽음에 대한 문제를 제기하는 것도 바라지 않아요. 혹시라도 저희한테 불똥이 튈지도 모르는 일이잖아요."

병희 형의 말대로 내가 너무 나이브한 놈이란 사실을, 나보다 한참 어린 인턴들을 통해 절감했다. 인턴들은 나보다 훨씬 현실적이고, 세상의 무서움을 잘 아는 친구들이었다. 셋과 더 이상의 대화는 무의미하다는 생각에 나는 자리를 정리했다.

"대충 다 먹었으면 오늘 자리는 이쯤에서 정리하자. 다들 바쁜데 붙잡고 괜한 소리를 해서 미안하다."

"선배, 죄송합니다. 먼저 가보겠습니다"

나는 셋을 먼저 보내고 홀로 자리에 남아 소주 한 병을 더 주문했다. 술잔에 담긴 소주의 표면 위에 내 얼굴이 비쳤다. 나는 내 얼굴을 삼키며 옳은 말이 틀리게 들리고, 틀린 말이 옳게 들렸던 방금 전의 사태를 생각했다. 그 사태가 낯설고 두려워 바깥으로 걸음이 옮겨지지 않았다. 나는 홀로 오랫동안 자리에 앉아 있었다.

연 결 고 리

출근 후 컴퓨터를 켜고 메신저를 열자 '정보보고'라는 제목으로 도착한 찌라시가 보였다. 마우스로 스크롤바를 내리며 대충 찌라시를 훑던 나는 한 단락에서 마우스를 멈췄다. 'No Gain No Pain' 페이지를 언급하는 내용이 눈에 띄었다.

◎기업들, 'No Gain No Pain' 페이지에 전전긍긍

• 기업들이 'No Gain No Pain' 페이스북 페이지를 통해 공유되는 기업 내 부조리 사례 때문에 비상이 걸린 상황임. 페이지가 처음 만들어졌을 당시에는 기업의 이름을 익명으로 처리한 게시물들이 많았지만, 현재는 이를 공개하는 게시물들이 많아졌음.

기업의 이름을 익명으로 처리한 게시물들도 댓글을 통해 기업의 이름이 밝혀져 익명이 사실상 무의미해짐.

• 특히 KW그룹의 기업 이미지 타격이 심각. KW그룹의 계열사 KW테크가 최근 희망퇴직 대상자를 사원·대리급까지 확대했다는 소식이 'No Gain No Pain' 페이지를 통해 처음 알려짐. KW그룹은 인재경영을 강조하는 TV광고로 국민적인 호감도를 높여왔음. 그러나 TV광고에 등장했던 사원 모델까지 퇴사했다는 루머까지 퍼지며 기업 이미지 급락 중.

• 'No Gain No Pain' 페이지는 최근 온라인 기사로 유서를 남기고 자살해 사회적 파장을 일으켰던 김수연 〈매일한국〉 인턴기자를 추모하고자 개설됨. 이 페이지는 이후 인턴, 아르바이트 등 비정규직 근로자들을 비롯해 신입사원들을 아우르는 소통공간으로 발전하며 20~30대 취업준비생들의 지지와 공감을 얻고 있음.

나는 포털 사이트에서 KW그룹 관련 기사를 검색해봤다. '단독' 타이틀을 걸고 KW그룹을 질타하는 기사가 몇 개 검색됐다. 그중에는 〈매일한국〉의 기사도 있었다. 이들 기사 모두 온라인 담당 기자가 'No Gain No Pain' 페이지를 실시간으로 주시하다가 KW그룹 관련 게시물이 올라오자 바로 기사화시킨 것이었다. 기사들이 출고된 시간도 서로 엇비슷했다. 최대한 기사를 빨리 출고하려다 보니 오타를 잡지 못하고 그대로 내보낸 기사도 더러 보였다. 간발의 차로 '단독'을 놓친 나머지, 다른 기사를 오타까지 그대로 베껴와 바이라인만 바꿔 단 기사도 있었다. 기사 속보 경쟁이 아니라 마치 육상 단거리 레이스를 보는 것 같았다. 소리 없는 막장이었다.

이날 오전, 회사는 수연의 죽음과 관련한 입장을 사고(社告)로 발표했다. 지난 며칠간 'No Gain No Pain' 페이지를 비롯해 온라인상에선 〈매일한국〉이 수연의 죽음에 대한 진상을 제대로 밝히고 인턴기자 평가 기준을 공개해야 한다는 요구가 빗발쳤다. 이 같은 요구가 더 이상 무시할 수 없는 지경에 이르자, 사측은 사고를 통해 사내에서 인턴기자에 대한 그 어떤 불합리한 대우도 없었다며 루머에 대해선 법적대응을 하겠다고 입장을 밝혔다.

[알립니다] 〈매일한국〉은 늘 공정하게 인재를 선발해왔습니다

〈매일한국〉의 사시(社是)는 사회정의, 인간존엄, 민주주의입니다. 지난 1951년 한국전쟁 중에 창간한 〈매일한국〉은 이 같은 사시를 바탕으로 지금까지 우수한 인재를 공정하게 선발하기 위해 노력해왔습니다.

얼마 전 〈매일한국〉에서 인턴기자가 안타깝게 세상을 떠나는 일이 벌어졌습니다. 고인은 〈매일한국〉에 정규직 전환형 인턴기자로 입사해 각 부서에서 우수한 평가를 받았던 인재였습니다. 고인을 포함한 모든 인턴기자들은 인턴 기간을 마친 뒤 전원 수습기자로 채용될 예정이었습니다. 따라서 고인이 〈매일한국〉에서 정규직을 미끼로 부당한 대우를 받았다는 루머는 근거 없는 소문에 불과합니다.

그러나 최근 온라인상에서 고인의 죽음을 둘러싼 악의적인 비방과 소문이 유포돼 고인과 〈매일한국〉의 명예를 훼손시키는 일이 벌어지고 있습니다. 〈매일한국〉은 이 같은 비방과 소문이 사실이 아님을 밝히는 바입니다. 향후 이 같은 비방과 소문이 더 확산되면 강력한 법적 대응에 나설 것입니다.

예상치 못했던 사건으로 독자 여러분께 심려를 끼쳐드려 송구합니다. 앞으로 〈매일한국〉은 새로운 인재들과 함께 더욱 날카롭고도 따뜻하며 참신한 기사로 독자 여러분의 성원에 보답하겠습니다.

사측이 사고로 법적 대응 방침을 밝혔음에도 불구하고, 네티즌들의 비난은 쉽게 잦아들지 않았다. 사고는 한 네티즌이 'No Gain No Pain' 페이지에 공개한 '최근 5년간 주요 일간지 수습기자 출신교 분석'과 맞물려 온라인상에서 더욱 논란을 불러일으켰다. 이 네티즌은 각 언론사 홈페이지에 공개된 사보(社報)에서 수습기자 프로필을 수집해 분석하고, 사보를 찾을 수 없는 언론사의 수습기자 프로필은 합격자 명단을 구한 뒤 해당 기자의 페이스북 페이지를 하나하나 조회해 통계를 냈다.

결과는 놀라웠다. 지난 5년간 주요 일간지 수습기자 합격자 중 지방대 출신은 열 손가락 이내였으며, 대부분 지방거점 국립대 출신이었다. 수연과 같은 대학교 출신 합격자는 단 한 명도 없었다. 합격자의 대부분은 속칭 '인서울' 출신이었고, 이들 중 절대 다수는 상위 몇 개 대학교에서 배출됐다. 또한 남자가 여자보다 몇 배나 많았다. 나는 이 같은 현실을 막연하게 짐작하고 있었지만, 통계로 접하는 현실은 충격적이었다. 이 네티즌은 수연을 비롯한 인턴기자들의 프로필까지 페이스북에서 찾아내 분석하며, 수연이 사실상 이들의 들러리에 불과했던 것 아니냐고 의문을 제기했다. 많은 네티즌들이 이 의견에 동조했다.

반론도 만만치 않았다. 언론인 지망생이라고 밝힌 네티즌은 "지방대 출신보다 인서울 대학 출신 지망생들의 수가 훨씬 많기 때문에 자연스럽게 저런 통계 결과가 나오는 것"이라며 "명문대 출신들도 언론사 입사에 실패해 다른 진로를 찾는 경우가 많은 게 현실인데, 의도적으로 지방대 출신을 우대한다면 오히려 역차별이 될 수 있다"고 반박했다. 자신을 대기업 신입사원이라고 밝힌 네티즌은 "기업들이 가장 원하는 신입사원의 덕목은 성실함인데, 서류상에서 지원자의 성실함을 판단할 수 있는 가장 신뢰할 만한 기준은 출신교밖에 더 있느냐"며 "차별과 차이는 엄격하게 구분해야 한다"고 강조했다.

반론에 반론이 이어졌다. 여자 언론인 지망생이라고 밝힌 네티즌은 "언론사 필기시험장을 살펴보면 남자보다 여자들이 훨씬 많은데, 최종합격자는 늘 남자들이 많다"며 "지방대보다 서울 명문대 출신 지망생들이 많기 때문에 저런 통계가 나온다는 의견에는 오류가 있다. 내 경험상 차별은 분명히 존재한다"고 의견을 피력했다. 방송국 PD 지망생이라고 밝힌 네티즌은 "나는 지방대 출신인데, 현직 지상파 방송사 PD에게서 재수나 편입으로 대학 간판을 명문대 간판으로 바꾸다는 게 쌓을 수 있는 최고의 스펙이란 말을 들었다"며 "현직조차 그런 현실을 인정하는데, 우리가 어떻게 언론사의 공정성을 믿을 수 있겠느냐"고 목소리를 높였다. 최근 한 언론사 입사시험 최종 면접에서 불합격했다는 네티즌은 "언론사 입사시험을 준비하며 가장 답답한 부분은 채점기준이 명확하지 않다는 점"이라며 "최소한의 가이드라인을 제시해주는 게 어렵냐"고 분통을 터트렸다.

반론은 감정싸움으로 번지기도 했다. 명문대 출신 취업준비생이라고 밝힌 네티즌은 "학창시절에 공부를 게을리해놓고 이제 와서 평등한 대우를 요구하는 것은 뻔뻔한 태도"라며 "같은 것은 같게, 다른 것은 다르게 적용하는 것이 정의"라고 주장했다. 기업의 인사담당자라고 밝힌 네티즌은 "면접을 보면 여자가 남자보다 훨씬 말을 잘하고 준비도 잘돼 있는데, 정작 회사에 들어오면 자기 의견도 없고 소극적일 뿐만 아니라 책임질 일을 하지 않으려고 한다"며 "결혼이나 출산과 동시에 퇴사하는 여직원도 적지 않은데, 기업 입장에서 굳이 여자를 뽑을 필요가 있겠느냐"고 반문했다.

홍 부장은 부원들에게 'No Gain No Pain' 페이지에 올라오는 게시물들 중 언론에 대한 비판적인 게시물과 수연과 관련된 게시물을 최대한 거르고, 기업의 비정규직 문제를 부각시키는 쪽으로 기사를 작성하라고 주문했다. 나는 잡생각을 접고 기계처럼 지시에 따랐다. 대한민국 언론을 총지휘하는 컨트롤 타워가 있는 게 아님에도 불구하고, 각 언론사들이 쏟아내는 기사의 논조는 마치 약속이라도 한 것처럼 우리와 크게 다르지 않았다. SNS 속 세상과 상관없이 포털 사이트 뉴스 페이지에 보이는 세상은 철저히 언론사들이 편집한 프레임 안에서 움직이고 있었다.

나는 점심식사를 마치고 사옥 근처 카페에서 아메리카노 커피를 마시던 도중 문자를 받았다. 윤 경사의 문자였다.

— 박 기자. 팔자 좋게 카페에서 혼자 커피나 마시고 있네?

카페 통유리창 바깥을 바라보니 윤 경사가 손을 흔들고 있었다. 나는 아메리카노 한 잔을 더 주문해 카페 밖으로 가지고 나와 윤 경사에게 건넸다.

"형님, 한 잔 드세요."

"내가 살다 살다 기자한테 커피를 다 얻어 마셔보네? 쎙유!"

"얼마 하는 것도 아닌데 뭘요."

윤 경사는 호들갑을 떨며 커피를 마셨다.

"점심 혼자 먹은 거야? 회사도 가까운데 나한테 전화하지 그랬어. 김영란법 한도 내에서 점심이야 얼마든지 사줄 수 있는데. 요즘 김영란법 때문에 밥 얻어먹고 다니기 쉽지 않지?"

윤 경사의 말이 얄밉게 들렸지만 대꾸할 말이 없었다.

기자가 외부에서 밥값을 내는 경우는 거의 없으니 말이다. 오죽하면 기자와 공무원, 노숙자가 같이 밥을 먹으면 노숙자가 밥값을 낸다는 농담이 생겼을까. 기자 초년병 시절 나에게 기자가 자기 돈을 내고 밥을 먹고 다니면 능력 없는 기자라고 말했던 선배도 있었으니 뭐.

"기자생활 하면서 얻어먹을 부서에서 일한 적도 없었고, 요즘에는 내근이라 얻어먹을 일이 더 없어요. 김영란법 때문에 불편한 양반은 주말마다 열심히 공짜 골프를 치러 다니던 부장급 이상들이죠. 소고기에 환장하는 몇몇 기자들도 좀 불편하겠네요. 제 돈 주고 감히 사 먹진 못할 테니. 저 같은 평기자는 김영란법이 있으나 없으나 달라질 게 없어요."

윤 경사는 어깨로 나를 툭 치며 능글맞게 웃었다.

"에이 또 뭘 발끈해서. 농담이야, 농담. 커피도 얻어 마셨는데, 내가 김영란법 한도 내에서 술 한잔 살게. 오늘 저녁에 시간 괜찮으면 간단하게 한잔 마시자. 시간 어때? 나는 오늘 마침 야간근무가 없다."

"김영란법 때문에 저녁에는 늘 약속이 없습니다요."

"광화문역 근처에 있는 순댓국집 알지? 매콤하게 잘하는 집 있잖아. 거기서 한잔하자. 시간은 언제가 괜찮아?"

"6시 30분쯤이면 도착할 것 같아요. 그럼 거기서 봐요.

근데 그 집 늘 손님이 많아서 이 추위에 밖에서 줄 서야 될지도 모르는데요? 예약도 안 되고."

"자리 금방 빠지잖아. 줄 서야 되면 기다리지 뭐. 내가 조금 먼저 도착해서 자리 잡아도 되고. 아무튼 이따가 거 기서 보자고."

퇴근 후 나는 약속 시간에 맞춰 순댓국집에 도착했다. 다행히 순댓국집에 자리가 몇 개 비어 있었다. 윤 경사도 곧 도착했다.

"어이쿠! 박 기자가 먼저 왔네? 쏘리쏘리. 여기요! 순댓 국 두 개하고 모둠수육 그리고 소주 한 병 주세요!"

주문한 음식은 바로 나왔다. 나와 윤 경사는 서로의 잔 에 소주를 채운 뒤 건배를 하고 잔을 한입에 털어넣었다. 윤 경사가 표정을 구기며 배를 살살 쓰다듬었다.

"이 소주 시야시*가 제대로네. 역시 소주는 공복에 한 잔 꺾어줘야 한다니까?"

"형님, 그런 근본 없는 일본어는 좀 그만 씁시다. 술이 나 받아요."

"이 집 순댓국은 먹어도 먹어도 질리지 않는단 말이야. 어떻게 이런 맛이 나지?"

---

* '차게 한 것'이라는 의미를 가진 일본어 '히야시(ひやし)'를 잘못 발음한 것.

"그런데 형님은 왜 여기로 전출되신 거예요?"

"글쎄올시다. 짐작이 가는 이유는 하나가 있긴 한데……. 박 기자네 회사와도 관련이 있는 것 같기도 하고."

"저희 회사하고요?"

약 6개월 전, 종로경찰서 교통계로 20대 중반으로 보이는 여성이 찾아왔다. 그녀는 윤 경사에게 억울함을 호소했다. 그녀는 자신의 차량을 주차장에서 빼려고 후진하던 중 다른 차량과 부딪혔다. 그녀의 차량과 부딪힌 차량은 멀리서 직진으로 다가오던 상황이었다. 이 사고로 목 부위의 통증을 느낀 그녀는 대인접수**를 신청했으나 상대방 측은 거부했다. 상대방 측은 주차장 후진접촉사고의 경우 후진차량의 과실이 크기 때문에 자신에겐 과실이 없다고 주장했다. 상대방 측이 충분히 피할 수 있었던 사고라고 판단한 그녀는 윤 경사에게 블랙박스 영상을 보여주며 제대로 조사해달라고 호소했다.

"그래서 어떻게 했어요?"

"솔직히 귀찮아서 그 사고는 후진 차량이 잘못한 거라고 말하고 무시했지."

** 교통사고 발생 시, 교통사고를 유발한 가해자가 가입한 보험회사 측에서 병원비 등을 직접 지불하기 위해 보험회사에 사고를 접수하는 것.

"이 형님 진짜 너무하네. 젊은 여자라고 무시한 거예요?"

몇 시간 후 그녀의 남자친구가 교통계로 찾아왔다. 그는 "변호사한테 블랙박스 영상을 보여주고 이 사고의 과실 비율을 문의해본 결과, 상대방 측 과실이 100%라는 답변을 들었다"며 윤 경사에게 제대로 조사해달라고 요구했다.

"그것도 무시한 거예요?"

"보통 후진접촉사고가 일어난 경우, 후진차량의 과실이 100%잖아. 나는 볼 것도 없이 그 여자 잘못이라고 생각했지. 상식적으로 주차장에서 앞 차량이 후진으로 차를 빼고 있는데 직진해 달려오는 경우는 없잖아. 이런 사고를 한두 번 보는 것도 아니고, 그냥 말도 안 되는 걸로 우긴다고 생각했지."

나는 어이가 없어 윤 경사에게 따졌다.

"최소한 블랙박스는 살펴보셨어야죠! 이 형님 일을 완전히 날로 하네."

"그런데 서장이 나를 부르더라."

다음날 아침 서장실로 불려간 윤 경사는 서장으로부터 근무태도가 너무 태만한 것 아니냐며 온갖 욕을 먹었다. 윤 경사는 평소에 자신이 성실하게 일해온 것은 아니지만, 서장의 반응이 이례적으로 격해서 몹시 당황했다. 며칠 후 서장은 윤 경사를 자신의 관할 내인 세종로파출소로 임의전출을 시켰다.

"아무리 서장이라도 자기 마음대로 부하를 임의전출시켜도 되는 건가요? 이건 누가 봐도 징계성 갑질인데. 뭐 따로 밉보인 것 있어요? 얼마 전에도 부하가 자기 말을 안 듣는다고 관할 내 파출소로 전출시킨 경찰서장이 중징계를 받은 일이 있어요. 이런 건 형님이 아무리 날로 먹는 경찰이어도 문제제기 해야죠. 이거 기사화하면 서장을 날릴 수도 있어요."

"박 기자, 릴렉스! 솔직히 나도 잘한 것 없잖아. 굳이 문제를 제기해서 서장하고 척지고 싶지 않아. 그래도 사석이나 술자리에선 꽤 괜찮은 양반이야."

나는 윤 경사의 빈 잔에 소주를 채우며 핀잔을 줬다.

"지금 누가 누구를 걱정해요. 아무튼 그 사건이 우리 회사하고 무슨 관련이 있다는 건가요?"

"맞다. 그 말을 한다는 걸 깜빡했네. 그때 그 여자의 남자친구로 왔던 녀석이 한 달 전인가 두 달 전쯤에 파출소로 찾아왔어."

"왜요?"

"그 친구가 자신을 〈매일한국〉 인턴기자라고 소개하더

라. 얼굴을 알아보고 서로 민망해했지. 방탄복이 잘 구비
돼 있는지 취재하러 왔기에 이번에는 친절하게 취재에 협
조해줬어."

두 달 전쯤 병희 형이 인턴들을 사건팀에서 교육시킬
때 썼던 기사가 머릿속에 떠올랐다. 당시 인턴들은 서울
지방경찰청 산하 파출소와 지구대를 돌아다니며 방탄복
이 얼마나 비치돼 있는지 취재했다. 취재 결과 국내에선
총기 사건이 적게 발생한다는 이유로 방탄복이 파출소와
지구대에 제대로 지급되지 않고 있다는 사실이 확인됐다.
이 기사는 일선 경찰들의 안전에 대한 사회적인 관심을
불러일으키며 주목을 받았다.

"그 친구 이름 기억하세요?"

"김용운? 김영원? 헷갈리네⋯⋯."

"김원용 아닌가요?"

"맞아! 김원용이다, 김원용. 그 친구는 요즘 어떻게 지
내?"

"적성이 맞지 않는지 그만둔다고 하더라고요."

"왜? 그때 취재하던 모습을 보니까 기자로 잘 어울리
던데?"

나는 인턴들에게 들은 원용의 집안 배경을 윤 경사에게
간략하게 설명해줬다. 윤 경사는 감탄했다.

"정말 바르게 자란 친구네. 겉모습만 보고는 모르겠던데. 요즘 재벌 2세들이 여기저기서 얼마나 깽판을 많이 치냐. 여자친구 교통사고 처리를 도와주러 왔을 때에도 흥분하지 않고 침착하게 대처하는 모습이 인상적이었거든. 이럴 줄 알았으면 그때 신경 쓰는 건데, 젠장."

윤 경사는 몹시 아깝다는 표정을 지으며 술잔을 비웠다. 나도 따라 술잔을 비웠다. 윤 경사는 내 잔과 자신의 잔에 소주를 채우며 은근한 목소리로 말했다.

"그런데 박 기자네 회사하고 진짜 관련 있는 사람은 김원용 그 친구가 아냐."

"네? 그럼 누군데요?"

윤 경사는 가까이 다가와 귓속말을 했다.

"그 친구의 여자친구."

윤 경사는 뜻밖의 말을 듣고 당황하는 나를 보며 씩 웃었다.

"이야기를 더 듣고 싶어? 그러면 2차는 박 기자가 쏴. 맥주나 마시자."

추 론

밖으로 나온 우리는 순댓국집과 가까운 호프집으로 들어갔다. 나는 맥주 500cc 두 잔과 노가리를 주문하며 윤 경사에게 이야기를 재촉했다.

"그 여자가 우리 회사하고 무슨 관계가 있다는 거예요?"

윤 경사는 기본 안주로 나온 마카로니 뻥튀기를 씹으며 말했다.

"아까 박 기자가 서장이 나를 파출소로 임의전출 시킨 건 부당하다고 말했잖아? 나도 당연히 그렇게 생각했지. 왜 그런 일이 벌어졌을까……. 박 기자는 어떻게 생각해?"

"형님이 그 여자의 사고를 제대로 처리하지 않고 나서 바로 서장의 호출이 있었고, 뒤이어 임의전출이 있었으니, 변수는 그것밖에 없잖아요?"

"맞아. 박 기자 말대로 그 여자밖에 변수가 없지. 그 여자가 설마 서장의 이거?"

윤 경사는 새끼손가락을 들어 보이며 실실 웃었다.

"이 형님이 진짜!"

"남자친구랑 같이 경찰서에 왔으니 그건 당연히 아니겠지. 그런데 그 젊은 여자가 무슨 수로 서장한테 입김을 불어넣을 수 있었을까?"

내가 골똘히 생각하고 있는 사이 윤 경사가 테이블을 손바닥으로 치며 말했다.

"그 여자와 가장 가까운 사람! 그 여자의 아버지나 어머니 혹은 일가친척이 서장과 연결돼 있을 가능성이 높겠지. 안 그래?"

"그러게요……. 그렇겠네요!"

"나도 내 나름대로 그 여자의 배경을 좀 알아봤지. 답이 생각보다 금방 나오더라고. 그 여자의 아버지는 현직 기획재정부 고위공무원이었어. 그 여자는 그 양반의 외동딸이었고."

나는 노가리의 뼈를 발라내던 손을 멈추고 윤 경사에게

물었다.

"이거 뭔가 냄새가 나긴 나네요. 혹시 경찰서를 이전하거나 신축할 계획이 있나요? 기재부에서 예산심의의 문턱을 못 넘으면 계획이 물 건너갈 수도 있거든요."

윤 경사는 오른손 검지를 좌우로 흔들어 보였다.

"그건 아니야. 아직 멀쩡한 건물인데 뭐. 서장이 행시특채* 출신이야. 그래서 나랑 나이도 얼마 차이 안 나는데 빨리 출세했지. 중요한 건 그 여자의 아버지가 서장하고 같은 대학 같은 과 선배이자 행시 선배라는 거야. 이제 뭔가 그림이 그려지지 않아?"

나는 윤 경사와 나눈 대화를 바탕으로 그림을 그려나갔다. 원용의 여자친구가 집으로 돌아가 경찰서에서 자신이 겪었던 일을 아버지에게 털어놓는다. 마침 그녀의 아버지는 서장과 인연이 깊다. 그녀의 아버지는 서장에게 사랑하는 외동딸이 그날 경찰서에서 겪은 일에 대해 불만을 표한다. 선배의 불만을 들은 서장은 평소에 근무태도가 좋지 않았던 점을 구실로 삼아 윤 경사를 파출소로 임의전출 시킨다. 그림이 거의 그려졌지만 하나가 부족했다.

---

* 경찰 임용 방법 중 하나로 행정자치부 5급 공개경쟁채용시험(舊 행정고시) 합격자 중 정부부처 2년 이상 근무 경력자를 경정 계급으로 특채한다.

"형님이 파출소로 전출된 이유는 이제 대강 짐작이 가요. 그런데 그게 우리 회사하고 무슨 관련이 있다는 말인가요?"

"그 여자의 아버지 이름을 인터넷에서 한번 검색해봐. 그러면 내 말이 무슨 소리인지 바로 알게 될 테니까."

"이름이 뭔데요?"

"이강우."

나는 가방에서 태블릿을 꺼내 포털사이트에서 이강우라는 이름을 검색해봤다. 10명 이상의 동명이인이 검색됐고, 그중 직업이 공무원인 사람은 한 명이었다. 그의 사진을 선택하자 인물정보가 나타났다. 가족 정보에 낯익은 이름이 보였다. 그 이름을 선택하자 더욱 낯익은 얼굴이 사진으로 나타났다.

"이형우……. 우리 회사 오너네요?"

"그래. 그 여자의 아버지가 박 기자네 회사 오너 동생이야. 그 여자는 오너 조카딸이고. 어때? 아주 깊은 관계가 있지?"

내 입에서 신음 소리가 흘러나왔다. 윤 경사는 맥주를 홀짝이며 마치 남 말하듯 말했다.

"그러니까 박 기자네 회사에선 내 임의전출을 가지고 절대로 기사를 쓸 수 없어. 그리고 나도 괜히 기사로 시끄러워지는 걸 원하지 않고."

"형님, 그 여자 이름은 뭔가요?"

"뭐 평범한 이름이야. 이정아."

나는 머릿속에서 새로운 밑그림을 그려나갔다. 김원용은 요즘 글로벌 LED 시장에서 주목받는 여산전자 회장의 막내아들이다. 이정아는 기재부 고위공무원의 외동딸이자 〈매일한국〉 오너의 조카딸이다. 김원용과 이정아는 연인 사이다. 그런데 김원용은 왜 〈매일한국〉의 인턴기자로 입사했을까? 남부러울 것 없는 여산전자 회장의 막내아들이 왜? 뭔가 중요한 게 더 그려질 듯하다가 그려지지 않아 답답했다.

"이해가 되지 않아요……."

"이만큼 설명했는데 내가 왜 파출소로 전출됐는지 짐작이 안 돼?"

"형님 말고요. 김원용 그 친구가 도대체 왜 우리 회사에 인턴으로 들어왔는지 말이죠. 아버지 일을 도우면 될 텐데, 왜 굳이 우리 회사로 왔을까……."

"형들이 이미 물려받을 준비를 하고 있거나, 아니면 본인은 다른 일을 해보고 싶었던 모양인가 보지 뭐."

윤 경사는 눈을 비비며 심드렁하게 대답했다. 맥주를 다 마신 나는 윤 경사와 조만간 다시 만나기로 약속하고 헤어졌다. 집으로 돌아가는 택시 안에서 나는 그려지지 않는 그림을 더 그려보려 시도했지만 소용없었다. 답답함을 풀지 못한 채 집의 현관문을 열었다. 정인이 늦은 저녁으로 또 컵라면을 먹고 있었다.

"정인아. 어지간하면 그냥 햇반에 김치라도 꺼내 먹어라. 만날 컵라면만 먹으면 속 버린다."

"차려 먹을 정신이 어디 있어. 후딱 배만 채우고 방에 들어가야지. 밥하고 반찬 차리다 보면 글을 쓰던 리듬이 끊겨서 더 힘들어져. 오늘도 간단히 마셨네? 누구랑 마셨어? 또 병희 선배야?"

"간만에 아는 경찰이랑 마셨어."

"사건팀 떠난 지 꽤 됐는데 아직도 술 마시자고 찾아주는 경찰이 있어? 의리 있네?"

샤워를 마치고 욕실에서 나와 보니 정인은 이미 컵라면을 다 먹고 방으로 들어가 있었다. 나는 소파에 앉아 더이상 그려지지 않는 그림에 대해 고민했다. 마침 커피를 내리러 주방으로 나온 정인이 나에게 다가왔다.

"피곤할 텐데 잠은 안 자고 혼자 뭘 그렇게 열심히 생각해?"

"풀릴 것 같은데 풀리지 않는 문제가 있어서."

정인은 커피잔을 탁자에 내려놓고 내 옆에 앉았다.

"뭔지 한번 얘기해봐. 고민하는데 이왕이면 머리가 하나 더 있는 게 낫지."

"공모전에 출품할 극본 마무리 작업은 안 해?"

"같이 사는 사람의 고민 정도는 들어줄 시간 있어."

나는 정인에게 윤 경사와 나눴던 이야기들을 요약해서 들려주었다. 이어서 나는 원용이 〈매일한국〉에 인턴기자로 입사한 이유가 분명히 있을 것 같은데 감이 잡히지 않아 생각 중이라고 털어놓았다. 정인은 내 말을 듣고 잠시 골똘히 생각하다가 입을 열었다.

"오빠는 매출부서에서 근무해본 일이 없지?"

"매출부서?"

"경제부, 산업부 말이야. 영업해서 돈 벌어와 기자들 월급 주는 부서."

"응. 아직까진 없지."

"그러면 잘 모를 수도 있겠네. 아무튼 내 이야기를 잘 들어봐. 나는 오빠 말을 들으니까 어떤 그림인지 대충 감이 온다. 만날 극본 때문에 고민하다 보니 쓸데없이 썰 푸는 능력만 좋아졌어. 그런데 말이야."

"왜? 무슨 문제가 있어?"

정인은 눈을 내리깔며 입을 삐죽 내밀었다.

"그냥……. 일단 비어 있는 부분에 상상력을 발휘해볼

게. 나는 내 상상이 틀렸으면 좋겠어. 맞으면 좀 슬플 것 같거든."

정인이 상상력이라는 단어를 말하는 순간, 나는 긴장하며 마른침을 삼켰다. 엄격하게 팩트를 다뤄야 하는 기자에게 상상력이라는 단어는 어울리지 않을지도 모른다. 하지만 나는 정인을 보고 기자에게도 상상력이 필요한 자질이란 것을 절실하게 깨달았다. 거두절미하고 말하자면 수습기자 시절에 내가 정인에게 자주 물을 먹었던 이유는 상상력이 부족했기 때문이었다.

당직 경찰들은 보통 남자보다 여자 수습기자에게 친절한 편이기 때문에, 나는 정인이 정보를 캐는 비결이 애교일 것이라고 짐작했다. 그것은 완벽한 오해였다. 정인이 남들에게 워낙 호감을 주는 인상이어서, 경찰들이 다른 수습기자들보다 정인에게 상대적으로 정보를 더 잘 주는 경향도 없지 않았다. 하지만 그게 전부는 아니었다. 정인은 부지런히 돌아다니며 흩어진 정보의 파편들을 최대한 모아 재조립해 대강의 큰 그림을 그렸고, 그림의 빈 부분에 상상력을 발휘해 경우의 수를 줄여나갔다. 상상력은 정인의 취재를 매우 효율적으로 만들어주는 힘이 되었다. 반면 내 취재방식은 아무런 단서도 없이 넓은 숲에 숨겨진 보물을 찾는 것과 마찬가지였다. 아무리 열심히 뛰어도 나는 정인에게 백전백패였다. 정인은 몇 년 전 여기자로선 이례적으로 사건팀 바이스*까지 맡으며 능력을 인정받았다. 지금도 나는 정인이 나보다 훨씬 기자로 어울린다고 생각한다. 그런데 정인이 아닌 내가 기자로 남아있는 걸 보니 '굽은 나무가 선산을 지킨다'는 옛말은 틀린 말이 아닌 것 같다. 그런 정인에게 호감을 표현하는 남자 기자들도 많았다. 그중에는 누가 봐도 나보다 괜찮은 남자들도 있었다. 언젠가 나는 정인에게 왜 하필 수많은 남자들 중 나를 선택했느냐고 물었다. 그때 정인이 한 대답이 칭찬인지 욕인지 나는 아직도 잘 모르겠다.

"오빠는 무언가를 앞에 두고 다른 생각을 전혀 할 줄 모르는 것 같아서 믿음이 가."

정인의 상상력 발휘는 김원용과 이정아의 관계에서 시작됐다. 정인은 자신의 방에서 이면지 몇 장과 볼펜을 가져와 거실 바닥에 놓았다.

"김원용과 이정아 둘이 어떻게 만났는지는 모르지만 현재 연인 관계이고, 나이도 적당히 찼으니 결혼까지 골인할 가능성이 꽤 높겠네. 그렇지?"

"아마도 그렇지 않을까?"

---

* 캡을 보조하며, 직접 사건팀 기자들을 지휘하는 부팀장.

정인은 이면지에 '매일한국'과 '여산전자'를 적더니 나에게 물었다.

"오빠는 이 둘의 관계가 어떻게 읽혀?"

"그렇게 말하니까 너무 어렵다. 조금 더 쉽게 풀어서 설명해주면 안 돼?"

정인은 '매일한국' 아래에 '언론사', '여산전자' 아래에 '중견기업'이라고 부기했다.

"〈매일한국〉이 언론사이고 여산전자가 중견기업이란 건 나도 당연히 알지. 그런데 이걸 어떻게 읽으라는 거야?"

"오빠, 나는 산업부에서 2년 동안 일하면서 대기업과 중소기업을 모두 취재해봤잖아. 오빠 생각에는 대기업과 중소기업 중 어느 쪽이 언론 홍보에 더 목말라 할 것 같아?"

"아무래도 대기업보다는 중소기업이 아닐까? 주목을 덜 받아서 홍보도 덜 되는 편이니."

정인은 실로폰을 세게 치는 시늉을 했다.

"땡! 정반대야. 중소기업들은 대부분 기자와 언론을 증오해. 심지어 기자가 좋은 의도로 찾아와도 사람 취급을 안 하는 경우도 많아. 나도 여러 번 문전박대 당해봤어."

"왜? 기사로 자기네 제품을 홍보해준다면 좋아해야 되

는 게 정상 아냐?"

정인은 또 다른 이면지에 한반도를 대충 그렸다.

"우리나라의 중소기업이 몇 개 정도 될 것 같아?"

"글쎄……."

"대략 330만 개."

"세상에! 그렇게 많아?"

정인은 자신이 그린 한반도 그림에서 서울을 제외한 부분에 점들을 찍어 나갔다.

"우리나라 중소기업들은 대부분 땅값이 저렴한 지방에 자리 잡고 있어. 또 영세하기 때문에 홍보에 비용을 들일 여력도 없지. 대기업은 어느 정도 이름 있는 매체만 걸러서 상대하기 때문에 사이비 언론사가 발을 들일 틈이 없어. 그러다 보니 애꿎은 중소기업들만 피해를 입는 경우가 많아. 수많은 사이비 언론사들이 수시로 중소기업들에게 달려들어서 기사로 홍보해줄 테니까 돈을 달라고 요구해. 요구를 거부하면 좋지 않은 기사를 쓰겠다고 협박하고. 중소기업 오너들은 이런 경험을 숱하게 해본 사람들이야. 그런 사람들이 기자와 언론사를 어떻게 바라보겠어? 그 사람들 눈에는 펜을 든 깡패나 마찬가지야. 게다가 장인 정신이 워낙 투철해서, 제품만 잘 만들면 되지 홍보 따윈 필요 없다는 마인드를 가진 오너들도 부지기수야."

정인에게 듣는 이야기는 완전히 다른 세상 이야기 같았다. 나는 '기자의 부서 이동은 이직이나 다름없다'는 이 바닥의 속언을 절감했다. 정인은 쉬지 않고 강의하듯 말을 이었다.

"처음부터 대기업인 기업이 어디 있어. 중소기업이 중견기업으로 성장하고, 중견기업이 대기업으로 성장하지. 그 단계를 넘어갈 때 반드시 필요한 게 언론과의 원만한 관계야. 중소기업 수준의 규모라면 굳이 홍보에 신경을 쓰지 않아도, 사이비 언론사가 이상한 기사를 써도 제품만 잘 만들면 운영하는 데 크게 지장이 없어. 그런데 중견기업 이상, 특히 B2B*보다 B2C**에 집중하는 기업들은 기사가 하나라도 잘못 나가면 치명타를 입을 수 있어. 예전에 공업용 우지파동으로 무너지기 직전까지 갔던 삼양라면이 대표적인 케이스지. 대법원에서 결국 무죄 판결을 받았지만 지금까지도 그 타격에서 완전히 회복을 못하고 있잖아. 중견기업 규모 이상의 기업들이 왜 홍보팀을 따로 만들어 수시로 기자들을 접대하고 광고비를 집행하겠어. 홍보도 홍보지만, 리스크 관리 목적이 커서 그래. 여산

---

* Business to Business의 약어로, 기업과 기업 간에 이뤄지는 거래를 일컫는다.
** Business to Consumer의 약어로, 기업과 소비자 간에 이뤄지는 거래를 일컫는다.

전자를 빼는* 기사가 〈매일한국〉에 이미 많이 나왔을 것 같은데?"

"나도 잘 몰라. 원래 자기 부서 관련 기사가 아니면 확인을 잘 안 하잖아."

나는 가방에서 태블릿을 꺼내와 여산전자와 관련된 기사를 검색해봤다. 〈매일한국〉이 유독 여산전자에 우호적인 기사를 많이 보도한 것을 확인할 수 있었다.

여산전자는 중견기업 중에서도 매출액 선두권에 있는 기업이다. 지금과 같은 성장 속도라면 향후 대기업으로 발돋움할 가능성이 높다. 기획재정부는 기업과 밀접한 관련이 있는 부처이고, 이강우는 그 부처의 고위공무원이자 〈매일한국〉의 오너 이형우의 동생이다. 여산전자가 〈매일한국〉과 우호적인 관계를 유지한다면 기업 홍보와 리스크 관리 및 대관업무**도 매우 효율적으로 이뤄질 것이다. 또한 〈매일한국〉은 든든한 스폰서를 옆에 두게 된다. 만약 연인 사이인 김원용과 이정아가 결혼한다면 〈매일한국〉과 여산전자는 우호관계를 넘어 인척관계로 끈끈하게 엮이게 될 것이다.

---

* 언론계에서 노골적으로 누군가를 띄워준다는 의미로 사용하는 은어.
** 행정관청을 대상으로 하는 비즈니스 업무로, 마케팅 홍보 업무의 연장선상으로 볼 수 있다.

"원용이가 군이 〈매일한국〉에 인턴기자로 입사할 필요가 있었을까?"

"여산전자 회장의 성격이 주도면밀하기 때문이 아닐까? 사실 내부인이 아니면 언론사가 어떤 생리로 돌아가는지 알기 어렵지. 언론사 돌아가는 사정을 남의 입을 통해 전해 듣는 것과 직접 경험하는 건 차원이 다른 문제니까. 다른 사람도 아닌 자기 아들이 언론 환경과 생리에 대해 잘 알고 있다면 든든하겠지. 집안배경도 좋으니까 나중에 〈매일한국〉에서 요직을 꿰차는 것도 나쁘지 않을 테고."

"〈매일한국〉과 여산전자의 관계가 각별하다면 그냥 바로 그 친구를 불러다가 입사시키면 될 일 아닌가? 번거롭게 인턴기자로 선발할 필요는 없잖아?"

정인이 답답하다는 표정과 함께 한숨을 푹 쉬며 손바닥으로 내 무릎을 쳤다.

"오너의 아들이나 딸이라면 더러워도 그러려니 할지도 모르지만, 한 다리 건너 조카사위가 될지도 모르는 사람을 불러다가 갑자기 기자 자리를 주면 자존심 강한 편집국 기자들이 퍽이나 좋구나 하겠다! 적어도 정론지를 표방하는 언론사이니까 기자 선발에 최소한의 요식행위 정도는 지키려고 했겠지. 그리고 인턴기자 선발과정은 수습기자 선발과정보다 간략하고, 평가자의 재량도 많이 반영

되잖아. 게다가 이번 인턴은 정규직 전환형이라며."

조금 전 머릿속에서 멈췄던 그림이 다시 그려지기 시작했다. 나도 정인처럼 지금까지 모인 정보의 파편을 재조합하며 상상력을 발휘해봤다. 여산전자 회장은 어떤 이유에서인지 모르지만 사돈이 될지도 모를 이강우를 통해 〈매일한국〉 측에 막내아들을 기자로 입사시키고 싶다고 요청한다. 하지만 〈매일한국〉 오너는 편집국 구성원의 반발을 우려해 최소한의 절차는 필요하다고 응답한다. 마침 수습기자 공채 일정이 공고됐다. 하지만 공채는 절차가 복잡하고 선발인원이 소수다. 또한 공채는 평소에 언론사 입사 시험 준비를 하지 않았다면 합격하기가 쉽지 않은 데다, 보는 눈이 많아 특정 지원자를 대놓고 우대하기 어렵다. 따라서 〈매일한국〉은 수습기자 공채와 별도로 특별한 채용 절차를 마련한다. 향후 수습기자와 같은 신분으로 전환될 수 있는 정규직 전환형 인턴을 선발하는 것이다. 인턴 선발은 수습공채와 비교해 상대적으로 절차가 간략하고, 정규직 전환을 위한 근무평가에서 평가자의 재량이 개입될 여지가 높다. 〈매일한국〉은 이미 수습기자를 모두 선발한 상황에서 갑자기 정규직 전환형 인턴을 더 선발했다. 〈매일한국〉이 정규직 전환형 인턴을 선발한 것은 처음 있는 일이었다. 이례적인 일이다.

"정인아. 너도 나랑 같은 그림을 그린 거지?"

"아마도?"

"그렇다면 수연이만 너무 불쌍해지잖아."

나는 침대에 누워 눈을 감았지만, 잠이 오지 않아 나머지 그림을 그려나갔다. 증거는 없다. 하지만 드러난 정황상 회사의 정규직 전환형 인턴기자 채용은 원용을 자연스럽게 편집국 내로 들이기 위한 시도가 분명해 보였다. 돌이켜 생각해보니 수습기자를 공채로 모두 선발한 뒤에 정규직 전환형 인턴기자 채용을 실시한 것 자체가 어색했다. 충원이 필요하다면 수습기자 공채를 실시할 때에 필요한 인원을 몇 명 더 선발하면 될 일이었다.

일단 회사가 인턴기자 채용을 공식 실시한 만큼, 기회에 목마른 수많은 언론사 지망생들이 지원했을 것이다. 인턴기자들의 수습기자 전환 여부는 평가과정을 거쳐 결정되지만, 어떤 언론사에서도 평가과정을 투명하게 공개하는 일은 없다. 수연은 채용과정에서 평가자들에게 눈에 띄어 인턴기자로 선발됐겠지만, 윗선 입장에선 먹어도 그만 안 먹어도 그만인 스키다시*에 불과했을 것이다. 그런

---

* 횟집에서 회에 따라 나오는 곁들이 음식(つきだし)을 일컫는 일본어. 순화시켜야 할 말이지만, 일상에서 비애감을 담은 표현으로 쓰이는 경우가 많아 부득이하게 사용했다.

데 그 스키다시가 배탈을 일으켰다. 그것도 아주 크게.

내가 그린 그림이 숨겨진 실체에 가까운 그림이라면 수연의 자살 직후 원용이 그만둔 이유는 혹시나 모를 구설수를 피하기 위함이었을 가능성이 높았다. 당초 인턴기자들 중 일부만 수습기자 신분으로 전환하려고 했던 계획이 전원 전환으로 바뀐 이유도 같은 맥락일 것이다. 온라인상에서 빗발쳤던 인턴기자 평가기준 공개 요구를 간단하게 차단할 수 있는 방법이자, 나머지 인턴기자들의 입을 막을 수 있는 강력한 미끼이니 말이다. 나는 보이지 않는 곳에서 진행됐을지도 모를 이 모든 과정들을 상상하며 진저리를 쳤다.

정인이 방문을 열고 들어와 내 옆에 누웠다. 정인은 내 왼팔을 이불 속에서 빼내 팔베개를 베며 물었다.

"왜 이렇게 표정이 시무룩해? 안 어울리게."

나는 천장을 바라보며 한숨을 쉬었다.

"정인아. 세상이 정말 무섭다. 슬프다."

"이건 또 무슨 청승이야. 뭐가 그렇게 무섭고 슬퍼?"

"우리와 상관없는 곳에서 우리가 모르게 얼마든지 우리를 조종할 수 있는 세상이 존재한다는 게 무섭고 슬프다."

정인이 일어나 앉더니 내 배를 주먹으로 아프게 쳤다.

표정을 찡그리는 나에게 정인이 말했다.

"기자가 가장 주의해야 되는 게 뭔 줄 알아? 절대 단정을 해선 안 된다는 거야. 오빠의 상상이 실체적 진실이라고 생각하는 거야? 아무런 증거도 없이 정황만을 분석해 내린 결론을 어떻게 진실이라고 단정할 수 있어?"

나는 일어나 짜증 섞인 목소리로 정인에게 푸념했다.

"내가 그걸 모를까봐 그래? 답답해서 그래. 뭔가 말도 안 되는 상황이 벌어지긴 한 것 같은데 책임 소재가 불분명해. 수연이가 죽었어. 누구한테 책임을 물어야 하지? 실언을 한 국장? 국장이 고의로 실언을 한 것은 아니잖아. 인턴기자 채용을 실시한 〈매일한국〉의 의도야 어떻든 간에 채용을 실시한 게 죄는 아니잖아. 멀쩡히 회사에 잘 다니는 사람을 자른 것도 아니고. 막말로 인턴기자들 중 누구를 수습기자로 전환하든 간에 인사는 회사의 재량이야. 그렇다면 수연이가 〈매일한국〉에 오기 전에 인턴기자로 일했던 언론사들을 돌아다니며 책임을 물어야 하나? 아니면 대한민국에 태어난 것 자체가 잘못인가? 도대체 누구의 책임이지?"

정인이 내 무릎에 살며시 손을 올리며 말했다.

"오빠는 내가 왜 기자를 때려치웠는지 알아?"

"다 알고 있는 걸 뭐 하러 또 묻습니까, 최정인 작가님?"

정인이 시선을 돌리며 목소리에 힘을 줬다.

"알고 있겠지만, 내가 기자 일에 크게 회의를 느낀 건 사실 세월호 참사 때였어. 잔잔한 바다에서 갑자기 배가 침몰해 수많은 사람들이 어이없이 죽었어. 정부는 검찰조사를 통해 침몰 원인이 무리한 증축, 과적, 평형수 부족, 컨테이너 부실 고박 등이라고 발표했지. 그게 다야? 정부의 입장은 세월호 참사가 해상교통사고라는 거야. 그런 말이 어디 있어? 죽은 사람들이 하필 그날 세월호에 올라서 재수 없게 죽었다는 말하고 뭐가 달라? 정부의 재난관리시스템만 제대로 작동했어도 생목숨이 우수수 떨어져나가는 사태가 벌어지지 않았을 참사였어. 하지만 나를 포함한 기자들 대부분이 세월호 참사 전까지 정부의 나팔수나 다름없었어. 참사 전까지 정부를 까는 기사가 제대로 나오는 걸 본 적 있어? 이상한 정부인 걸 알면서도 다들 눈치만 봤지. 나한테도 재난관리시스템 오작동의 책임이 일부 있었던 셈이야. 나는 수연 씨의 죽음도 세월호 참사와 성격이 근본적으로 다르지 않다고 봐. 공정한 사회 시스템이 작동하지 않았기 때문에 벌어진 비극이라고 생각해. 그리고 우리 모두 시스템 오작동의 공범이자 피해자이고."

둘 사이에 잠시 침묵이 이어졌다. 정인이 먼저 침묵을

깼다.

"오빠는 어렸을 때 집에서 개를 키워본 적 있어?"

"키우고 싶긴 했는데, 어머니가 동물을 싫어하셔서 못 키웠어."

"개가 왜 짖는지 알아?"

"낯선 침입자를 쫓아내려고 짖는 것 아냐?"

정인은 대부분의 개가 불안감을 느낄 때 집요하게 짖는 다고 설명했다. 정인의 설명에 따르면 개는 태어날 때부터 사회적인 습성이 강한 동물이기 때문에 혼자 남겨지면 버려졌다고 느끼고 외출한 주인에게 자신의 기분을 전달하기 위해 짖는다고 한다. 정인은 특히 겁이 많은 개들이 물기보다는 짖어대는 편이라고 말했다.

"'짖는 개는 물지 않는다'는 속담이 괜히 나온 게 아니구나."

"짖는 개가 보이면 가까이 다가가 봐. 아마 뒷걸음치며 더 격렬하게 짖어댈걸? 그게 다 겁이 나서 그러는 행동이야."

"그런데 개 이야기는 왜 꺼낸 거야?"

"작은 개 한 마리가 광장에서 짖어대면 어떤 모습일 것 같아?"

"뭐 그냥 겁 많은 작은 개가 주인을 찾고 있나 보다 하고 넘어가겠지."

"그런데 작은 개 100마리, 아니 1000마리가 광장에서 한꺼번에 짖어대면 어떨 것 같아?"

"그건 좀 많이 무서울 것 같다."

정인은 벽에 손으로 개 모양 그림자를 그려 보였다.

"개는 절대로 쓸데없이 짖지 않아. 개가 짖는 행동을 멈추게 하는 방법은, 주인이 그 원인을 찾아내 짖지 않을 수 있는 환경을 만들어주는 거야. 주인이 개의 습성을 미리 잘 파악해 알아서 챙겨주면 다행이지만, 개가 짖지 않고 가만히 있으면 주인은 개가 무엇을 원하는지 모르겠지? 짖는 개가 건강한 거야. 나는 떠드는 사람이 많은 사회가 건강한 사회라고 생각해. 나는 겁이 많아서 뒤에서 드라마로 떠들어보려고. 세상이 움찔이라도 할진 모르겠지만."

갑자기 정인이 내 뱃살을 꼬집으며 투덜거렸다.

"만날 늦게까지 술만 마시고 들어오니 뱃살만 차곡차곡 쌓였어. 아저씨 다 됐네?"

"난 내가 아저씨란 사실을 인정해. 좀 있으면 나이 마흔이니 아저씨 맞지 뭐."

"뱃살을 빼는데 제일 좋은 다이어트가 뭔지 알아?"

내가 뭐라고 대답하기도 전에 정인이 무는 시늉을 하며

나를 덮쳤다.

"섹스 다이어트."

역습

다음날 아침 출근 후 'No Gain No Pain' 페이지에 들어 가보았다가 흥미로운 게시물을 발견했다. 자신을 패션잡지의 인턴 에디터라고 밝힌 익명의 네티즌이 올린 경험담이 이른바 '사이다'*로 SNS상에서 화제를 모으고 있었다.

나는 패션잡지에서 인턴 에디터로 몇 개월 동안 일했어.

패션? 먹는 거야? 솔직히 나는 패션에 대해 아는 것도 없고 관심도 없었어. 그런데 한반도 취업시장은 문돌이**에게 헬 오브 헬

---

* 속이 시원하다는 의미로 쓰이는 은어.

이잖아. 졸업하고 더 이상 집에 손 벌리기 민망해서 되는대로 일자리를 알아보다가 패션잡지까지 흘러들어왔어. 나름 인지도는 있는 잡지인데 더 이상 말하면 신상 털릴 것 같다. 닥칠게.

입사하니까 편집장이 나더러 앞으로 정식 에디터들과 똑같이 기사를 쓰라는 거야. 황당했지. 하지만 한편으로는 신났어. 어쨌든 내 이름을 걸고 기사가 나가는 거잖아? 그런데 선배 에디터들이 아무것도 가르쳐주지 않는 거야. 편집장에게 물어봐도 알아서 잘해보래. 다들 그렇게 해왔다네? 그렇게 말하는데 별수 있어? 나는 과월호 잡지 몇 년 치를 정독해가며 혼자 배웠어. 제품이나 인물 섭외뿐만 아니라 홈페이지 관리 같은 잡무까지 시키는 일도 다 했어. 특히 매달 세 번째 주는 헬게이트가 열리는 시간이었지. 월간지는 그때 기사를 마감하거든. 그땐 퇴근 따윈 꿈도 못 꿔. 어떻게든 기사를 마감해야 잡지가 나오기 때문에 휴일 출근도 당연했어. 휴일수당은 챙겨주지도 않더라.

시간이 지나고 보니까 진짜 좆같은 거야. 선배 에디터들하고 똑같은 시간 동안 똑같은 일을 하는데 나는 인턴이라고 고작 월급 100만 원을 받았거든. 그나마 세 자리수인 걸 다행으로 여겨야 하나? 사실 이 바닥 월급이 깜짝 놀랄 정도로 짜긴 해. 선배 에디터들도 입에 겨우 풀칠하고 살아. 그런 사람들이 몇 백만 원, 몇

***

** 문과 출신 대학 졸업자들을 가리키는 은어.

천만 원짜리 명품들을 논하는 게 웃기는 일이지. 그래도 그렇지 그렇게 부려먹고 100만 원은 너무 심하잖아. 그 시간에 고깃집 알바를 뛰어도 더 많이 받을 수 있는데.

그렇게 몇 달이 지나니까 나랑 함께 입사한 인턴 동기들은 지쳐서 다 빠져나가고 나만 남았어. 그 사이에 선배 에디터 몇 명도 편집장과 싸우고 뛰쳐나갔고. 졸지에 내가 여기서 없으면 안 되는 존재가 돼버린 거야. 그러면 뭐 해. 나간 사람들의 몫도 내 몫이 됐는데. 월급이 올라가는 것도 아니고.

기사를 마감한 어느 날, 삼겹살집에서 회식이 열렸어. 편집장이 술에 취해서 나를 에이스라고 물고 빨며 칭찬하더라. 거기까진 좋았어. 그런데 이 양반이 갑자기 나랑 같이 입사했던 인턴 동기들을 까는 거야. 요즘 애들은 열정과 끈기가 없다나? 그리고 아무것도 모르는 녀석들에게 일을 가르쳐줘서 사람을 만들어줬으면, 오히려 회사가 월급을 받아야지 월급을 주는 게 고마운 일이 아니냐고 헛소리를 하더라. 그 말에 선배 에디터들까지 맞장구를 치대? 그 말을 듣고 지금까지 참아왔던 인내심이 폭발했어. 뭐 이런 개새끼들이 다 있어? 그리고 나에게 일을 가르쳐주기나 했어? 푼돈 쥐어주며 마른 걸레 짜듯이 부려먹은 게 전부인데? 그 자리에선 웃으면서 참고, 집으로 돌아와 편집장에게 그만둔다고 문자를 보낸 뒤 단체 카톡방에서 탈퇴하고 전화기를 꺼버렸어.

늦잠을 자고 일어나 전화기를 켜 보니 도착한 문자들이 가관이야. 도대체 정신이 있는 거냐고 나무라는 문자부터 이렇게 책임감 없이 행동할 거면 내일부터 출근하지 말라는 협박성 문자까지 다채롭더라. 나는 빡쳐서 편집장에게 출근하지 않겠다고 다시 문자를 보낸 뒤 전화기를 꺼버렸지.

다음날 또 늦잠을 자고 일어나 전화기를 켜 보니 웃기는 상황이 벌어졌어. 편집장은 일단 만나서 이야기하자는 문자를 보내왔고, 다른 선배 에디터들은 제품과 인물 섭외 건 진행 상황을 급하게 문자로 물어보는 거야. 홈페이지 관리를 어떻게 해야 하냐고 문자로 물어보는 선배도 있더라. 내가 하루 출근하지 않은 사이에 난리가 났던 모양이야. 내가 거기서 얼마나 많은 일을 해왔는지 알겠지?

그래도 문자로 그만둔다고 통보하는 것은 예의가 아닌 것 같아서 그날 저녁에 편집장을 따로 만났어. 편집장이 나를 대하는 태도가 완전히 저자세로 바뀌어 있더라. 그 태도를 어디서 많이 본 것 같아 곰곰이 생각해보니, 내가 늘 누군가에게 보여주던 태도였어. 바로 갑을 대하는 을의 태도였지. 통쾌하더라. 그 모습을 보고 왜 세상에서 갑질이 사라지지 않는지 어렴풋이 알게 됐어. 편집장이 나를 정식 에디터로 채용하겠다고 제안하더라. 나는 아직 인턴 기간 6개월도 못 채운 상황이었으니 파격적인 제안인 셈이지. 그런데 화가 났어. 인턴 동기들과 선배 에디터들이 나가지 않아서 사람들이 많았다면, 편집장이 나에게 이런 제안을 했을 리가 없잖아. 만약 그랬다면 나는 인턴 기간 6개월을 채운 뒤 또 다른 먹고살 곳을 찾아 떠나야 할 처지에 놓였겠지. 이왕 갑이 됐으니 살짝 갑질을 좀 했어. 편집장에게 한번 생각해보겠으니 돌아가시라고 말해줬지. 편집장은 연락을 기다리겠다며 내 손을 한번 꼭 붙잡고 돌아갔어. 돌아갈지 말지 아직 고민 중이야. 김 열사가 유서로 말했잖아. 아무것도 얻으려고 노력하지 않는다면, 고통도 없을 것이라고. 김 열사가 무엇 때문에 죽을 만큼 괴로워했는지, 그리고 우리 세대가 왜 이렇게 괴로움을 느끼는지 그 이유를 알 것 같아. 세상이 말하는 성공의 틀에 우리를 억지로 끼워 맞추려고 노력하니까 괴로운 거야. 괴물에게 먹히지 않으려면 괴물이 돼야 하고, 죽도록 노력해야 평범하게 살 수 있는 사회가 정상은 아니잖아? 그런 세상의 틀에서 벗어나 외국으로 나가서 도전하라는 정신 나간 꼰대들도 있는데, 도전도 도전할 여력이 있어야 하는 거지. 당장 먹고살 돈도 없는데 무슨 도전을 할 수 있어? 외국으로 나갈 비행기 티켓 값이라도 쥐어주면서 그런 말을 하던가. 그곳에서 먹고살 수 있게 생활비라도 지원해줄 거야? 실패하면 대신 책임져 줄 것도 아니면서 말들은.

세상이 말하는 성공의 틀은 그 틀에 자신을 끼워 맞추려고 노력했던 사람들이 다수였기 때문에 지금의 권위를 얻었다고 봐. 따라서 나는 우리같이 평범한 사람들이 세상에 존재감을 드러낼 수 있는 유일한 방법은 세상에 아무것도 해주지 않는 것이라고 생각해. 발상을 전환해봐. 적극적으로 행동을 거부하는 것이 곧 적극적으로 행동하는 것과 마찬가지의 효과를 줄 수 있다니까? 노예가 없는데 노예제도가 굴러가겠어?

김 열사는 스스로 목숨을 던지는 방법으로 세상에 경종을 울렸어. 세상에 아무것도 해주지 않겠다는 강렬한 의지를 보여준 거지. 나는 김 열사와 비교할 수 없이 소소한 방법이지만 조직이 원하는 행동을 거부함으로써 갑과 을의 위치를 바꿨어. 무엇이든 할 수 있는 자유와 무엇이든 하지 않아도 되는 자유는 한 장 차이야. 너희는 어떤 자유를 택할 거야?

바쁜데 개똥철학을 담은 장문을 읽어줘서 고마워. 쓰다 보니 속이 다 시원하네. 그나저나 이 정도로 이야기를 깠으니 내 신상도 조만간 털릴 것 같아 걱정이다. 신상털이는 삼가줘.

이 게시물의 공감과 공유 횟수는 실시간으로 빠르게 올라가고 있었다. 이 게시물을 다룬 기사들도 실시간으로 포털 사이트 뉴스 페이지에 올라왔다. 나는 이 게시물을 읽으며 'No Gain No Pain' 페이지가 단순히 부조리를 공유하는 공간을 넘어 일종의 사상과 체계를 갖추기 시작했다는 인상을 강하게 받았다. 이날 윤 경사와 함께한 점심 식사 자리의 화제도 이 게시물이었다.

"박 기자도 패션잡지 인턴이라는 녀석이 올린 글 읽어

봤지? 완전 사이다 아니야?"

"단순한 일회성 사이다로만 볼 일은 아닌 것 같아요. 앞으로 비슷한 일이 연쇄적으로 벌어질지도 모르겠다는 생각이 들었어요. 잡지뿐만 아니라 이 바닥 전반에 걸쳐 벌어질 가능성이 충분한 이야기라고 봐요."

"잡지 쪽이야 사람이 적어서 저런 일이 벌어질 수 있다 지만, 일간지 쪽은 규모가 있어서 저런 일이 벌어지긴 어 렵지 않겠어? 일간지 쪽은 사람이 몇 명 갑자기 빠져나가 도 금방금방 채워넣잖아."

"온라인 매체 쪽은 사정이 달라요. 제가 예전에 대중문 화 쪽 취재를 몇 년 해봤잖아요. 형님은 그쪽 기자들과 인 연 맺을 일이 없으니 잘 모르시겠지만 우리나라에서 제 일 많은 기자가 온라인 매체, 그중에서도 연예매체 기자 예요. 온라인 연예매체 대부분이 영세한 규모로 운영되고 있다 보니, 실제로 바깥에서 취재하는 기자들을 모두 합 쳐봐야 네댓 명도 되지 않는 매체들도 허다해요."

"그렇게 적은데 어떻게 그 많은 기사를 쓸 수 있어? 그 인원으로 어뷰징*이 가능해?"

---

* 언론사가 인터넷 포털 사이트에서 의도적으로 검색을 통한 클릭 수를 늘리기 위 해 동일한 제목의 기사를 지속적으로 전송하거나 인기검색어를 올리기 위해 클 릭 수를 조작하는 행위.

"그러니까 값싼 인턴을 쓰는 거죠. 중소기업 청년인턴 제**라고 있는데 그 제도를 활용하면 쏠쏠해요. 우리 회사도 이 제도를 활용하고 있을걸요? 온라인 연예 매체 대부분이 청년인턴제 지원금을 받아 인건비의 상당 부분을 절감하고, 그렇게 채용한 인턴들을 어뷰징과 우라까이 등 단순 작업에 투입하고 있어요. 기간이 지나면 쓰던 인턴들을 버리고 새로운 인턴들을 뽑고요. 말이 좋아 인턴이지 소모품이죠. 정도의 차이만 있을 뿐, 어떤 언론사도 이 패턴에서 자유롭지 못해요. 만약 인턴들이 단체로 미친척하고 한꺼번에 일을 손에서 놓으면 바로 업무가 마비되는 매체도 많을걸요? 직원들 중 상당수가 비정규직으로 돌아가는 수많은 중소 제조업체, 서비스업체 들도 마찬가지고요."

윤 경사에게 내가 별생각 없이 내뱉은 말은 며칠 후 현실이 됐다. 나는 홍 부장의 지시로 정신없이 톱스타 부부의 이혼 소식을 다룬 타사 기사를 우라까이 하던 중, 메신저로 찌라시를 받았다. 찌라시에는 한 온라인 연예매체에서 벌어진 인턴기자들의 반란에 대한 내용이 담겨 있었다.

** 미취업 청년에게 중소기업 인턴십 과정을 제공해 정규직 취업 가능성을 높이고, 기업에게 인건비 일부를 지원하는 사업으로 고용노동부가 주관한다.

◎케이연예스포츠, 인턴기자들의 집단 퇴사로 업무마비

• 온라인 연예 매체 〈케이연예스포츠〉가 인턴들의 단체 퇴사로 업무마비를 겪고 있는 상황임. 이 매체는 취재 경험 제공 및 기사 작성 교육을 내세우며 3개월 간격으로 인턴기자들을 선발, 전원을 기사 베끼기 등 단순 업무에 투입시켜왔음. 이 매체는 인턴들에게 채용 시 평가를 통한 정식 채용을 약속해왔으나, 지난 2년간 단 한 명도 채용한 바 없음.

• 〈케이연예스포츠〉 인턴기자 6명은 최근 불확실한 미래와 부실한 교육에 대한 불만을 표하며 일제히 사표를 제출. 이에 이 매체는 재차 정식 기자 채용을 약속하며 인턴기자들을 회유했으나 1명만 복귀. 현재 이 매체 홈페이지에선 기사 업데이트가 제대로 이뤄지지 않고 있는 상황임.

• 업계 관계자는 "'No Gain No Pain' 페이지가 인턴기자들의 동요에 큰 영향을 미치고 있는 것 같다"며 "저임금으로 비정규직을 쥐어짜서 수익성을 높여온 지금까지의 전략이 바뀌지 않는 한, 〈케이연예스포츠〉에서 벌어진 인턴기자들의 집단 퇴사와 같은 사태를 막기 어려울 것"이라고 전망.

그 와중에 웃지 못할 사건도 있었다. 자신을 대기업 인턴 사원이라고 밝힌 익명의 네티즌이 'No Gain No Pain' 페이지에 자살을 예고하는 게시물을 올린 것이다. 이 네티즌은 "정규직 전환 하나만을 기대하며 지방에서 올라와 인턴 기간 몇 달 동안 개처럼 일했는데, 남은 것은 마이너스통장밖에 없다"며 "나도 김 열사의 뒤를 따라 회사 건물에서 투신해 더럽고 치사한 세상을 버릴 테니 다들 잘 구경하라"고 밝혀 진위 논란을 불러일으켰다. 이에 국내 주요 대기업들이 일제히 사옥의 창문과 옥상을 봉쇄하고 경비를 강화하는 등 해프닝이 벌어졌다. 경찰은 IP를 추적한 끝에 서울 시내 한 PC방에서 문제의 게시물이 올라왔음을 확인했고, PC방과 PC방 주변에 설치된 CCTV 영상을 분석해 게시물을 올린 네티즌의 신원을 파악해냈다. 경찰 조사 결과 해당 게시물을 올린 네티즌은 대학 졸업 후 상경해 몇 년째 취업을 준비 중인 30대 초반의 남성이었다. 그는 연이은 취업 실패 때문에 홧김에 허위 게시물을 올렸다고 경찰에 진술했다.

해프닝으로 끝난 이 사건은 예상치 못한 결과를 불러왔다. 수연의 죽음이 다시 이슈로 떠오른 것이다. 여기에 일부 미디어 비평 전문지들이 나서 〈케이연예스포츠〉에서 벌어졌던 인턴기자들의 집단 퇴사 사건의 전말을 전하는 기사를 보도하며 수연의 죽음까지 함께 재조명했다. 이들 매체는 "수연의 유족이 〈매일한국〉을 상대로 업무상 재해를 인정해달라는 소송을 냈지만, 업무와 재해 사이의 연

관성을 입증할 수 있는 방법이 쉽지 않아 패소할 가능성이 높다"고 보도했다. 이 같은 보도는 바로 'No Gain No Pain' 페이지를 통해 공유되며 수많은 네티즌들의 공분을 샀다.

이 같은 일들이 계속 이어지자 홍 부장은 부서 회의를 소집했다. 회의에서 그는 'No Gain No Pain' 페이지와 관련된 어떤 기사도 작성하지 말 것을 지시했다.

"이것들, 관심 가져줬더니 너무 떠버렸어. 지들이 언론사야? 지들이 뭔데? 할 일 없는 잉여인간 새끼들 모임 주제에. 나중에 다른 지시가 있을 때까지 'No Gain No Pain' 페이지와 관련된 어떤 기사도 올리지 마십시오. 다만 관련 동향은 수시로 체크하시고, 관심을 모으는 게시물이 있으면 메신저로 나한테 바로 보고하세요. 특히 김수연 관련 게시물은 보이는 대로 철저하게 체크해 보고하시고."

홍 부장의 "지들이 언론사야?"라는 말에 "그동안 열심히 'No Gain No Pain' 페이지를 실시간으로 모니터 해 기사를 써온 우리는 과연 기자입니까?"라는 말이 목구멍까지 솟구쳐 올라왔다. 그의 지시를 듣는 부원들의 표정도 내 심정과 크게 다르지 않은 듯했다. 그는 홈페이지 조회 수를 높일 수 있는 아이디어와 기획을 퇴근 전까지 자신의 메신저로 제출하라고 말하며 회의를 마쳤다.

그간 'No Gain No Pain' 페이지를 의도적으로 외면해온 주요 일간지들과 방송사들은 약속이라도 한 듯이 일제히 다양한 분야에 도전해 성공한 청년들을 기획 기사로 조명하며 물타기를 시도했다. 일부 보수 성향의 일간지들은 사설과 칼럼을 통해 "청춘의 특권은 도전과 모험"이라며 "온라인상에서 실체를 파악할 수 없는 세력들이 청년들을 허무주의에 빠트리고 있다"고 비판의 목소리를 쏟아냈다.

지금까지 'No Gain No Pain' 페이지 관련 기사를 집중적으로 보도해온 온라인 매체들의 태도도 급격하게 바뀌었다. 〈케이연예스포츠〉에서 일어난 인턴기자들의 집단 퇴사 사건이 결정적인 이유였다. 온라인 매체들은 지금까지 이 페이지에서 벌어지는 사소한 이슈들까지 하나하나 보도하는 방식으로 자사 홈페이지 조회 수를 높여왔다. 그러나 동종업계 내부에서 벌어진 인턴들의 반란이 어떤 결과를 초래하는지 목격한 온라인 매체들은, 반란의 확산을 막기 위해 인턴들에게 기사를 의존하는 비중을 줄이고 이 페이지를 철저히 무시하는 전략으로 선회했다. 그 바람에 기존 인력들의 업무량과 업무시간이 가중됐다. 추가수당을 제대로 지급하고 있다는 소식은 들려오지 않았다. 어쨌든 이 페이지 관련 이슈를 보도하는 온라인 매체는, 포털 사이트에서 기사를 검색할 수 없는 일부 마이너 매체를 제외하면 모두 사라졌다.

'No Gain No Pain' 페이지는 얼마 지나지 않아 언론으로부터 고립되는 처지에 놓였다. 그러나 언론의 무대응도 네티즌들의 기세를 누르진 못했다. 허위 자살 예고로 일어난 소동과 〈케이연예스포츠〉에서 벌어진 소동을 지켜보며 계란으로 바위 치기가 무의미한 시도가 아님을 확인한 네티즌들은 더욱 과감해졌다. 특히 직종을 막론하고 인턴을 비롯한 계약직, 비정규직 근로자로 일하는 네티즌들은 "정규직 전환 미끼에 더 이상 놀아나지 않겠다"며 잃을 것이 없다는 듯 맹렬하게 사내 부조리 폭로 행렬에 동참했다. 이 같은 움직임에 반응하는 언론이 있었다. 외신이었다.

유력 외신들은 잇따라 수연의 자살에서 시작된 'No Gain No Pain' 페이지의 탄생과정을 상세하게 분석해 보도했다. 외신들은 이 페이지에 공개된 다양한 기업 내 부조리, 고학력에도 불구하고 불안정한 고용 환경에 내몰린 청년들의 현실, 청년에게 창업과 도전 정신을 강조하면서도 모든 실패의 책임을 개인에게 돌리는 사회 분위기, 이를 외면하는 기존 언론의 태도 등을 심층 설명하며, 양방

향 소통이 이뤄지는 SNS가 대한민국 청년들의 현실을 대
변하는 대안언론의 역할을 하고 있다고 전했다. 이 같은
외신은 실시간으로 번역돼 SNS로 공유가 이뤄졌고, 다소
자극적인 의역도 종종 보태졌다.

처음에는 무대응으로 일관했던 기업들은 폭로가 걷잡
을 수 없이 확대되고 외신에 자사의 이름이 오르내리자
투명한 인턴 평가, 직접 고용 확대를 위해 노력하겠다고
입장을 밝혔다. 정부 또한 청년실업정책의 실효성을 높이
겠다며 이런저런 보완 방안을 부랴부랴 내놨다. 그것으
로 청년 네티즌들의 분노를 가라앉히긴 역부족이었다. 사
태가 예상치 못한 방향으로 흘러가자 언론도 더 이상 'No
Gain No Pain' 페이지를 뉴스에서 제외하기 어려운 지경
에 이르렀다.

그럭저럭 흘러가던 어느 날, 〈매일한국〉에 악재가 터졌
다. 무음으로 외신 뉴스 채널을 틀어놓은 대형 액정 TV에
서 낯익은 얼굴이 인터뷰이로 등장했다. 수완이었다.

"어! 수완 씨가 왜 저기에."

홍 부장이 내 놀란 목소리에 반응했다.

"저 녀석 수연이 동생 맞지? 대혁아, 볼륨 올려봐!"

수완은 기자의 물음에 "〈매일한국〉 측이 누나의 죽음
에 대한 도의적인 책임을 약속했지만 아무것도 이뤄지지

않고 있다"며 "업무상 재해 소송을 제기한 뒤에도 〈매일한국〉 측으로부터 별다른 사과 연락을 받지 못한 상황"이라고 답하고 있었다.

심각한 표정으로 뉴스를 지켜보던 홍 부장이 국장실로 뛰어갔다. 잠시 후 국장이 국장실에서 나와 오너의 사무실이 있는 7층으로 향해 뛰었다.

제안

직장에서 겪는 불편한 순간 중 하나는 상대하기 불편한 사람을 화장실에서 만날 때이다. 소변이 급해 화장실로 달려가 문을 연 순간, 소변을 보고 있는 국장이 보였다. 나는 잠깐 멈칫했다가 국장 옆의 빈 소변기에 자리를 잡고 그에게 살짝 목례를 했다. 평소에 잘 나왔던 소변이 갑자기 잘 나오지 않았다. 살짝 신음 소리를 내며 힘을 주자 가느다란 소변 줄기가 겨우 흘러나왔다. 국장이 그런 나를 힐끗 보며 피식 웃었다.

"젊은 놈의 오줌발이 왜 이렇게 시원치 않아? 그래서 어디 애는 만들겠어?"

나는 살짝 약이 올랐다.

"일이 바쁘다 보니 애를 만들 시간이 도저히 나지 않아서 말입니다."

"병희하고 만날 만나 술 마실 시간은 있고? 애 만들 시간 없다는 건 다 핑계다. 그러다가 마누라한테 쫓겨난다. 애는 늦게 낳을수록 키우기가 힘들어진다. 내가 지금 그래서 개고생 하고 있지 않냐."

국장은 내가 병희 형과 술을 자주 마신다는 사실을 어디에서 들은 걸까. 별생각 없이 내뱉은 지나가는 말이었겠지만, 그의 말은 마치 "너희 모두 하나하나 지켜보고 있으니까 다른 생각 하지 말라"는 경고처럼 들렸다. 그런 생각이 들자, 국장에게 내가 그런 그림을 확인해보고 싶다는 오기가 발동했다. 나는 세면대에서 손을 씻는 국장의 뒤쪽으로 다가가 슬쩍 한마디를 던졌다.

"얼마 전에 퇴사한 인턴 김원용 말입니다. 그 친구하고 대표님 조카따님은 언제쯤 결혼한답니까?"

국장이 손을 씻는 동작을 멈추고 뒤돌아 몹시 놀란 눈으로 나를 바라봤다.

"네가 그걸 어떻게 알고 있냐?"

국장의 핸드폰 전화벨이 울렸다. 국장은 페이퍼타월로 급하게 손을 닦은 뒤 와이셔츠 주머니에서 핸드폰을 꺼내 전화번호를 확인했다. 오너인 모양이었다. 국장은 전화를 받기 위해 화장실 밖으로 빠져나가며 나에게 말했다.

"대혁아, 이따가 잠깐 나랑 얘기 좀 하자."

설마 했던 일이 너무도 간단하게 사실로 밝혀져 허탈했다. 나는 한숨을 푹 쉬며 자리로 돌아와 앉았다. 홍 부장은 나에게 온라인상에서 화제로 떠오른 UFO 출현 관련 기사를 우라까이 하라고 지시했다. 나는 성의 없이 타사의 기사를 대충 베껴 올린 뒤, 머릿속에 얼마 전에 그렸던 그림들을 복기했다. 문자메시지 도착 알림음이 울렸다. 국장의 문자였다.

— 오후 7시, 부암동 제비집에서 한잔하자.

왠지 불길한 문자였다. '제비집'은 50년 넘게 소고기 특수부위를 전문적으로 다루는 고깃집으로, 모 대기업 총수의 단골집이다. 이 집은 지금까지 TV 맛집 프로그램에 단한 번도 출연하지 않아, 아는 사람들만 아는 집으로 미식가들 사이에서 유명하다. 나도 이 집에서 한 번 고기 맛을 본 일이 있다. 김영란법 시행 직전, 한 대기업 홍보팀이 이 집에 산업부 회식 자리를 마련하고 각종 선물을 협찬한 일이 있었다. 퇴근 중이던 나는 산업부원들과 마주쳐 얼떨결에 회식 자리에 합류하게 됐다. 나는 이 집에서 두 번 놀랐다. 첫 번째는 고기 가격에 놀랐고, 두 번째는 맛에 놀랐다. 나는 지금까지 이 집보다 가격이 비싼 고깃집을 경험해본 일이 없었다. 내 연봉이 두 배 뛰더라도 먹기 망설여지는 가격이었으니 말이다. 그리고 이 집 고기보다 육향이 향기로운 집도 경험해본 일이 없었다. 그때 나는 집으로 돌아와 정인에게 이 집의 황홀한 고기 맛을 찬양했다가 잔소리를 꽤나 들었다. 그래서 더 불길했다. 맛있는 미끼에는 언제나 날카로운 바늘이 숨어 있는 법이니까.

나는 제비집에 10분가량 먼저 도착했다. 예약된 자리로 들어가 보니 국장이 먼저 도착해 자리를 잡고 있었다. 나는 국장에게 늦게 와서 죄송하다고 말한 뒤 국장의 맞은편 자리에 앉았다. 그러자 국장이 손짓을 하며 말했다.

"너는 내 옆에 앉아라."

직장에서 겪는 불편한 순간은 여러 가지가 있는데, 그중에서도 가장 불편한 순간은 가장 높은 사람과 마주칠 때이다. 편집국의 기자들은 엘리베이터가 7층에서 멈췄다가 내려오면 자연스럽게 계단으로 향했다. 오너와 마주치는 상황을 바라는 기자는 아무도 없기 때문이다. 계단은 〈매일한국〉의 피맛골이었던 셈이다. 국장이 나를 자신의 옆자리에 앉혔다면 맞은편 자리에 앉을 사람은 뻔했다. 약속 시간에 딱 맞춰 오너가 등장했다. 오너는 활짝 웃으면서 나에게 악수를 청했다.

"박대혁 기자, 반가워요. 박 기자하고 이렇게 술자리를 하는 건 처음이지 아마?"

"대표님이 오실 줄은 전혀 몰랐습니다. 미리 말씀해주셨으면 좋았을 텐데. 이렇게 좋은 자리에 불러주셔서 감사합니다."

나는 마음에도 없는 소리를 하며 몸 둘 바를 모르는 척했다. 오너는 그런 내 모습을 보며 너털웃음을 터트렸다.

"국장한테 일부러 내가 온다는 말은 하지 말아달라고 부탁했어. 기자들이 나를 불편해하는 걸 내가 모를 것 같아서 그래? 내가 사실 기자들 눈치를 얼마나 많이 보는데."

이형우 대표이사. 그는 좋은 의미로든 나쁜 의미로든 〈매일한국〉을 반석 위에 올려놓은 주인공이다. 과거의 〈매일한국〉은 작은 규모이지만 권력에 눈치를 보지 않고 할 말은 하는 매체로 명성이 높았다. 이 때문에 오래전에 군사정권에 밉보여 반국가단체 찬양고무와 반공법위반 혐의로 기자들이 구속되는 필화사건을 겪었고, 언론사로서는 이례적으로 국세청의 세무조사까지 받았다. 기자들은 박봉조차 제대로 집으로 가져가지 못하는 일이 많았지만, 자부심 하나로 버텼다. 공무원들은 〈매일한국〉 기자가 떴다는 소식만으로도 벌벌 떨었다. 물론 내가 경험한 일은 아니고 모두 술자리에서 선배들이 후배들에게 해준 무용담들이다. 그 선배들도 자신의 선배들에게 이야기를 전해 들었다. 그러니 적당히 이런저런 과장도 섞여 있을 것이다. 어쨌든 이 같은 역사는 지금도 많은 부장급 이상 시니어 기자들이 자랑하는 〈매일한국〉의 훈장으로 남아 있다.

그러나 왜 자랑스러운 창간자의 이름이 친일인명사전 에 포함돼 있는지 설명해주는 선배는 아무도 없었다. 나 는 수습기자 시절 앞으로 월급을 받게 될 〈매일한국〉의 역사가 궁금해서 관련 자료들을 찾으려고 인터넷을 뒤졌 다. 웹서핑을 통해 나는 창간자가 일제강점기 당시 활약 했던 친일기업인이었으며, 해방 후 적산불하*를 통해 재 산의 규모를 더 크게 불렸다는 사실을 알게 됐다. 뿐만 아 니라 〈매일한국〉이 군부독재에 극렬하게 저항했던 이유 도, 창간자와 당시 정권을 장악했던 군부의 사이가 틀어 졌기 때문이란 사실도 알기 싫지만 알게 됐다. 아무도 설 명해주지 않았던 역사를 스스로 공부해 알게 된 이후, 나 는 술자리에서 어떤 후배에게도 자랑스러운 〈매일한국〉

---

* 광복 이후 미군정과 이승만정부가 일제강점기 당시 일본인이 설립한 기업 및 소 유했던 부동산, 반입했다가 가져가지 않은 동산 등을 한국 내 기업 또는 개인에게 헐값에 팔아넘긴 과정을 말한다.

의 역사를 언급한 일이 없다.

창간자의 장손이자 3대째 오너인 이형우 대표는 20년 전 선대 오너인 부친의 갑작스러운 별세로 30대 후반이라는 젊은 나이에 대표로 취임했다. 취임 직후 그는 언론사도 기업이라고 선언하며 〈매일한국〉의 체질을 바꿔나갔다. 시작은 인력 감축이었다. 오너는 강도 높은 구조조정을 단행했다. 교열기자**가 가장 먼저 직격탄을 맞았다. 〈매일한국〉은 국내 최초로 교열부를 없앤 언론사가 됐다. 기존 교열부의 업무는 편집기자***의 몫이 됐다. 편집기자의 월급은 오르지 않았다. 회사 안팎에서 기자들이 비판의 목소리를 높였지만, IMF 외환위기 이후 경영난을 겪던 많은 언론사들이 〈매일한국〉의 선례를 따르자 비판의 목소리는 잦아들었다.

만년 적자 언론사를 취임 첫 해부터 흑자로 돌려놓은 오너는 더욱 과감해졌다. 오너는 기자들 상당수를 온라인 관련 부서로 이동시키며 온라인 언론 시장 선점에 나

** 기사의 오탈자를 바로잡고, 독자들이 쉽게 이해할 수 있도록 눈높이에 맞게 문장을 다듬는 역할을 하는 부서. 1990년대 후반 IMF 외환위기 이후 많은 언론사들이 구조조정을 하면서 교열 기능을 대폭 축소했다.

*** 기사의 제목을 달고, 기사를 신문지면에 적절하게 배치하는 역할을 맡는 기자. 외국 신문의 경우 디자인을 담당하는 레이아웃 에디터와 제목을 담당하는 카피 에디터가 따로 있지만, 한국에선 편집기자 대부분이 두 작업을 겸한다.

섰다. 또한 오너는 "언론사도 기업이기 때문에, 기자도 회사원같이 생각해야 한다"며 산업부, 경제부 기자들을 중심으로 적극 광고 영업에 뛰어들어달라고 독려했다. 노조는 "기자가 직접 나서서 기업에 광고 영업을 하면 어떻게 해당 기업에 대한 비판 기사를 쓸 수 있겠느냐"며 즉각 반발했다. 이에 오너는 기자가 유치한 광고 액수대로 인사고과의 줄을 세우도록 데스크에 지시했다. 그 과정에서 많은 기자들이 퇴사했고, 충원은 제대로 이뤄지지 않았다. 지금까지 1인당 1개 지면을 맡아왔던 편집기자들은 심심찮게 하루에 2개 지면을 맡게 됐다. 오너의 혁신은 조직 변두리에서만 이뤄졌고, 외부인이 바라보고 판단하는 〈매일한국〉은 변두리뿐이었다. 변두리가 현란해질수록 내부에 드리우는 그림자는 깊어졌다.

〈매일한국〉의 매출액과 흑자는 매년 큰 폭으로 증가했다. 그러나 연봉 상승률은 답보상태에 머물렀다. 노조가 사측에 항의하자, 오너는 "오랜 세월 동안 누적된 적자가 많으니 조금만 기다려달라"고 노조원들을 달랬다. 그로부터 얼마 후 정기인사에서 노조 소속 기자들은 전원 승진에서 물을 먹었다. 많은 노조 소속 기자들이 이에 반발해 퇴사했고, 충원은 제대로 이뤄지지 않았다. 인원이 큰 폭으로 줄어들자 노조의 힘은 자연스럽게 약해졌다. 수시로

1인당 2개 지면을 맡아왔던 편집기자들은 하루에 무조건 2개 지면을 맡게 됐다. 그 사이에 〈매일한국〉은 매출액 기준 국내 전체 언론사 중 다섯 손가락 안에 드는 언론사로 자리매김했다. 언론 시장의 온라인 이동을 주도했던 오너는 혁신을 이끄는 차세대 리더 중 하나로 주목을 받기 시작했다. 이를 바탕으로 오너는 다양한 감투를 쓰며 자신의 인맥과 영향력을 넓혀나갔다.

승승장구를 거듭하던 오너에게도 아픔이 있었다. 오너는 슬하에 아들 하나만을 뒀다. 오너의 외아들은 미국에서 유학한 후 귀국해 〈매일한국〉의 수습기자로 특별채용됐다. 그는 매해 승진을 거듭하며 5년 만에 상무를 달았다. 오너가 교육을 잘 시켰기 때문인지, 천성이 그러했기 때문인지 몰라도 그는 겸손이 몸에 밴 바른 청년이었다. 그는 수습기자로 입사해 평기자들과 몸을 부대꼈던 만큼 기자들의 고충과 업무를 바라보는 이해도가 높았다. 그 때문에 사실상 다음 오너인 그에게 기대를 거는 기자들이 많았다. 그를 흠모하는 여기자들도 많았으나, 얼마 지나지 않아 그가 모 대기업 오너의 여식과 결혼한다는 소식이 알려져 많은 여기자들이 술자리에서 눈물을 뿌렸다.

그랬던 그가 갑작스러운 교통사고로 세상을 떠날 줄은 아무도 몰랐다. 야간에 만취한 운전자가 왕복 2차선 도로에서 1톤 트럭을 몰다가 중앙선을 넘었다. 그때 하필 맞은편에서 오너의 외아들이 운전하는 차량이 달려오고 있었다. 가해 운전자는 살고, 오너의 외아들은 죽었다. 실의에 빠진 오너는 한동안 편집국에 간섭하지 않았다. 당시 〈매일한국〉은 6개월여에 걸쳐 음주운전의 근절을 외치는 기획기사를 연재해 사회에 큰 반향을 일으키며 '한국기자상'을 수상했다. 나도 기사에 살짝 숟가락을 올려 수상의 영광을 함께 누렸다. 그 시절이 오너가 취임한 후 가장 평화로웠던 시절이었다고 회상하는 기자들이 지금도 많다. 하지만 평화는 길지 않았다.

매일 높은 사람들과 만나느라 바쁜 오너가 나 같은 일개 평기자와 독대할 이유는 없다. 나는 나름대로 머리를 굴려 상황을 추측해봤다. 아마도 국장은 나와 화장실에서 나눴던 대화를 오너에게 전했을 것이다. 내가 그린 그림이 실체적 진실에 가깝다면 오너는 조카딸과 원용이 결혼할 사이라는 것을 내가 알고 있다는 사실에 민감한 반응을 보일 수밖에 없다. 보는 눈들이 많아진 지금 상황에서, 바깥에 그 사실이 널리 알려지면 이유야 어찌됐든 구설수에 오를 것이 뻔하니 말이다. 나는 오너가 그 사실을 어떻게 알게 됐느냐고 물을 때 둘러댈 대답을 머릿속으로 정신없이 찾기 시작했다. 직원이 와서 고기를 구운 뒤 접시에 올렸다. 오너가 국장과 내 잔에 소주를 따르며 물었다.

"지금 어느 부서에서 근무하고 있나?"

"몇 달 전부터 디지털뉴스부에서 근무하고 있습니다."

"제일 중요한 부서에 있네. 요즘 세상에 가장 중요한 곳은 온라인 아닌가. 박 기자도 고기 좋아하지? 마침 이 집에 아롱사태가 들어왔다는 연락이 와서 여기로 왔어. 꽤 고기가 괜찮은 집이야. 많이 들어."

오너가 건배를 권했다. 나는 잔을 비운 뒤 아롱사태를 소금에 살짝 찍어 입에 넣었다. 고기는 짙은 육향과 풍부한 육즙, 쫄깃한 식감을 자랑했다. 맛과 향이 너무 좋아 나는 잠시 긴장을 풀 뻔했다. 국장이 맥주 한 병을 추가로 주문했다.

"대표님, 시원하게 소맥 한 잔 말아 드시는 것 어떠십니까?"

"맞아. 성 국장이 소맥 말기에는 또 일가견이 있죠? 내가 그걸 깜빡했습니다. 처음부터 시원하게 소맥을 한 잔 할걸 그랬네."

국장이 맥주잔을 자기 앞으로 모으고 소맥을 만들었다. 국장이 소맥을 만드는 동작에는 바텐더가 칵테일을 만드는 것처럼 군더더기가 없었다. 국장은 잔을 건네더니 건배를 권했다. 국장의 소맥은 역시 부드럽고 청량했다. 오너는 잔을 비운 뒤 맛이 일품이라며 박수를 쳤다. 나도 눈치를 보다 박수를 따라 쳤다. 오너는 국장에게 소맥 한 잔을 더 청했다. 국장은 소맥을 다시 만들며 오너에게 과장된 목소리로 말했다.

"박 기자 이 친구가 말입니다. 능력이 정말 좋은 기자입니다. 그전에 사회부에 있을 때에는 기획기사를 잘 만들어 외부에서 좋은 상도 받았고, 문화부에 있을 때에도 능력을 발휘해 음악, 방송 등 대중문화 쪽에 〈매일한국〉의 인지도를 많이 높여놓은 친구입니다. 그 역량을 현재 디지털뉴스부에서도 잘 보여주고 있고요."

"그래요? 성 국장 덕에 인재를 뒤늦게 알아봤네."

나는 오너와 국장의 영혼 없는 칭찬을 들으며 어색한 미소를 지었다. 나를 능력이 출중한 기자라고 생각한다면 왜 문화부에서 대중문화 취재팀을 조직개편으로 없애고 디지털뉴스부로 보냈는지 둘에게 묻고 싶었다. 그때 마침 내 전화벨이 울렸다. 정인의 전화였다.

"대표님, 죄송합니다. 와이프한테 전화가 와서. 잠시 통화 좀 하고 오겠습니다."

"세상에서 제일 중요한 전화네? 어서 받고 와."

나는 고깃집 바깥으로 나와 정인의 전화를 받았다.

"오빠, 지금 어디야? 집으로 들어오는 중이면 컵라면

좀 몇 개 사다줘."

"미안해. 미리 연락했어야 했는데 깜빡했다. 지금 회사 오너하고 국장이랑 같이 저녁 먹고 있어. 바로 들어가봐야 하는 상황이라 전화 끊을게."

"오빠! 잠깐만! 끊지 마!"

정인이 전화를 끊으려는 나를 다급하게 제지했다.

"왜? 무슨 일이야. 나 지금 급해."

"오빠 내 말 잘 들어. 핸드폰에 녹음기 앱 깔아놓았지? 무슨 말이 오갈지 모르니까 녹음기 앱 실행시키고 들어가. 전화 끊을게."

정신이 번쩍 든 나는 정인의 말대로 녹음기 앱을 켜놓은 뒤 핸드폰을 상의 주머니에 넣고 다시 고깃집 안으로 들어갔다.

"죄송합니다. 와이프한테 늦게 들어간다는 연락을 하지 않은 터라."

"죄송하긴 무슨. 박 기자 앞으로 지켜볼게. 종종 얼굴 보자고. 한 잔 마셔요."

경어와 평어가 뒤섞인 오너의 말투는 듣는 사람을 압박하는 묘한 힘을 지니고 있었다. 오너는 소맥이 담긴 잔을 비우며 시선을 국장에게 돌렸다.

"성 국장께선 잘 아시겠지만, 나는 이제 욕심이 별로

없어요. 그렇다고 재산을 물려줄 자식이 있는 것도 아니고요. 조만간 훌륭한 분한테 대표 자리를 넘기고 물러나 국가를 위한 봉사를 해볼 생각입니다."

"총선 출마 결심을 굳히신 겁니까?"

"그렇다고 먼저 움직일 순 없는 노릇 아닙니까. 여당 쪽에서 비례대표를 제안했는데, 일단 여야 쪽 돌아가는 상황을 주시하며 기다려봐야죠."

오너의 퇴진과 국회의원선거 출마. 이것은 조금도 예상하지 못한 그림이었다. 오너는 고민스럽다는 표정으로 국장을 바라보았다.

"선거를 지배하는 건 이성이 아니라 감성입니다. 무엇이 옳고 그른가를 따지는 것은 선거에서 크게 중요하지 않아요. 몇 년 전 교육감선거에서 여론조사 지지율 1위를 달리다가 자녀교육을 방치했다는 딸의 폭로 하나 때문에 완전히 무너진 양반도 있지 않습니까? 제가 아무리 사사로운 욕심 없이 국가에 봉사를 하겠다고 나서도, 사소한 곳에서 문제가 터져버리면 결과는 예측할 수 없어요. 회사 안팎으로 최대한 입단속이 필요한 때입니다."

오너는 나에게 시선을 돌리며 은근한 목소리로 말했다.

"여산전자 김 회장이 나랑 절친이에요. 마침 그 집 막내아들도 짝이 없고, 내 조카딸도 짝이 없어서 서로 만나

보라고 내가 연결 시켜줬어. 그런데 생각보다 둘이 예쁘게 잘 만나더라고. 박 기자가 인턴 교육을 맡았으니 잘 알겠지만, 김원용 그 친구가 성격이 참 바르고 괜찮아. 그런데 회사에 갑자기 좋지 않은 일이 벌어져서 그 친구 사정이 조금 난처하게 됐어. 내 말 무슨 의미인지 알지?"

오너가 말을 마치고 건배를 제의했다. 오너는 나에게 아무것도 캐묻지 않았다. 하지만 오너의 "내 말 무슨 의미인지 알지?"라는 말에 너무 많은 의미가 담겨 있는 것 같아 머릿속이 복잡해졌다. 국장이 내 어깨를 두드리며 잔을 부딪쳤다.

"앞으로 박 기자가 할 일이 많아질 거야. 열심히 해보라고."

국장이 음식점 직원을 불러 귓속말을 했다. 잠시 뒤 직원은 안동소주를 테이블로 가지고 왔다. 오너는 국장과 내 잔에 술을 채우며 육회를 추가 주문했다. 국장이 육회 위에 오른 계란 노른자를 풀었다. 독한 술기운에 긴장이 조금씩 풀리고 몸이 나른해졌다.

자리를 파한 후 오너는 자신의 전용차량에 오르기 전에 내 품에 봉투 하나를 찔러 넣었다. 내가 놀라 사양하자 국장이 그냥 감사히 받으라고 강권했다. 나는 집으로 돌아오는 택시 안에서 봉투를 열어 내용물을 확인했다. 봉투

안에는 백화점상품권 100만 원어치가 들어 있었다. 녹음기 앱을 켜놓은 채 주머니에 넣어뒀던 핸드폰은 방전 직전이었다.

찌라시 대화방

며칠 뒤 갑작스러운 인사가 있었다. 인사 명단에 이름을 올린 사람은 나 혼자였다. 나는 디지털뉴스부에서 기획조정실*로 이동하라는 발령을 받았다. 이번 인사의 배경을 두고 편집국 내에서 말들이 무성했다. 〈매일한국〉 내에서 기획조정실을 거친다는 것은 오너의 라인을 타게 된다는 의미이다. 실제로 사내에서 잘나간다는 평가를 받는 데스크와 차장급 기자들 대부분이 기획조정실을 거쳤다. 국장의 직전 직책도 기획조정실장이었다. 많은 선후배 기자들이 나에게 넌지시 인사의 배경에 대해 물어봤지

---

* 조직의 정책 및 계획 수립, 재무, 위기 관리, 인사 등을 총괄하는 핵심부서.

만, 나는 아무것도 해줄 말이 없었다. 내가 해줄 말이 없다고 말해도, 이를 곧이곧대로 믿는 기자들은 없었다. 장재연처럼 대놓고 질시의 눈빛을 보이는 기자들도 있었고, 나와 거리를 두려는 듯한 모습을 보이는 기자들도 있었다. 국장은 앞으로 기획조정실에서 능력을 제대로 발휘해보라며 나를 격려했다. 나를 둘러싼 모든 것들이 혼란스러웠다.

오너와 만난 날, 나는 집으로 돌아와 핸드폰에 녹음된 대화를 정인과 함께 들었다. 대화를 모두 들은 정인이 물었다.

"만약 누군가가 오빠를 곤란하게 만들거나 무너뜨릴 수 있을 정도로 중요한 비밀을 알고 있다고 가정해봐. 오빠는 그 사람을 어떻게 처리할 거야."

"으흠……. 어떻게든 회유를 해보려고 시도하겠지?"

"회유가 안 되면 어떻게 할 거야? 죽일 거야?"

"법치국가에서 무슨 그런 끔찍한 소리를."

"내가 보기에는 오너가 오빠를 가까운 곳에 두려는 것 같은데? 불안요소는 제거하기 어려우면 구슬려서 가까이 두고 내 편으로 만드는 게 차라리 안전하고 이익이거든. 영국이 자랑하는 네팔인 구르카 용병*을 봐. 싸우면 싸울수록 아군한테 큰 피해를 입히니까 싸우는 대신 구슬려서 자국의 군인으로 편입시켜 전투력을 높였잖아."

"내가 알고 있는 게 오너한테 과연 그럴 만한 가치가 있을까? 오너가 법을 어겼다거나 죄를 지은 건 없잖아?"

"딸의 폭로 때문에 교육감선거에서 낙마했던 양반도 법적으로 죄를 지은 건 없었어. 자녀 교육에 제대로 신경을 쓰지 않은 게 도의적으로는 문제가 될 수 있어도 법적으로 처벌을 받을 만한 일은 아니잖아? 10년 전 노인폄하 발언으로 물의를 일으켜 비례대표 국회의원 후보직을 사퇴했던 야당 대표도 마찬가지야. 노인폄하 발언이 법적으로 죄가 되진 않잖아. 오너의 말대로 선거에선 이성보다 감성이 좌우하는 면이 많지. 아무리 옳은 소리를 해도 미우면 절대 뽑지 않는 게 선거잖아."

"이성으로 좌우되는 선거라면 지역감정도 진즉 없어졌겠지."

"오너는 국회의원선거에 출마할 예정이야. 그런데 갑자기 〈매일한국〉에서 인턴기자로 일하던 수연 씨가 떠들썩하게 유서를 남기고 자살했어. 오빠는 인턴기자 선발

---

* 네팔 출신 용병으로 전 세계에서 가장 용맹한 군인으로 꼽힌다. 영국은 1814년에 네팔과의 전쟁에서 승전했으나, 구르카에 의해 많은 피해를 입었다. 이때 구르카의 용맹함을 높게 산 영국은 이들을 영국군에 편입시켜 지금까지 부대가 유지되고 있다.

배경에 현재 세계적으로 주목 받는 기업 오너의 집안과 〈매일한국〉 오너 집안의 혼사 문제가 엮여 있다는 걸 알게 됐고. 이 사실이 외부로 새나가면 죽은 수연 씨가 인턴 선발 과정에서 들러리에 불과했던 것 아니냐는 의혹이 불거지겠지. 마침 수연 씨 유족이 〈매일한국〉에 소송을 제기해 지켜보는 눈도 많아진 상황이야. 20~30대 유권자들은 취업문제에 누구보다 민감하고, 서울은 젊은 유권자들이 많은 도시야. 오너는 내부에서야 어떨지 몰라도, 외부에선 나름 혁신적인 이미지를 가진 리더로 호평을 받고 있어. 원하든 원치 않았든, 오빠는 현재 오너의 입장에서 매우 중요한 사람이 된 것 같다."

정인의 '중요한 사람'이란 말에 쓴웃음이 흘러나왔다.

"그나저나 이 상품권은 어떻게 할까? 돌려줘야 하나? 너무 액수가 많은데."

정인이 내 손에서 상품권 봉투를 낚아챘다.

"돌려주면 더 이상하게 생각할 거야. 일단 내가 보관하고 있을게."

나는 디지털뉴스부원들과 점심식사를 마친 뒤 짐을 챙겨 기획조정실로 향했다. 기획조정실은 오너의 사무실과 같은 7층을 쓴다. 내가 기획조정실에 발을 들인 것은 입사 9년 만에 처음 있는 일이었다. 이범우 실장이 다가와 악수를 청했다.

"대혁 씨, 중요한 시기에 같이 일하게 돼 반갑습니다. 대표님께 이야기 잘 들었습니다. 자리는 저쪽에 마련해 놓았습니다. 편집국에서 가져온 짐은 그곳에 풀면 됩니다."

이 실장은 오너에게서 무슨 이야기를 들었을까. 이 실장은 나보다 7년 먼저 기자로 입사한 선배이지만, 기자의 분위기를 풍기진 않았다. 그는 기자보다 대기업 회사원처럼 보였다. 그의 '대혁 씨'라는 호칭과 경어에서 왠지 모를 거리감이 느껴졌다.

부서가 다른 기자들끼리는 따로 약속을 잡지 않으면 한 달에 한 번 마주치는 일도 쉽지 않다. 이 실장은 기획조정실에서만 10년 가까이 일했기 때문에 지금까지 나와 마주쳤던 일이 거의 없다. 광고회사에서 근무하다가 기자로 전직한 이 실장은 기획조정실에 입성한 이후 두각을 나타냈다. 매출액 상승을 주도한 정책, 구조조정 방안, 오너의 대외 이미지메이킹 전략 등이 대부분 그의 머릿속에서 나왔다. 편집국 내에서 국장보다 이 실장을 실세로 꼽는 기자들이 더 많을 정도로, 그를 향한 오너의 신임은 두텁다. 물론 그를 바라보는 기자들의 평가는 바닥을 기지만 말이다.

내가 자리를 대충 정리하자 이 실장은 회의를 소집했

다. 기획조정실을 구성하는 기획팀, 인사관리팀, 재경팀의 부원들이 전원 참석했다. 각 팀장들이 파워포인트로 만든 자료로 브리핑을 하고 각종 도표를 설명하는 회의의 모습은 편집국과 많이 달라 낯설었다. 회의를 마친 이 실장은 부원들을 돌아보며 말했다.

"다들 아시겠지만 곧 대표님이 퇴진하시고 총선에 출마하실 예정입니다. 그때까지 우리 기조실은 선거전략을 총괄하는 전략기획본부의 역할을 맡게 될 예정입니다. 기조실에서 오가는 말들이 바깥으로 새나가는 일은 없어야 합니다. 오늘 새롭게 기조실의 식구가 된 박대혁 씨는 앞으로 기획팀에서 업무를 맡게 될 겁니다. 대혁 씨는 편집국에서 사회부, 문화부, 디지털뉴스부 등의 부서를 두루 거쳤습니다. 최근까지 디지털뉴스부에서 근무했기 때문에 온라인 환경에 대해 누구보다 익숙할 겁니다."

박수 소리가 이어졌다. 나는 자리에서 일어나 어색하게 목례를 했다. 이 실장은 나에게 기획팀장을 찾아가 업무에 대한 설명을 들으라고 지시했다. 최종훈 기획팀장은 마치 오랜 경력을 가진 영업사원처럼 인상이 유들유들한 40대 초반의 사내였다. 그는 나에게 담배를 권했다.

"대혁 씨, 바깥에서 담배나 하나 빨면서 이야기할까?"

"죄송합니다. 몇 년 전에 결혼하면서 끊었습니다."

"이야! 독한 친구네? 아무튼 바깥에서 바람이나 쐬면서 이야기하자고."

나는 최 팀장과 옥상으로 향했다. 입사 후 처음으로 사옥의 옥상을 구경했다. 바닥에 초록색 방수페인트를 칠해 놓은 옥상은 대형 에어컨 냉각탑과 함께 마치 복잡한 공장을 연상케 하는 풍경을 연출했다. 구석에 뜬금없이 설치된 야외 정자가 우스꽝스럽게 느껴졌다. 정자 옆에 재떨이가 비치돼 있었다. 최 팀장은 재떨이 옆에 서서 담배에 불을 붙였다.

"오늘은 날이 많이 풀려서 밖에서 담배를 피울 만하네. 대혁 씨는 내 얼굴 처음 보나? 정치부에 출입했던 일 없지?"

"네."

"나는 이 실장처럼 기자 출신은 아니고 국회의원 비서관, 보좌관 생활을 꽤 했어. 여기 정치부 기자들 몇몇하고 안면이 있고."

최 팀장은 정자 너머 광화문 광장을 내려다보며 천천히 담배연기를 내뿜었다.

"기조실로 올라왔다는 건 대혁 씨 나름대로 야망이 있다는 의미 아닌가. 안 그래?"

"네? 야망은 무슨……."

"아무튼 좋은 기회야. 이 대표가 국회의원으로 당선되면 기조실 인력이 그대로 보좌진으로 이동하게 될 거야. 만약 그렇게 되면 기자로선 경험해보기 힘든 좋은 기회가 될 테지. 어떻게 기조실로 발령이 났는지 내 알 바는 아니지만, 자신의 욕심을 위해 최선을 다해. 나도 그럴 테니까."

나는 야망이고 욕심이고 간에 모든 풍경이 부조화스러운 이 높은 곳에서 빨리 벗어나고 싶었다. 최 팀장은 담배를 재떨이에 비벼서 끄고 기지개를 켜며 혼잣말을 했다.

"높은 곳에서 내려다보니 참 멋진 세상이야. 그런데 김수연 그 친구는 이 멋진 세상을 두고 왜 떨어져 죽었나 모르겠어."

사무실로 내려오자마자 핸드폰이 울렸다. 최 팀장이 나를 카카오톡 단체 대화방으로 초청한 것이었다. 대화방의 이름은 '잘살아보세'였고, 약 70여 명이 익명으로 참여하고 있었다. 최 팀장의 대화방 내 별명은 'Ace of Spade'였다. 나는 최 팀장의 별명을 보고 별생각 없이 내 별명을 'Joker'라고 지었다.

"팀장, 이 방은 뭐 하는 방이죠?"

최 팀장은 내 물음에 씩 웃으며 답했다.

"대한민국의 온갖 잡다한 소식이 만들어지고 유통되는

방. 무슨 말인지 잘 모르겠으면 눈팅을 해봐. 금방 감이 잡힐 테니까."

이 단체 대화방은 찌라시가 공유되는 방이었다. 연예인의 열애설과 추문부터 정재계 인사들의 뒷이야기까지 온갖 종류의 찌라시가 '받은 글'이라는 머리말을 달고 이 대화방에서 공유되고 있었다.

"무슨 찌라시가 이렇게 많이……. 이 방에는 어떤 사람들이 참여하고 있는 거죠?"

"기자? 홍보담당 직원? 공무원? 의원 보좌진? 아마 그런 사람들일걸? 사실 영양가 있는 찌라시는 별로 없어. 하지만 이렇게 먹잇감 하나를 툭 던져놓으면 재미있는 일이 벌어질 거야. 소문을 들으면 퍼트리고 싶어 하는 것이 인간의 본능이거든."

최 팀장이 대화방에 글 하나를 올렸다.

(받은글) 이형우 〈매일한국〉 대표가 자사에서 벌어진 인턴 자살 사건에 대한 도의적인 책임을 지고 물러나겠다는 입장을 밝힐 예정.

반응이 매우 뜨거웠다. 반응은 여러 가지였지만, 지금까지 드러난 정황상 인턴의 자살은 사고에 가까운데 오너가 자리에서 물러날 필요까지 있느냐는 동정에 가까운 반응이 많았다. 나는 단 한 문장으로 오너의 퇴진이 책임감 있는 결단으로 포장되는 모습을 보고 경악했다. 최 팀장은 대화방의 상황을 보고 만족스럽다는 표정을 지으며 말했다.

"이제 우리는 앉아서 기다리기만 하면 돼. 대혁 씨는 포털 사이트 뉴스 페이지 상황을 계속 확인하고. 실장님! 처리했습니다. 향후 돌아가는 상황을 모니터 하고 보고드리겠습니다."

이 실장이 부원들에게 지시를 내렸다.

"외부에서 대표님 거취에 대해 묻는 전화가 오면 곧 퇴진에 대한 공식적인 입장을 밝힐 예정이라고만 답하라고 다른 부서에 전달해주세요."

포털 사이트에 관련 뉴스가 속속 올라오고 있었다. 그 중에서 가장 먼저 올라온 기사가 '단독' 타이틀을 걸고 뉴스 페이지의 메인 자리를 차지하고 있었다.

[단독] 이형우 〈매일한국〉 대표 "인턴 자살 도의적 책임 지고 사퇴"

기사입력 201X-02-15 14:35

[새조국신문=전필국 기자] 이형우 〈매일한국〉 대표가 최근 사내에서 벌어진 인턴의 자살에 대한 도의적인 책임을 지고 물러날 예정이다.

〈매일한국〉 관계자는 15일 기자와의 전화통화에서 "이 대표가 곧 퇴진에 대한 공식적인 입장을 밝힐 예정"이라고 전했다.

지난달 19일 〈매일한국〉에서 인턴기자로 근무 중이던 김 모 (28·여) 씨가 유서를 온라인 기사로 공개하고 사옥에서 투신해 숨진 바 있다.

한편, 이 대표는 지난 1997년 〈매일한국〉의 대표로 취임, 언론계의 혁신을 주도하며 차세대 리더 중 하나로 주목을 받아왔다.

feelgood@newjk.co.kr

이후에 올라온 기사들은 오너의 프로필을 추가하거나, 'No Gain No Pain' 페이지의 상황을 추가하는 등 살을 조금씩 더 붙여가며 오너의 퇴진 소식을 보도하고 있었다. 관련 기사는 'No Gain No Pain' 페이지에 바로 공유됐다. 당연한 결과라는 반응이 주된 반응이었다. 그러나 수연의 죽음에 대한 책임 소재가 명확하지 않아 〈매일한국〉만 돌을 맞기에는 조금 억울할 수도 있는 상황인데, 대표가 변명 없이 물러나는 것은 우리나라에서 매우 드문 행동이 아니냐며 높게 평가하는 반응도 보였다. 이 같은 반응은 온갖 욕을 먹으며 묻혔다. 하지만 이 페이지에서 이 같은 반응이 나온 것은 처음 보는 일이었다.

퇴근 후 나를 위한 환영회 겸 회식 자리가 마련됐다. 회식 자리가 마련된 곳은 종로의 한 허름한 노포로, 홍어를 전문으로 다루는 곳이었다. 삭힌 홍어를 먹지 못하는 부원들도 있었지만, 홍어 외에도 민어와 전복 등 다양한 고급 해산물 메뉴가 많아 회식 장소로는 크게 문제되지 않았다. 이 실장이 내 사발에 막걸리를 채웠다.

"대혁 씨, 홍어 좋아해요?"

"네. 저는 매우 좋아하는 편인데, 다른 분들은 괜찮으실지 모르겠습니다."

"다른 횟감도 이것저것 시켰으니 크게 문제는 없을 겁니다. 이 장소를 잡으신 분이 대표님이시니 대표님 말씀을 따라야죠."

"대표님도 이 자리로 오시는 겁니까?"

"잠깐 오셨다 가실 거라고 말씀을 하셨는데, 바쁘시면 오시지 않겠죠."

나는 이 실장의 경어가 묘하게 불편하게 느껴졌다.

"실장님, 말씀 편하게 놓으셔도 됩니다. 기자 후배이기도 하고요."

"기자라……. 편집국에서 떠난 지 오래돼서 기자였던

적이 있나 싶기도 하네요. 저는 이게 편합니다. 괜찮습
니다."

이 실장의 완곡한 거절을 듣고, 불편했던 기분이 더 불
편해졌다. 최 팀장이 홍어를 굵은 소금에 찍어 먹으며 표
정을 찡그렸다.

"대혁 씨는 삼합 좋아하나? 나는 삼합이 홍어의 맛을
왜곡하는 음식이라고 생각해. 홍어는 그냥 그대로 굵은
소금만 살짝 찍어 먹어야 제맛이거든. 김치와 수육이랑
같이 먹으면 이 맛이 나지 않는다니까? 소금은 적당히 불
순물이 섞인 천일염이 좋아. 그래야 맛이 복잡해지거든."

살짝 얼린 홍어애가 접시에 따로 나왔다. 홍어애를 먹
는 것은 몇 년 만이었다. 나는 막걸리를 한 모금 마신 뒤
홍어애 한 점을 기름장에 찍어 먹었다. 고소한 맛과 감칠
맛이 입안에 깊이 남았다. 하루 종일 쌓여 있었던 긴장감
을 풀리게 하는 맛이었다. 최 팀장도 홍어애 한 점을 입에
넣으며 나에게 말했다.

"홍어 좀 먹을 줄 아는 것 같은데? 출입처에서 많이 얻
어먹어 봤나 보네?"

"얻어먹을 출입처에 있어 본 일이 없고요. 아버지께서
홍어를 매우 좋아하십니다. 덕분에 어려서부터 홍어를 많
이 먹었죠."

"집이 부자야? 어려서부터 홍어 먹긴 쉽지 않은데? 고향이 전라도 쪽인가?"

"충청도이고 부자랑은 거리가 멉니다. 하지만 아버지께서 나름 미식가셨죠. 여름이면 고기 잡으러 강으로, 가을이면 약초 캐러 산에 가시고. 저도 아버지 따라 여기저기 많이 다녔죠."

"좋은 경험 많이 하셨네."

최 팀장이 홍어코 한 점을 집어 먹으며 오만상을 찌푸렸다. 최 팀장의 날숨에서 구린내가 진동했다.

"대혁 씨는 그거 아나? 흑산도에서는 홍어를 삭히지 않고 먹는다는 걸?"

"네? 홍어하면 흑산도인데, 거기선 삭혀 먹지 않는다고요?"

최 팀장은 홍어애탕을 한 숟갈 떠먹으며 말을 이었다.

"흑산도에는 금방 잡은 신선한 홍어가 많으니까 굳이 삭혀 먹을 필요가 없지. 그 동네에선 홍어를 삭혀 먹는 걸 무식한 짓으로 알아. 삭히지 않은 홍어가 정말 별미야. 이 맛을 아는 사람들이 드물지. 미식가라고 떠드는 사람들도 잘 몰라."

"어떤 맛인가요?"

"맛보다는 식감이 즐거워. 혓바닥에 찰싹 달라붙을 정

도로 찰기가 있고 쫀득하지. 씹을 때 단맛도 느껴지고. 이런 식감이 있는 횟감은 삭히지 않은 홍어밖에 없을 거야. 흑산도에 가서 삭힌 홍어를 달라고 하면 무식하다는 소리를 듣는다니까?"

나는 최 팀장의 설명을 듣고 입안에 고인 침을 막걸리와 함께 삼켰다. 최 팀장은 홍어 날개 부위를 젓가락으로 집어서 흔들며 실실 웃었다.

"하지만 나는 삭힌 홍어가 더 좋아. 훨씬 재미있거든. 이 얼마나 복잡한 맛의 폭탄이야. 아까 찌라시 공유 대화방 상황 봤지? 뉴스에서 제일 중요한 건 팩트지. 팩트 없는 뉴스는 아무런 힘이 없어. 하지만 더 중요한 건 팩트를 어떻게 포장해서 매력적인 냄새를 풍기느냐야. 이렇듯 적당하게 삭힌 홍어처럼. 그러면 다들 알아서 달려들게 돼 있거든."

이 실장이 최 팀장의 말을 제지했지만, 최 팀장은 개의치 않는 눈치였다. 그는 눈빛을 반짝이며 나에게 말했다.

"뭐든 적당히 냄새나는 게 매력적인 거야. 앞으로 명심해둬, 박대혁 기자."

전 송 버 튼

약 2000년 전, 중국에서 역사상 손에 꼽힐 만큼 대단한 전투가 벌어졌다. 40만에 달하는 병력이 고작 1만도 안 되는 병력에 철저하게 무너진 것이다. 한나라의 황위를 찬탈한 왕망은 반란군 사기를 꺾기 위해 40만 전력 앞에 맹수를 앞세운 방대한 규모의 군대를 편성해 최전선인 곤양으로 보냈다. 여기에 병법 63가 도사들도 함께했다. 그러나 40만 병력은 규모만 대단했지 명령 계통이 서지 않고 보급도 엉망이었다. 병법 63가 도사들이 서로 자신의 의견이 옳다고 입씨름을 벌이니 계통이 설 리 없었다. 곤양을 지키던 유수는 고작 결사대 3000명을 이끌고 왕망의 군대를 기습했다. 왕망의 군대는 기습에 놀라 우왕좌왕하다가 수많은 사상자를 내며 처절하게 패배했다. 13척의 배로 133척의 왜선을 물리친 이순신 장군의 명량해전만큼이나 거짓말 같은 결과였다. 훗날 '곤양대전'이라고 불리는 이 전투로 왕망이 세운 신나라는 무너지고, 유수는 후한을 세우며 한나라 황실을 재건한다. 내가 대학 시절 중국사 교양 강의시간에 배운 곤양대전에 대한 간략한 기억이다.

언젠가부터 구심점을 잃고 거대한 폭로의 장으로 변한 'No Gain No Pain' 페이지의 상황은 마치 곤양대전을 앞둔 왕망의 군대 같았다. 이 페이지에 대한 대중의 관심과 영향력이 높아지자 근거 없는 폭로성 게시물 때문에 마녀사냥이 발생하는 횟수도 점점 늘어났다. 그동안 페이지의 운영에 개입하지 않았던 관리자*도 근거 없는 폭로 게시물을 올리지 말아달라고 공지사항을 올렸지만 소용없었다. 그러자 이 페이지를 비판적으로 바라보는 시선도 늘어만 갔다.

시작은 한 빵집 아르바이트생이 올린 게시물이었다. 20대 남성이라고 밝힌 그는 'No Gain No Pain' 페이지에 "자신이 임금도 제대로 받지 못한 채 부당해고를 당해

---

* 참고로 페이스북 페이지의 운영자는 공개되지 않기 때문에 누구인지 알 수 없다.

업주를 지방노동청에 신고했다"며 자신이 일했던 빵집의 위치와 상호를 공개했다. 이에 분노한 네티즌들은 빵집의 위치와 상호를 SNS로 공유하며 불매운동을 벌였다. 이 과정에서 빵집 주인은 온라인에서 신상까지 털리며 악덕 자영업자로 낙인찍혔다. 비난 여론을 견디다 못한 빵집 주인은 결국 빵집 운영을 접어야 했다.

그러나 이는 모두 허위였다. 빵집 주인은 해당 아르바이트생이 무단결근한 채 연락이 끊기자 하는 수 없이 새 아르바이트생을 채용한 것이었다. 경찰 조사로 드러난 사실관계에 따르면 해당 아르바이트생은 평소에도 무단결근과 지각을 일삼는 등 불성실한 근무 태도를 보여 문제를 일으켰다. 이를 참다못한 빵집 주인이 근무태도를 지적하면서 해당 아르바이트생을 나무라자, 그는 그 자리에서 뛰쳐나간 뒤 연락을 끊었다. 이후 빵집 주인은 새로운 아르바이트생을 고용했으나, 며칠 후 해당 아르바이트생이 다시 일을 하겠다며 돌아왔다. 빵집 주인이 이를 거절하자 해당 아르바이트생은 주인이 자신을 부당해고했다며 지방노동청에 신고했다. 이것이 사건의 전말이었다. 이 같은 사실이 알려지자 해당 아르바이트생은 'No Gain No Pain' 페이지에 사죄의 글을 올리며 선처를 호소했으나, 이미 빵집 주인의 피해는 돌이킬 수 없는 지경에 이른

뒤였다.

이와 비슷한 사례는 기업에서도 벌어졌다. 한 유망 스타트업에서 인턴으로 근무했다고 밝힌 20대 여성은 "대표가 배우자가 있음에도 불구하고 정규직 전환을 미끼로 나를 성추행했다"고 폭로하며 자신과 대표가 함께 다정한 모습으로 촬영한 사진을 공개했다. 이 스타트업은 모바일 앱으로 직접 옷을 디자인하고 주문할 수 있는 서비스를 제공해 여성 모바일 소비자들의 주목을 받아왔다. 이 폭로로 이 스타트업은 여성 전용 커뮤니티에서 맹폭을 받은 끝에 재기 불능 상태에 빠졌다.

이 또한 치정극으로 드러났다. 해당 스타트업 대표의 부인이 'No Gain No Pain' 페이지에 동영상과 함께 사건의 전말을 밝히는 게시물을 올린 것이다. 이 동영상에는 한 여성이 코트를 벗고 나체를 드러내며 "둘이 이혼하지 않으면 나는 여기서 죽어버리겠다"고 악다구니를 쓰는 모습이 담겨 있었다. 동영상 속에 담긴 여성의 얼굴은 대표의 성추행을 폭로한 여성과 일치했다. 대표의 부인은 "인턴이 혼자 남편을 향한 짝사랑에 빠져 먼저 육탄공세에 가까운 성적 접촉을 시도했으나, 남편은 이를 무시했다"며 "자신의 뜻대로 남편이 넘어오지 않자, 자택까지 찾아와 저렇게 행패를 부렸다"고 폭로했다. 이에 인턴은

"나체 동영상 유포로 심각하게 명예를 훼손한 대표의 부인을 고소하겠다"고 맞불을 놓았지만, 드러난 정황상 이 사건은 인턴이 혼자 벌인 치정극이 분명했다.

단편적인 사실과 오해는 때때로 거대한 진실을 덮곤 한다. 'No Gain No Pain' 페이지에서 이 같은 마녀사냥이 계속되자 기다렸다는 듯이 언론의 십자포화가 쏟아졌다. 언론은 일제히 이 페이지를 거짓 폭로만이 난무하는 저질 커뮤니티로 매도하기 시작했다. 특히 방송사들은 스타트업 인턴의 치정극을 대표의 부인이 공개한 동영상과 적나라한 컴퓨터 그래픽을 섞어 막장드라마와 비슷하게 연출, 뉴스 시간마다 반복해 방송했다. 반기득권 정서로 숨을 죽였던 대기업들 또한 온라인상에 허위사실을 유포한 자에게 업무방해죄 및 명예훼손죄를 강력하게 묻겠다고 나섰다. 주변 상황이 비우호적으로 변화하자 'No Gain No Pain' 페이지에서 활동하는 일부 네티즌들을 중심으로 자정운동이 벌어졌다. 하지만 한 번 무너진 둑을 막기에는 역부족이었다.

이 같은 상황 속에서 벌어진 우스꽝스러운 사건 하나가 'No Gain No Pain' 페이지에 저질 이미지를 넘어 잉여인간 이미지를 덧씌우는 데 결정타를 날렸다. 한 네티즌이 광화문광장에서 수연의 죽음에 대한 진상 규명과 실질적인 청년실업 대책을 요구하는 플래시몹*을 하자고 제안하는 글을 이 페이지에 올렸다. 이에 댓글로 수백여 명이 참여 의사를 밝혀 많은 언론들이 관심을 보였다. 그러나 플래시몹을 하기로 한 당일, 광장에 모인 인원은 스무 명도 채 되지 않았다. 이를 취재하기 위해 모여든 기자들의 숫자가 몇 배 더 많았다. 플래시몹을 위해 광장에 모인 네티즌 몇 명이 당혹감 어린 표정으로 우왕좌왕하는 모습이 담긴 사진은 다음날 주요 일간지 1면에 일제히 실려 세간의 조롱거리가 됐다.

당시 플래시몹에 참여했던 한 네티즌은 "나보다 불행한 사람이 많아지면 내가 행복해진다고 생각하는가? '헬조선'은 손가락만 가볍고 엉덩이는 무거운 너희 같은 놈들의 수준에 딱 어울리는 국격"이라고 분노하며 "이제 'No Gain No Pain'은 끝났다"고 선언하는 글을 이 페이지에 남겼다. 이 네티즌의 "'No Gain No Pain'은 끝났다"는 선언은 문장 그대로 수많은 기사의 제목으로 쓰여 플래시몹 현장 사진과 함께 보도됐다. 불과 얼마 전까지만 해도 나라를 뒤엎어버릴 것만 같았던 이 페이지의 기세는

---

* 불특정 다수의 사람들이 이메일과 휴대전화 문자메시지를 통해 특정한 날짜, 시간, 장소를 정한 뒤에 모여 약속된 행동을 하고 아무 일도 없었다는 듯이 흩어지는 모임이나 행위.

순식간에 수그러들었다. 최 팀장은 온라인상에서 돌아가는 상황과 포털 사이트 뉴스 페이지를 지켜보며 키득키득 웃음소리를 냈다.

"저것들 자기 발에 걸려 자빠질 줄 진즉에 알았다니까. 화만 낸다고 누가 알아주나. 필요한 곳에 제대로 똑똑하게 화를 내야지. 안 그래, 대혁 씨?"

나는 고개만 살짝 끄덕였을 뿐 최 팀장의 말에 대꾸하지 않았다. 그는 뭐가 그리 신나는지 다소 들뜬 목소리로 나에게 지시를 내리며 사무실을 빠져나갔다.

"이제 적당한 타이밍이 온 것 같네. 대혁 씨, 내가 뭐 하나 카톡으로 보낼 테니까 그것 좀 찌라시방에 올려줘. 나는 잠깐 광고국에 다녀올게."

나는 최 팀장이 카카오톡으로 보낸 글을 확인하고 놀라 입을 다물지 못했다.

(받은글) 온라인 기사로 유서를 남기고 자살해 세간을 떠들썩하게 만들었던 김수연 〈매일한국〉 인턴기자. 〈매일한국〉에서 인턴으로 근무 당시, 평가에 너무 집착해 동료 인턴들의 눈총을 받았다고 함. 또한 평소에 동료 인턴들에게 학벌 콤플렉스를 드러내는 일이 많아 불편하게 하는 일도 많았다고. 한 인턴은 "특별히 회사가 부당한 대우를 한 일이 없는데, 그녀가 왜 그런 선택을

했는지 안타깝지만 이해하기 어렵다"고 말함.

나는 이 실장에게 최 팀장의 지시 내용을 설명하며, 이 지시를 따라야 하는지 물었다. 이 실장은 나를 잠시 바라보다 안경을 닦으며 되물었다.

"대혁 씨는 이곳이 뭘 하는 곳이라고 생각하십니까?"

"네?"

"편집국에서 기자는 데스크나 팀장의 지시를 받아 취재하지요? 마음에 들지 않아도 그 지시를 따라 기자는 취재를 합니다. 이곳에서도 마찬가지입니다. 지시를 받았다면 따라야죠. 무슨 설명이 더 필요합니까?"

"그걸 모르는 건 아닙니다. 그런데 내용이……."

이 실장은 안경을 도로 쓰며 내 눈을 응시하며 따지듯 물었다.

"내용에 뭔가 문제가 있습니까? 그 내용 모두 인턴들이 우리한텐 직접 증언한 내용입니다. 그 내용에 거짓이 있나요? 우리가 지금 거짓을 배포합니까? 그리고 대혁 씨는 지금 편집국 기자가 아닙니다. 대혁 씨가 지금 할 일은 여기서 최 팀장의 지시를 따르는 겁니다."

나는 이 실장에게 반박할 말을 찾지 못해 얼굴을 붉히며 머뭇거리다 자리로 되돌아왔다. 나는 최 팀장이 보낸 글을 복사해 찌라시방의 입력란으로 옮겼지만, 차마 전송 버튼을 누르지 못하고 망설였다.

엄혹한 군사독재 시절, 북파공작원 훈련을 견디다 못해 탈영했던 부대원이 있었다. 지휘관은 그의 동기들을 연병장에 모아놓고 몇 사람을 지목해 배신자를 직접 처단하라고 지시했다. 그의 동기들은 이미 배신자의 동기라는 이유로 지휘관에게 심한 구타를 당한 상태였다. 강요를 못이긴 그의 동기들은 울면서 그에게 매질을 시작했고, 살려달라고 애원했던 그는 동기들의 매질에 숨을 거뒀다. 이 불행한 사건의 전말은 무려 20년이란 세월이 흐른 뒤에야 세상에 알려졌다. 그의 동기들은 훈련 과정에서 벌어진 인권 유린과 자살 방조, 동료 살해 교사, 제대자의 사회부적응 등을 증언해 많은 사람들을 충격에 빠트렸다.

누군가에게 규칙을 강요할 때 가장 손쉬운 방법 중 하나는 죄책감을 심어주는 것이다. 죄책감은 더 이상 그 이전의 나로 돌아갈 수 없다는 절망감을 안겨주며 규칙에 순응하게 만든다. 나는 전송 버튼을 바라보며 탈영병에게 매질을 가했을 동기들의 참담한 심정을 어렴풋이 이해할 수 있었다. 다시 기획조정실로 돌아온 최 팀장이 나에게 물었다.

"대혁 씨, 아까 내가 시킨 거 했어? 찌라시방 반응은 어때?"

"아직……."

최 팀장이 능글맞은 목소리로 비웃음을 흘렸다.

"손에 더러운 건 묻히긴 싫다는 말인가?"

최 팀장의 조소를 들은 나는 깨달았다. 그는 일부러 이 일을 나에게 시켰다. 나는 고개를 돌려 기획조정실의 출입문을 바라봤다. 수많은 생각들이 머릿속을 어지럽혔다. 이 일을 하는 것이 내키지 않으면 저 문 밖으로 나가면 된다. 하지만 나가는 순간, 나는 이 조직에 발을 붙이기 어렵게 될지도 모른다. 전세 대출금 이자, 자동차 할부금, 보험료, 집에서 드라마 극본을 쓰고 있을 정인……. 평소에 일상으로 여겨왔던 많은 것들이 무겁게 머릿속을 스쳐 지나갔다. 또한 38살이란 나이는 이직을 시도하기에 애매하고, 전직을 시도하기에는 늦은 나이다. 하지만 눈을 딱 감고 전송 버튼을 누른다면 일상은 평소처럼 아무 일 없듯이 흘러갈 것이다. 만약 오너가 국회의원에 당선된다면 나는 기자로 일할 때보다 더 다양하고 의미 있는 기회를 잡게 될지도 모른다. 그리고 이 찌라시는 거짓이 아니라 수연의 인턴 동기들이 증언한 내용이다. 조금 냄새가 나도록 포장되긴 했지만. 최 팀장의 목소리가 노래방 마이크를 거쳐서 들리는 것처럼 귓가에 울렸다.

"대혁 씨 뭐 해? 퇴근하기 싫어? 아니면 출근하기 싫은 건가."

최 팀장의 "출근하기 싫은 건가"라는 말에, 나는 눈을 딱 감고 전송 버튼을 눌렀다. 핸드폰으로 찌라시 대화방에 글이 올라간 걸 확인한 그는 매우 만족스러운 표정을 지으며 말했다.

"수고 많았어, 대혁 씨. 앞으로도 잘해보자고."

악마는 공포만을 먹고 사는 게 아니었다. 죄책감도 악마의 주된 먹잇감이었다. 나는 잠시 화장실에 다녀오겠다는 핑계를 대고 옥상으로 올라왔다. 끊었던 담배 생각이 간절해졌다. 나는 찌라시 대화방에 올린 글이 사실인지 아닌지 확인하고 싶었다. 적어도 그 글의 내용이 사실이라면 지금 나를 옥죄는 죄책감이 조금은 덜해질 것만 같았다. 나는 급히 핸드폰에 내장된 전화번호부를 뒤졌다. 수연의 인턴 동기들 중 가장 먼저 생각나는 이름은 서희철이었다. 나는 바로 희철에게 전화를 걸었다. 신호음은 오래가지 않았다.

"네! 선배. 서희철입니다."

"희철아, 한참 바쁠 텐데 미안하다. 지금 잠시 통화 가능해?"

"네. 괜찮습니다. 선배가 기획조정실로 옮기셨다는 소

식은 들었습니다."

나는 잠깐 심호흡을 하고 말을 이었다.

"혹시 너하고 다른 인턴 동기들 말이다. 이범우 기조실장이나 최종훈 기획팀장하고 따로 만난 일이 있었어?"

"네. 최종훈 팀장을 만난 일이 있습니다."

"언제쯤 만났어?"

"한 달 전쯤? 그 정도 된 것 같습니다. 수연이 누나 일이 있은 뒤에 뵀습니다. 그 일이 있고 나서 바로 나간 원용이는 빼고요."

"그때 최 팀장이 수연이에 대해 이것저것 물어봤어?"

"네. 최 팀장이 자체적으로 사건을 파악하고 대응하기 위해 필요하다고 하셔서……."

희철의 목소리에는 주저가 섞여 있었다. 나는 주저를 꺾기 위해 바로 희철에게 물었다.

"미안한데 몇 가지만 물어볼게. 혹시 최 팀장한테 수연이가 너무 평가에 집착해 동기들이 불편함을 느낀 적이 있다고 말한 일이 있었어?"

"뉘앙스는 다르지만 비슷하게 말하긴 한 것 같은데……. 그건 왜요?"

"별일은 아니고 나도 기조실에서 일하다 보니 업무에 대해 확인을 해볼 게 있어서 그래. 혹시 수연이가 동기

들한테 학벌에 콤플렉스를 드러내서 불편했던 일이 있
었어?"

"네. 그런 부분이 없진 않았지만 그게 엄청나게 불편할
정도는……."

"마지막으로 한 가지만 더 물어볼게. 회사가 수연이한
테 부당한 대우를 한 일이 없는데, 왜 그런 선택을 했는지
안타깝지만 이해하기 어렵다고도 말한 일이 있어?"

"네. 비슷한 뉘앙스로 말하긴 했습니다. 혹시 무슨 문제
가 있나요?"

"아냐. 문제가 있는 건 아니고. 어쨌든 그렇게 말했던
건 맞는 거네……. 바쁜데 미안하다. 조만간 얼굴 보자. 술
한잔 살게."

"네. 알겠습니다. 그때 뵙겠습니다."

나는 전화를 끊고 안도의 숨을 내쉬었다. 웃음이 나왔
다. 나는 무엇 때문에 지금 안도의 숨을 내쉬고 있는 것인
가? 내가 찌라시 대화방에 올린 수연이에 대한 이야기가
거짓이 아니기 때문에? 거짓이 아니면 나는 조금 덜 비겁
해지는 것인가? 내가 안도의 숨을 내쉬었다는 것, 그 자체
가 혐오스럽게 느껴졌다. 당장 밖으로 뛰쳐나가 찬 소주
로 더러운 기분을 씻고 싶었다. 나는 병희 형에게 전화를
걸었다.

"이 자식이 위로 올라가더니 형한테 소식이 없네? 어때? 기조실 생활은 할 만하냐? 뭐 조직생활이야 거기서 거기겠지만."

나는 과장된 밝은 목소리로 병희 형에게 말했다.

"그럼요! 할 만하죠. 편집국에 있을 때보다 듣고 보는 것도 많고요. 이 소식은 오프더레코드인데 오너가 이번 총선에 출마할지도 몰라요."

"정말? 그 양반 대표 자리에서 물러나는 이유가 그것 때문이었던 거야? 수연이 때문이 아니라? 대박! 근데 우리는 이 소식을 알아도 단독으로 기사를 쓸 수 없잖아? 젠장. 쓸데없는 소식이네."

"확실하진 않은데, 만약 오너가 당선되면 기조실 인력이 그대로 보좌진으로 이동할 것 같아요. 사실상 기조실이 선거운동본부 역할을 맡게 될 거예요. 국회에서 보좌관 짬밥을 꽤 먹은 아재도 기조실로 스카우트돼 들어왔고요."

병희 형은 감탄하며 소리쳤다.

"이야! 생각지도 않게 새로운 인생이 열리게 생겼네? 단순히 기자로 커리어를 끝내는 것보다 그게 훨씬 나은 일이지. 아무튼 축하한다. 그나저나 왜 갑자기 기조실로 발령이 난 거야? 나도 그렇고 다들 그걸 궁금해한다. 근데

너는 말 한 마디도 안 해줬다며? 위로 올라가더니 벌써 아래층 사람들은 잊어버린 거냐?"

갑자기 코끝이 시큰하고 목이 메었다.

"형, 저 기조실로 잘 올라온 걸까요?"

"잘 올라오고 자시고 할 게 뭐 있어. 네가 선택해서 그리로 올라간 것도 아니잖아? 까라면 까는 거지 별수 있나. 월급쟁이들이 선택할 수 있는 건 딱 두 가지야. 상황을 받아들이느냐 마느냐. 기자들이라고 별수 있냐? 똑같이 월급쟁이지. 내일이 없는 것처럼 살아야 해. 오늘 기사가 그 출입처의 마지막 기사가 될지도 모르잖아? 너도 네 부서가 몇 달 사이에 두 번이나 바뀔 줄 예상이나 했냐? 싫으면 밑천 마련해서 자기 장사 해야지. 근데 너 목소리가 왜 그러냐? 조금 이상하다. 어디 아프냐?"

"네? 제 목소리가 왜요?"

"왜 이렇게 목소리가 들떠 있어? 올라가니까 그렇게 좋으냐? 아무튼 편집국 사람들한테 너무 그런 티 내지 마라. 장재연 같은 애들한테 욕먹는다. 좋으면 형한테 술이나 한잔 쏴. 무슨 일이 벌어진 건지 이야기나 좀 들어보자."

"알았어요, 형. 제가 다시 전화 드릴게요. 바쁜데 시간 뺏어서 죄송해요."

"우리 사이에 죄송은 무슨. 알았어. 조만간 얼굴 보자."

전화를 끊자 눈가에 고여 있던 눈물이 흘러내렸다. 어떤 종류인지 파악할 수 없는 감정이 코끝을 계속 자극했다. 그 감정은 미안함 같기도 하고, 부끄러움 같기도 했다. 나는 광화문 광장을 내려다보며, 그곳에서 얼마 전에 벌어졌을 민망한 플래시몹 현장을 상상했다. 광장의 풍경이 점점 흐려져 보였다.

밥의 질

2월이 아직 지나가지 않았지만, 사옥 주변의 햇살이 고이는 곳에는 풋기가 돌았다. 무리 지어 돋아난 여린 풀잎들이 땅바닥에 들러붙어 마지막 겨울바람을 피하고 있었다. 새끼손톱만 한 하얀 꽃들이 풀잎 사이 곳곳에 뿌려져 있었다. 별꽃이었다.

별꽃은 터를 가리지 않아 볕이 잘 들고 건조하지 않은 곳이면 어디에나 뿌리를 내린다. 보통 이른 봄부터 여름까지 꽃을 피우는데, 햇살이 닿는 곳에선 겨울에도 꽃이 핀 모습을 볼 수 있을 정도로 강인한 생명력을 자랑한다.

누군가에게 이런 이야기를 하면 별종 취급을 받기 십상이다. 길가에 흔한 잡초에 관심을 가지는 일은 흔한 일이 아니니 말이다. 그보다 이상한 말을 한 마디 더 보태자면 나는 식물의 삶을 동경해왔다. 끊임없이 먹이를 찾아 움직여야 하는 동물의 삶보다 햇빛과 물만으로 자급자족하는 식물의 삶이 우월하게 느껴졌다.

나는 내 몸의 세포에 엽록소가 포함돼 있으면 행복할 것 같다는 엉뚱한 생각을 가끔씩 하곤 한다. 체내에 엽록소를 지니고 있어 광합성을 하는 단세포 동물 유글레나는 내 눈에 가장 이상적인 생물처럼 보인다. 밥을 얼마나 손쉽게 해결할 수 있느냐는 삶의 질과 직결되는 문제다. 누군가에게 굽실거리며 아쉬운 소리를 하는 일은 대부분 밥 때문에 벌어지지 않던가. 이 땅의 수많은 사람들이 매주 로또복권과 즉석복권, 스포츠토토 따위를 구입하며 건물주를 꿈꾸는 이유가 다 여기에 있다. 나는 밥의 가치를 하찮게 여기는 이상주의자들을 신뢰하지 않는다. 밥은 나에게 실존의 문제이기 때문이다.

내 인생에서 가장 초라함을 느꼈던 기억은 밥과 엮여 있다. 대학교 1학년 때의 일이다. 집안 사정이 좋지 않아 고향에서 가진 것 없이 상경해 대학에 입학했던 나는 대학 시절 내내 고시원에서 살았다. 고시원 월세는 학교에서 멀어질수록 내려간다. 내가 선택할 수 있는 고시원은 대학 생활권역에서 비껴난 곳 외에는 없었다. 대부분의

고시원은 보증금을 받지 않으며, 밥과 김치를 무료로 제
공한다. 고시원에 살면 최소한 굶진 않을 수 있다. 나는
종종 고시원이 제공하는 밥과 김치를 도시락에 담아 등
교했다. 캠퍼스 내 편의점에서 판매하는 육개장 사발면이
내 주된 국물반찬이었다. 나는 도시락을 누가 볼까봐 허
겁지겁 먹었다. 조금 부끄러웠지만 주머니 사정을 생각하
며 현실에 낙담하진 않았다.

　그러던 어느 날, 나는 먹을 수 있는데 못 먹는 상황과
먹고 싶은데 먹지 못하는 상황의 차이가 얼마나 큰지 절
실하게 깨닫게 됐다. 중간고사 준비 때문에 도서관에서
늦게까지 공부했던 나는 저녁을 먹지 못한 채 고시원으
로 걸어가고 있었다. 캠퍼스에서 고시원까지의 거리는
지하철역으로 두 정거장 거리였는데, 나는 교통비를 아
끼기 위해 늘 걸어 다녔다. 평소에 늘 오가던 거리에 치
킨 체인점이 새로 생겼다. 이 치킨 체인점은 환풍기로 치
킨 냄새를 밖으로 풍기며 손님들을 유혹하고 있었다. 허
기진 나에게 그 냄새는 강렬한 유혹이었다. 나는 지갑을
열어 남아 있는 돈을 확인해봤다. 얇은 지갑에는 치킨 한
마리 가격의 딱 절반만큼의 돈이 들어 있었다. 치킨 체인
점 앞에서 한참 동안 서성거리며 고민하던 나는 반 마리
를 구입하기로 결심했다. 가진 돈을 모두 털어서라도 저

치킨을 맛보고 싶었다. 그러나 치킨 반 마리의 가격은 한 마리 가격의 절반에 1000원을 더한 돈이었다. 나는 차마 1000원을 깎아달라는 말을 할 수 없어서 치킨 체인점에서 나왔다.

고시원으로 돌아가는 발걸음이 무거웠다. 뱃속에선 꼬르륵 소리가 끊임없이 울렸다. 고시원으로 돌아온 나는 허기를 달래기 위해 공용주방의 전기밥솥을 열었다. 밥솥 바닥에는 말라비틀어진 밥이 약간 붙어 있었다. 나는 그 밥을 박박 긁어 밥그릇에 담고, 냉장고에서 김치를 꺼내 그 위에 몇 조각을 올렸다. 좁은 방에서 밥을 숟가락으로 떠넘기던 나는 서러움에 복받쳐 눈물을 흘렸다. 지나간 밥은 똥일 뿐이라고 애써 자위했지만, 눈물은 밥그릇 위로 뚝뚝 떨어졌다. 고시원의 방과 방 사이는 석고보드로 나뉘어져 있어 방음이 되지 않아 소리 내 울 수도 없었다. 그 와중에도 배가 너무 고파 밥을 입안에 우겨넣었다. 그때 나는 무슨 일을 하든 간에 최소한 먹고 싶은 음식이 있을 때 언제든지 먹을 수 있는 사람은 되자고 다짐했다.

광합성을 할 수 없는 인간에게 밥은 생존의 문제다. 하지만 양상은 과거와 다르다. 밥을 먹을 수 있느냐 없느냐보다 어떤 밥을 먹을 수 있느냐가 더 중요해진 세상이다. 남들이 먹는 밥보다 못한 밥은, 먹으면 먹을수록 열패감으로 정신을 빈곤하게 만들기 때문이다. 그런 밥은 사료와 다를 게 없다. 어떤 밥을 먹을 수 있느냐를 결정하는 것은 돈이다. 내 사업을 펼쳐 돈을 벌지 않는 이상, 누구나 남의 돈을 벌어준 대가로 먹고살 수밖에 없다. 남의 돈을 벌어준 대가로 먹고살 수밖에 없는 이들의 밥의 질을 결정하는 것은 일자리의 질이다. 밥의 질은 일터의 규모 및 일자리의 안정성과 비례하고, 일자리의 수와 반비례한다. 모두가 이 공식을 잘 알고 있기 때문에 인턴과 계약직 등 비정규직들은 스펙과 경력을 쌓아 밥의 질을 높이려 애를 쓰고, 정규직들은 가능한 한 오래 질 좋은 밥을 먹으려고 버틴다.

퇴근 후 늦은 저녁, 나는 최 팀장이 보낸 글을 찌라시 대화방에 올린 일을 잠시 잊고 싶어 홀로 거실에서 TV를 봤다. 마침 TV에선 음식 예능프로그램이 재방송되고 있었다. 나는 출연자들이 과장된 표정으로 치킨을 게걸스럽게 먹는 모습을 보며 몹시 허기를 느꼈다. 냉장고 안에는 먹을 만한 음식이 없었다. 나는 치킨 체인점에 전화를 걸어 프라이드치킨 한 마리를 주문했다. 대학 시절 가장 초라한 기억을 남긴 바로 그 치킨 체인점이다. 나는 내 손으로 밥벌이를 하게 된 이후, 야식이 당기는 날이면 늘 그 체인점에서 치킨을 주문했다. 다른 음식을 먹고 싶은데

치킨을 시킬 때도 있었다. 어쩌면 나는 내가 언제든지 그 체인점의 치킨을 시켜먹을 수 있는 처지가 됐다는 사실을 계속 확인하고 싶었는지도 모르겠다.

내 인생에서 가장 행복함을 느꼈던 기억도 밥과 엮여 있다. 정인이 사표를 제출한 바로 다음 달의 일이다. 그때 우리 부부의 월수입은 절반으로 줄었다. 당장 큰돈이 들어갈 곳은 없어서 내 월급으로 먹고사는 데에는 별 무리가 없었지만, 저축과 예금은 당분간 꿈도 못 꾸는 상황이 됐다. 정인은 종종 자신의 행동이 이기적이었다며 자책하곤 했다. 쓰던 극본이 제대로 풀리지 않는 날에는 자책하는 횟수도 높아졌다. 외벌이 신세가 된 나는 내심 불안했으나 정인에게 솔직한 심정을 말할 수 없었다. 살림이 빡빡해지는 게 느껴지자 정인의 퇴사에 대한 불만도 마음속에서 조금씩 커져갔다.

그러던 어느 날 저녁, 퇴근 후 집으로 돌아와 현관문을 열었을 때 된장찌개 냄새가 코를 자극했다. 정인이 차려놓은 저녁 밥상이 보였다. 나는 결혼 전 정인에게 한 가지 못을 박았다. 밥상을 차리는 일에 대한 부담을 절대 가지지 말아달라고 강조했다. 나는 둘 다 기자로 바쁘게 일하고 있는데, 아내라는 이유로 남편의 밥상을 차리는 일은 시대착오라고 생각했다. 정인의 요리솜씨가 그리 좋지 않은 것도 이유라면 이유 중 하나였지만.

이날 정인은 내가 퇴근하기 전에 인터넷에서 조리법을 찾아가며 된장찌개, 계란찜, 숙주나물 무침 등을 만들었다. 오랫동안 주방 수납장에 처박혀 있던 압력밥솥에서 구수한 밥 냄새가 퍼져 나왔다. 정인은 쑥스러워하며 밥을 퍼줬다. 밥물을 잘 맞추지 못했는지 된밥이 만들어졌다. 된밥은 된장찌개와 잘 어울렸다. 계란물을 여러 번 채로 걸러 만들었다는 계란찜은 마치 일식집의 계란찜처럼 탱글탱글하고 부드러웠다. 숙주나물 무침은 약간 풋내를 풍겼지만 아삭거리는 식감이 좋았다. 소박하지만 정성이 담긴 맛있는 밥상이었다.

그날 나는 진정으로 내가 결혼했다는 사실을 실감했다. 그전까지 내가 생각해온 나와 정인의 관계는 친구 관계에 가까웠다. 친구가 의무적으로 다른 친구의 밥상을 차려주는 일은 상상할 수 없는 일이 아닌가. 그런데 내가 벌어온 돈으로 구입한 식재료로 아내가 차린 식사를 먹는 일은, 내가 가장이라는 사실을 처음으로 일깨워줬다. 내가 나 아닌 누군가를 책임지고 있다는 느낌은 부담보다 기쁨으로 다가왔다. 정인은 내 눈치를 보며 맛이 괜찮으냐고 물었다. 그 물음에 눈물이 왈칵 쏟아져 나왔다. 정인은 당황했다. 나는 당황하는 정인을 안고 고맙다고 말했다. 정인은 영문도 모른 채 나를 따라 함께 눈물을 흘렸다. 그날 이후 나는 조금 더 진심으로 정인의 선택을 응원하기 시작했다. 정인은 종종 극본을 쓰는 일이 바쁘지 않을 때면 저녁식사를 차려줬다. 나는 정인에게 저녁식사를 차려달라는 부탁을 하진 않았지만, 차리지 말아달라는 말도 하지 않았다. 문득 나도 가부장 정서를 가지고 있는 어쩔 수 없는 한국 남자라는 생각이 들었다.

내가 생각하는 용기는 두려워하지 않는 자세가 아니라, 두려운 데도 불구하고 행동하는 자세다. 아무것도 두려워하지 않는 태도는 만용이다. 나는 대책 없이 포화 속으로 뛰어드는 군인이 용감하다고 생각하지 않는다. 나는 세상에서 가장 큰 용기 중 하나는 직장인이 사표를 제출하는 행위라고 생각한다. 사표 제출은 앞으로 먹게 될 밥의 질을 가늠할 수 없게 만드는 행위이기 때문이다. 나는 최 팀장이 보낸 글을 찌라시 대화방에 올린 뒤 옥상에 올라와 광화문광장을 내려다보며 사표를 내면 어떤 밥을 먹게 될지 생각했다. 나는 다시 전기밥솥 바닥에 말라붙은 밥과 김치로 끼니를 때울 자신이 없었다. 그리고 정인에게도 결코 그런 끼니를 때우게 하고 싶지 않았다. 밥은 내 행위의 정당성을 변호할 수 있는 가장 큰 근거였다. 기획조정실로 내려오는 계단에서 나는 다음 생에 식물로 태어날 수 있기를 빌었다.

내가 자리로 돌아오자 최 팀장은 온라인상의 반응을 확인해보라고 지시했다. 나는 먼저 찌라시 대화방을 확인했다. 많은 참여자들이 반응을 보였는데, 수연을 동정하는 반응은 거의 없었다. 포털 사이트 뉴스 페이지에도 아직까진 찌라시의 내용을 보도하는 기사는 보이지 않았다. 나는 최 팀장에게 온라인 상황을 간략하게 보고했다. 보고를 들은 최 팀장은 입으로만 웃으며 말했다.

"대혁 씨. 아까 내가 보내준 찌라시 말이야. 기사화를 원해서 찌라시방에 올리라고 한 게 아니야. 대혁 씨도 잘 알잖아? 그것만으로는 아무런 기사도 못 써. 지들이 무슨 수로 팩트를 확인할 건데? 그냥 미끼를 던진 것뿐이야."

"미끼라니요? 그게 무슨⋯⋯."

"대혁 씨 법대 출신이라고 하지 않았나? 그렇다면 잘 알겠네. 명예훼손죄는 공연히 구체적인 사실이나 허위사실을 적시해 사람의 명예를 훼손하는 범죄를 말하잖아. 명예훼손죄의 구성요건*이 뭔지 알지?"

"공연성**이죠."

---

* 형법상 금지 또는 요구되는 행위, 즉 금지의 실질을 규정한 법률요건에 해당한다.
** 불특정 또는 다수인이 인식할 수 있는 상태를 의미한다.

입법부인 국회에서 짬밥을 많이 먹은 최 팀장은 법률에 밝았다.

"그래. 대법원 판례는 전파성이론***에 따라 1 대 1로 명예를 훼손하는 대화를 나눴어도 상대방이 기자이고, 그 기자가 기사화하면 명예훼손죄가 성립된다고 판단하고 있다는 건 잘 알고 있을 거 아냐. 대법원이 왜 기자를 전파성이 강하다고 판단하겠어. 상대방이 아무리 비밀이라고 신신당부하며 말해도 다 떠벌리는 게 기자의 습성이니까 그렇지. 아마 찌라시방에 있는 기자 녀석들 상당수가 이미 우리가 올린 찌라시를 복사해 지인들한테 퍼트렸을걸? 그리고 지인들은 그 지인들한테 퍼트렸을 테고. 대혁 씨도 찌라시 받았을 때 똑같이 행동을 했을 테니 잘 알 것 아냐."

찌라시가 유통되는 속도는 매우 빨랐다. 그로부터 30분도 지나지 않아 타사의 친한 기자들과 함께 하는 카카오톡 단체 대화방에 조금 전 내가 올린 찌라시 전문이 올라왔다. 타사 기자들은 나에게 이 찌라시가 사실이냐고 물었다. 나는 잘 모르겠다고 얼버무렸다.

*** 특정한 1인에게 사실을 적시했어도 순차로 연속해 불특정 또는 다수인에게 전파될 가능성만 있으면 명예훼손죄의 구성요건인 공연성을 인정하는 이론. 판례는 일관해서 전파성이론을 따르고 있다.

두 시간쯤 지난 뒤 'No Gain No Pain' 페이지에 한 네티즌이 익명으로 찌라시 전문을 올렸다. 그는 "고인의 죽음은 안타까운 일이지만, 만약 이 찌라시가 사실이라면 〈매일한국〉에만 책임을 묻는 것은 부당한 일이 아니냐"고 의문을 제기했다. 많은 네티즌이 이 게시물에 댓글을 달며 갑론을박을 벌였는데, 수연을 원색적으로 비난하는 댓글도 몇몇 보였다. 이전과는 사뭇 다른 양상이었다. 그로부터 몇 십분 지나지 않아 'No Gain No Pain' 페이지에서 찌라시를 두고 벌어지는 논란을 다룬 기사가 온라인으로 보도됐다. 이 기사가 보도된 후 비슷한 내용의 기사가 몇 개 더 이어졌다.

희철이 나에게 전화를 걸었다. 나는 잠시 사무실에서 나와 전화를 받으며 옥상으로 향했다. 희철은 어떻게 그런 내용의 찌라시가 돌고 있는지 모르겠다고 분통을 터트렸다. 희철이 대놓고 말하진 않았지만, 나는 그의 말투에서 살짝 나를 의심하고 있는 듯한 느낌을 받았다.

"선배는 뭐 아시는 것 있나요? 왜 갑자기 저랑 통화한 다음에 이런 일이 벌어진 건지."

나는 희철에게 알리바이를 지어내며 몹시 부끄러움을 느꼈다.

"나도 기조실로 올라온 지 얼마 되지 않아 아는 게 없다. 기조실도 지금 경로를 파악 중이야. 아까 말을 하지 않았지만 너한테 전화를 걸었을 때부터 이미 관련 찌라시가 퍼졌던 상황이라서 확인하려고 전화했던 거다."

"지금 관련 기사까지 떠서 여기저기서 연락을 많이 받고 있는데 반응들이 너무 안 좋아요. 우리가 수연이 누나를 배신한 것도 아닌데 왜 저런 찌라시가 돌아서 우리를 오해하게 만드는 건지. 저희 동기들 모두 난리 났어요."

나는 평정심을 유지하기 위해 다시 한 번 밥을 생각했다.

"희철아, 아무튼 상황을 지켜보자. 우리도 확인하고 있으니까 들어오는 소식이 있으면 바로 연락해줄게. 고생이 많다."

"하아……. 알겠습니다, 선배."

전화를 끊고 자리로 돌아오는 걸음이 무거웠다. 최 팀장은 마치 재미있는 예능프로그램을 시청하는 듯한 표정으로 모니터를 지켜보고 있었다. 찌라시 대화방에는 그 사이에 다른 찌라시들이 몇 개 올라와 있었고, 'No Gain No Pain' 페이지에선 내가 올린 찌라시를 두고 여전히 논쟁이 계속되고 있었다.

회사에서 벌어졌던 일들을 되새기는 동안 주문한 치킨이 배달됐다. 나는 치킨 값을 결재하려고 배달원에게 카드를 내밀었다. 그런데 배달원은 카드결제기를 놓고 온 모양이었다. 포장 사이로 치킨 냄새가 새어나왔다. 갓 튀겨낸 치킨의 냄새만큼 사람을 강렬하게 유혹하는 냄새도 드물다. 먹는 일이 급한 나는 방에서 급히 지갑을 가져와 현금을 꺼내 배달원에게 건넸다. 음식 예능프로그램 재방송에선 뚱뚱한 개그맨이 닭다리를 한입에 넣어 뼈만 발라내는 재주를 선보이고 있었다. 나도 그 개그맨의 흉내를 내다가 우스꽝스러워 그만뒀다. 나는 앞으로도 그저 계속 치킨을 먹고 싶을 때 지갑의 두께를 고민하지 않고 시켜 먹을 수 있기를 바랐다.

노예

    내가 기획조정실로 올라오고 며칠 후 오너가 대표이
사에서 퇴진하겠다고 입장을 밝혔다. 오너는 "인턴기자
의 안타까운 죽음에 대해 깊은 슬픔을 느낀다"며 "제대로
구성원들을 돌보지 못한 책임을 지고 자리에서 물러나겠
다"고 선언했다. 오너의 퇴진에 따라 김영환 논설실장 겸
전무가 다음 대표이사로 내정됐다. 편집국 기자들은 코웃
음을 쳤다. 어차피 대주주가 오너 일가라는 사실은 변함
이 없고, 다음 대표로 내정된 김 전무 또한 오너의 최측근
으로 분류되는 인사였기 때문이다.

    그러나 오너와 〈매일한국〉을 바라보는 외부의 시선은
극적으로 달라졌다. 오너는 몇 년 전부터 차세대 리더로

세간의 주목을 받아왔다. 정치권의 러브콜이 이어졌지만, 오너는 정치에 뜻이 없다며 러브콜을 줄곧 고사해왔다. 러브콜을 고사할수록 몸값은 높아졌다. 수연의 자살 사건 때문에 오너는 차세대 리더라는 이미지에 흠집을 입었지만, 아무런 조건 없는 깔끔한 퇴진이라는 한 수로 국면을 단번에 전환시켰다. 오너의 퇴진은 비위행위가 드러났음에도 불구하고 자리 지키기에 급급한 일부 정치인과 재벌의 행태와 비교되는 책임감 있는 행동으로 대중의 높은 평가를 받았다. 또한 수연의 자살 사건이 〈매일한국〉과 관련이 없다는 여론이 형성되고, 오너가 외아들을 교통사고로 잃었다는 소식까지 전해지며 오너를 향한 동정론까지 일었다. 이후 오너는 깨끗하고 책임감을 있는 리더라는 이미지까지 굳히게 됐다. 오너에게 수연의 자살은 전화위복의 계기가 됐다.

이와 반대로 수연의 죽음에 대한 진상을 요구하는 목소리는 쏙 들어갔다. 'No Gain No Pain' 페이지는 여전히 시끄러웠지만, 이 페이지에서 벌어지는 논쟁을 진지하게 받아들이는 이들은 눈에 띄게 줄어들었다. 언론 또한 이 페이지에 올라오는 게시물을 가십 이상으로 취급하지 않았다. 몇몇 온라인 연예 매체들만이 이 페이지에 올라온 확인되지 않은 자극적인 게시물을 낚시기사로 다룰 뿐이었다.

오너의 퇴진 선언 후, 그의 이름이 국회의원 종로선거구 후보로 하마평에 오르기 시작했다. 여당 출신 현직 의원을 비롯해 당초 후보로 거론됐던 정치인들이 공교롭게도 여야를 막론하고 모두 혼외자, 음식점 종업원 성추행, 자녀의 병역비리 등의 스캔들에 휘말려 하마평에 오르기도 전에 낙마했기 때문이다. 여야 모두 '대한민국 정치 1번지'를 차지하기 위해 참신한 인물을 찾느라 부심했다. 평창동 토박이에 다시금 차세대 리더로 주목을 받고 있는 오너는 여야 모두에게 탐나는 인물이었다. 여야 모두 적극적으로 오너에게 러브콜을 보냈지만, 오너는 아무런 반응 없이 관망했다. 기획조정실 오전 회의의 주제는 오너가 출마할 때 달아야 할 당의 간판이었다. 이 실장이 회의에 앞서 브리핑을 했다.

"처음에 비례대표 당선권 번호를 제안했던 자유당이 최근 종로선거구 후보로 나서주면 어떻겠느냐는 제안을 해왔습니다. 자유당 측은 혼외자 문제로 물의를 일으킨 현직 배형규 의원 카드를 버리겠다고 합니다. 행복당 측도 당초 후보로 내세우려고 했던 김헌영 의원이 음식점 종업원 성추행으로 물의를 일으키자 우리 측에 급히 러브콜을 보내고 있는 상황입니다."

최 팀장은 볼펜으로 테이블을 툭툭 치며 말했다.

"자유당과 손을 잡기에는 현재 대통령의 지지율이 너무 바닥입니다. 또한 측근 비리가 계속 밝혀지고 있어서 앞으로 지지율이 더 떨어질 것이 불 보듯 뻔하고요. 배 의원은 공천에서 배제돼도 성격상 무소속 출마를 강행할 겁니다. 배 의원이 자유당 간판을 떼고 당선되긴 어렵겠지만, 그래도 그 지역구에서 내리 3선을 한 중진입니다. 여권 지지자 표를 갉아먹으며 팀킬을 할 가능성이 매우 높습니다."

"행복당 쪽 러브콜을 받아들이자는 말씀이신가요?"

"대표님의 의중을 확실하게 알아야 합니다. 대표님은 국회의원의 명예를 원하시는 겁니까? 아니면 국회의원의 영향력을 원하시는 겁니까?"

이 실장은 최 팀장의 물음에 답을 하지 않았다. 최 팀장은 답답한 표정을 지었다.

"대표님께서 국회의원의 명예를 원해 저를 이곳으로 불러들였다는 생각은 들지 않습니다. 그런 걸 원하신다면 지금 당장 자유당 측에 연락해 지역구 대신 비례대표 당선권 번호를 달라고 요구하시면 될 일입니다. 그건 제가 없어도 얼마든지 가능한 일이고요. 하지만 초선, 그중에서도 비례대표 의원이 할 수 있는 일은 많지 않습니다. 국회에 들어가서도 보건복지위 같은 한직만 돌다가 다음 총선에서 얼마든지 용도폐기 될 수 있습니다. 행복당 후보로 나서는 것은 모험처럼 보이겠죠. 하지만 여권으로 분류되는 후보 둘이 나서서 표를 갉아먹으면 야당에게도 승산이 있습니다. 또한 대표님의 참신한 이미지는 야당에서 훨씬 선명하게 드러낼 수 있을 겁니다. 실장님, 저는 자유당과 끈을 유지하면서 행복당과 접촉 빈도를 늘리는 게 지금으로선 가장 적합한 전략이라고 봅니다."

이 실장은 최 팀장의 설명을 듣고 고개를 갸웃거렸다.

"우리 회사의 논조는 그동안 여당 쪽에 살짝 기우는 스탠스를 취해왔는데, 야당 간판으로 출마하는 건 위험부담이 있지 않을까요?"

"지금 여당도 10년 전에는 야당이었습니다. 내년에 대선이 치러지는데, 현재로선 자유당이 다시 정권을 잡을 것이란 보장을 할 수 없는 상황이고요."

이 실장은 최 팀장의 말을 묵묵히 듣기만 했다. 이후 회의는 하나마나한 이야기들만 반복되다 끝났다. 점심시간이 다가오자 최 팀장은 시계를 보며 나에게 물었다.

"대혁 씨, 점심 약속 있어? 없으면 나랑 먹자. 양평해장국 좋아하나?"

"네. 좋아합니다. 그런데 이 근처에는 먹을 만한 양평해장국집이 없는데요?"

최 팀장은 재킷을 입으며 씩 웃었다.

"드라이브나 하지 뭐. 우리가 당장 선거를 치르는 것도 아니고, 오후에도 별일 없잖아? 조금 멀지만 맛은 확실한 집이 하나 있어."

최 팀장은 주차장에서 자신의 SUV 차량을 몰고 와 조수석에 나를 태웠다. 최 팀장의 차량 내부는 몹시 지저분했다.

"내부 청소를 잘 하지 않아서 지저분한데, 차는 멀쩡하게 굴러가니까 걱정하지 말고."

"어딘데 차까지 몰고 가시나요?"

"연신내 쪽이야. 이 시간에는 안 막히니까 가는 건 금방이야."

최 팀장은 라디오를 틀었다. 라디오에선 뉴스가 흘러나왔다. 뉴스는 대기업에 고졸사원으로 입사해 임원 자리까지 오른 한 기업인을 '고졸신화'로 소개하고 있었다. 뉴스를 듣던 최 팀장은 욕지거리를 뱉었다.

"니미……. 고졸신화? 자꾸 저런 식으로 예외를 포장하니까 사람들이 헛된 희망을 품지. 예외는 어디까지나 예외일 뿐인데."

"누구나 열심히 하면 성공할 수 있다는 희망을 보여주

려는 의도인데, 굳이 그렇게 욕하실 필요가 있나요?"

최 팀장은 운전석 창문을 살짝 열고 담배를 피워 물었다.

"열심히 노력해도 성공할 수 없는 세상이니까 자꾸 저런 예외를 예쁘게 포장해서 보여주는 거야. 우리나라 대기업 임원 중 고졸 출신이 몇 명이나 있을 것 같아? 아무리 많아도 열 손가락 넘진 않을걸? 서울대 출신 임원은 몇 명이나 될 것 같아? 셀 수도 없이 많아. 고졸신화? 극히 예외인 사례를 소개하며 사람들을 희망고문 하면 안되지. 그리고 지금 소개되는 이 양반도 말이야. 내가 조금 아는데, 엄밀히 말하면 고졸이 아니야. 주경야독해서 대학도 졸업했고, 나중에 석사학위까지 받았어. 그것도 카이스트에서! 그런데 고졸신화? 염병할······. 이 양반은 대졸이었다면 더 빨리 더 크게 성공할 수 있었을지도 몰라. 하여간 언론과 기레기 새끼들이 문제야. 아! 대혁 씨, 미안. 대혁 씨도 기자였지."

"괜찮습니다. 저도 팀장과 생각이 비슷하거든요."

"근데 이 실장은 정말 밥맛 떨어지는 새끼란 말이야. 다 알면서 꼭 일부러 질문하고, 남의 입에서 자기가 원하는 대답이 나오게 만들어. 본인이 책임을 지지 않겠다는 계산인 거지. 너무 속 보이잖아. 개새끼."

최 팀장 또한 이 실장만큼이나 상대할 때 밥맛없지만,
그래도 솔직한 사람이다. 차라리 이런 부류의 사람들이
속을 알기 쉬워 상대하기가 편하다. 기자로 일하며 많은
사람들을 만나봤지만, 가장 대하기 힘든 부류는 이 실장
같은 사람이다. 절대 속을 보여주지 않으니 말이다. 최 팀
장은 담배꽁초를 차창 밖으로 던지며 나에게 물었다.

"대혁 씨는 이 고졸신화가 성공한 인생이라고 생각해?"

"이 인생이 성공한 인생이 아니면 도대체 누가 성공한
인생이란 거죠?"

"대기업에서 임원 자리를 꿰차봐야 본질은 노예야. 물
론 말단 직원과 비교도 할 수 없이 많은 연봉을 받겠지만,
남의 돈 벌어주고 그 대가로 돈 받는 노예라는 본질은 변
하지 않아. 잘 봐줘야 주인집 마름이겠네. 운이 좋아 정년
까지 버텨도 조직에서 빠져나오는 순간 그냥 옆집 아저씨
되는 거야. 남들보다 조금 더 돈을 많이 모은 아저씨. 그
마저도 자식새끼들 시집·장가 보낼 때 다 털리고, 말년에
폐지 줍는 신세로 전락하게 될지 모르지만. 그런데 대기
업 오너는? 오너한테 정년 있는 것 봤어?"

최 팀장의 말을 듣고 나는 〈매일한국〉에서 떠난 나이
든 기자들의 쓸쓸한 뒷모습을 생각했다. 기자들 상당수는
조직의 힘을 자신의 힘과 동일시하는 경향이 있다. 밖에

서 누군가에게 무시당해본 일도 없고, 기사로 세상을 시끄럽게 만들어봤던 경험도 몇 번 있어 자신만만하다. 그러나 기자 명함이 사라지는 순간, 모든 상황이 돌변한다. 자신에게 늘 먼저 안부를 묻던 많은 사람들의 연락이 끊어진다. 혹여 부탁할 게 있어 먼저 전화를 걸면 피하거나 쌀쌀맞게 구는 사람들도 많다. 상실감을 견디지 못해 자존심을 꺾고 마이너 매체에 촉탁직*으로 들어가 말도 안 되는 박봉을 받으면서 다시 명함을 파는 기자들도 적지 않다.

"대혁 씨는 결혼했나?"

"네. 이제 5년째입니다."

"제수씨는 뭐 하시고?"

"원래 저처럼 기자였는데, 드라마 작가가 되겠다며 그만두고 집에서 글을 쓰고 있습니다. 덕분에 늘 쪼들리는 외벌이 신세가 됐죠 뭐."

최 팀장은 내 말을 듣고 감탄하며 소리쳤다.

"그래! 바로 그거야! 제수씨는 사람이 어떻게 살아야 하는지 잘 아는 사람이네."

"네? 그게 무슨 말씀이신지……."

---

* 정규 종업원으로 고용계약을 맺지 않고 특수 업무에 종사하는 근로자를 말한다.

최 팀장은 흥분해 열변을 토했다.

"대혁 씨는 내 말을 어떻게 받아들일지 모르겠지만, 나는 예술 하는 사람들이 세상에서 제일 대단한 사람들 중 하나라고 생각해. 아무리 잘난 대기업에서 연봉을 많이 받는 사원일지라도 오너 앞에선 고개도 못 들고 그림자도 못 밟아. 그런데 예술 하는 사람들은 아무리 가난해도 높은 자리에 있는 사람들과 같은 자리에 앉아 맞먹는 게 가능해. 왜냐고? 누구한테 아부하며 사는 사람들이 아니거든. 오로지 자기 작품으로 자신을 증명하는 사람들이야. 개개인이 기업 오너와 다를 게 없어. 포털 사이트 인물 정보를 검색해봐. 가수, 화가, 작가는 검색돼도 대기업 사원은 안 나와. 왜? 노예는 검색할 가치가 없거든."

나는 최 팀장에게 그런 재능이 있는 운 좋은 사람들이 드물기 때문에 다들 월급쟁이로 살아가는 것이라고 쏘아붙이려다 참았다. 최 팀장이 떠드는 사이 차는 그가 말한 음식점 앞 주차장에 도착했다. 최 팀장은 양평해장국 두 그릇과 소주 한 병을 시켰다.

"차 몰고 오셨잖아요? 요즘은 낮에도 단속해요."

"나도 알아. 마시고 대리 불러서 회사로 돌아갈 테니까 걱정하지 마. 이걸 먹는데 어떻게 소주를 안 마셔?"

최 팀장과 나는 서로의 잔에 소주를 채우고 건배를 했

다. 찬 소주가 식도를 타고 뱃속으로 스며들자 몸이 부르
르 떨렸다. 주문한 해장국이 바로 나왔다. 지옥도같이 검
붉은 국물이 뚝배기에 담겨 부글부글 끓고 있었다. 숟가
락으로 국물을 휘젓자 내장 특유의 누린내가 훅 치고 올
라왔다. 국물 위를 안개처럼 덮고 있던 김이 서서히 걷히
자 검붉은 선지 덩어리와 검은 껍질이 붙어 있는 양, 국물
을 머금고 풀 죽은 콩나물이 눈에 들어왔다. 국물을 한 숟
갈 떠넘겼다. 얼큰하고 묵직하면서도 복잡한 감칠맛. 정
말 맛있었다. 최 실장이 이곳까지 차를 몰고 온 이유를 알
것 같았다.

"이거 소주를 안 마실 수가 없네요."

"먹으면 술을 부르니 최악의 해장음식이지. 이건 해장
국을 가장한 술안주야."

최 팀장은 해장국과 함께 나온 고추절임을 작은 종지에
듬뿍 담은 뒤, 그 위에 고추기름을 뿌려 선지와 양을 찍어
먹을 소스를 만들어 나에게 건넸다. 나는 선지를 소스에
찍어먹으며 최 팀장의 빈 잔에 소주를 채웠다.

"의사들은 해장을 위해 해장국을 먹는 일을 미친 짓이
라고 말들을 하잖아. 전날 과음으로 위가 약해진 데다 오
바이트까지 했다면 식도에도 상처가 나 있을 텐데, 그런
상태에서 맵고 짠 음식을 먹는 일은 건강을 생각하면 최

악이라는 거야. 위가 예민한 상태에서 들이켜는 뜨거운 국물도 몸에는 좋지 않다고 하더라고."

나는 대학병원에서 내과의사로 일하고 있는 고등학교 동창 녀석과 밤새 소주를 마시고 오바이트를 한 뒤 새벽에 콩나물해장국을 들이켰던 기억이 나 헛웃음을 터뜨렸다.

"의사들도 과음한 다음 날에는 해장국을 먹으러 가지 않습니까?"

최 팀장은 소주잔을 입에 털어넣으며 표정을 찡그렸다.

"몸보다 입이 먼저 즐겁다고 하는데 도리가 있나? 어쩌면 해장국은 몸을 위한 해독제가 아니라 정신을 위한 해독제인지도 모르겠어."

얼마 전 최 팀장이 회식자리에서 홍어에 대해 설명하는 모습을 보고 느꼈지만, 그는 음식을 탐미하는 사람이다. 그 모습이 싫지는 않았다. 최 팀장은 소주 한 병을 더 주문했다. 그는 숟가락으로 선지와 국물을 떠먹으며 중얼거렸다.

"양평해장국 국물의 색깔은 아무리 봐도 지옥 같단 말이야."

"저도 아까 부글부글 끓는 국물을 보며 비슷한 생각을 했습니다."

최 팀장은 자신의 빈 잔에 소주를 채우며 피식 웃었다.

"대혁 씨. 그런데 말이지, 천국은 지옥 속에 있어. 지옥이 없는데 어떻게 천국을 알아. 내가 왜 〈매일한국〉에 왔는지 알아? 노예로 살고 싶지 않아서 온 거야."

술기운이 오른 최 팀장은 자신의 과거를 털어놓았다. 놀랍게도 그는 오너가 현재 출마를 저울질 중인 종로지역구의 현역 의원 배형규의 보좌관 출신이었다.

"내가 10년 넘게 배 의원을 옆에서 지켜보니까 우리나라에서 국회의원만 한 직업이 없어. 특권은 셀 수 없이 많은데 책임은 안 져도 되거든. 방송에 출연해 대놓고 대한민국 국회의원이 세계에서 제일 좋은 직업이라고 말했던 전직 국회의원도 있었으니 말 다했지. 너무 좋은 직업이니까 다들 다음에 한 번 더 하려고 혈안이야. 판사, 검사, 고위공무원처럼 이 나라에서 제일 잘나간다는 양반들까지 금배지를 못 달아서 안달이고. 심지어 몇 년 전까진 하루라도 금배지를 달아본 양반한테는 만 65세 이후에 매달 연금까지 100만 원 넘게 꼬박꼬박 통장으로 들어왔다니까. 이렇게 좋은 직업이 세상에 어디 있어."

최 팀장이 열변을 토하는 동안 두 번째 소주병도 바닥을 드러냈다. 최 실장은 내 만류에도 불구하고 세 번째 병을 추가로 주문했다. 최 실장의 목소리가 높아졌다.

"우리나라 국회에서 벌어지는 정치는 사실상 보좌관 정치야. 보좌관의 능력이 곧 국회의원의 능력인 경우가 많아. 그러다 보니 나도 자연스럽게 정치에 욕심이 생기더란 말이자. 배 의원도 나한테 지방선거에 한번 나가 보는 건 어떻겠느냐고 제안한 적도 있었고. 물론 지나가는 말이었겠지만. 그런데 말이야, 보좌관은 아무리 오래 근무해도 파리 목숨이야. 배 의원이 이번 선거를 앞두고 갑자기 나를 밀어내더니 그 자리에 자기 조카를 집어넣더라. 개새끼, 내가 뒤치다꺼리해온 세월이 몇 년인데. 최소한의 자존심은 지켜줬어야지. 사람이 얼마나 간사한지 알아? 아무 일 없이 계속 잘나가면 자기가 정말 잘나서 그런 줄 알게 돼. 배 의원도 자기가 정치 1번지에서 내리 3선을 했으니 4선은 따놓은 당상이라고 여겼겠지. 공천 경쟁자도 없었으니까 말이야. 그러니 굳이 이번 선거에 내가 필요 없다고 판단했을 것이고. 모서리가 없는 사람은 앞으로 빨리 나아가지만, 내리막길에서도 빨리 내려가는 법이야. 지금 배 의원 꼴을 봐. 나는 이기는 선거를 많이 치러봤기 때문에 잘린 다음에도 다른 의원실 몇 군데에서 영입 제의를 받았지. 그런데 일부러 여기로 왔어. 왜? 우선 사람 중한 것 모르는 배 의원부터 꼭 떨어뜨리고 싶었거든."

"혹시 배 의원 혼외자 문제도 팀장님이 터뜨리신 건 가요?"

최 팀장은 내 물음에 킥킥 웃었다.

"내가 그 정도로 막장은 아냐. 최소한의 의리는 있어. 그런 프라이버시는 지켜줘야지. 그리고 바깥에서 애를 낳아온 게 지역구민한테 죄 지은 건 아니잖아. 우리나라 같은 저출산국가에선 애국하는 일이지. 아마 나랑 같이 잘린 7급 비서가 언론에 흘리지 않았나 싶어. 걔가 페미니스트였거든. 배 의원은 나를 의심하고 있을지 모르지만. 아무튼 나는 아니야."

최 팀장은 대리운전을 부르며 남은 잔을 비웠다.

"언젠가는 나도 내 정치를 해볼 생각이야. 나는 나를 위해 여기로 온 거야. 노예로 살기 싫어서. 그 발판을 만들려면 이 대표가 반드시 이번 선거에서 당선돼야 해. 나는 이 대표의 당선을 위해 최선을 다할 것이고. 목표를 세우면 그 목표가 자신을 이끄는 법이야. 대혁 씨를 보면 정처 없이 공중에 떠다는 것 같아. 불안해."

나는 최 팀장이 반복해 말하는 노예라는 단어가 불편하게 들렸다.

"도대체 노예가 뭐죠? 팀장 말대로라면 노예가 아닌 사람이 세상에 어디 있습니까?"

최 팀장은 술기운에 약간 풀린 눈으로 내 눈을 응시했다.

"누군가가 정해놓은 매뉴얼대로 움직이는 삶. 그게 바로 노예의 삶이지 뭐야. 노예로 살든 말든 선택은 자유야. 노예로 사는 게 사실 편해. 결정할 필요도 책임질 필요도 없고, 문제가 생기면 편하게 앉아 남의 탓만 하면 되니까. 그런데 대혁 씨는 노예로 살고 싶어?"

고백

주말을 맞아 오랜만에 홍대 앞의 한 공연장에 들렀다. 문화부에서 기자로 일할 때 인연을 맺은 싱어송라이터 류승현이 새 앨범 발매 기념 공연에 나를 초대했다. 나는 3년 전 신인이었던 그의 앨범을 듣고 음악의 완성도에 놀라 인터뷰로 그를 만났다. 포스트록* 뮤지션인 그는 이후 부지런히 새로운 작품을 선보이며 홍대 인디 음악 신과 평단의 주목을 받았다. 나는 그를 인터뷰로 대중에 소개한 첫 기자였다. 데뷔 무렵 주로 홍대 소규모 클럽을 전전

---

* 록의 세부적인 장르로, 록을 제외한 다른 실험적인 장르의 음악적 요소를 가져와 섞어 새로운 음악을 만드는 것이 특징이다. 대표적인 뮤지션으로 시규어 로스(Sigur Ros), 모과이(Mogwai) 등이 있다.

하며 라이브를 선보였던 그는 이제 200석 규모 공연장을 충분히 자신의 팬으로 채울 수 있는 뮤지션으로 성장했다. 기자와 취재원이었던 나와 그의 관계는 그 사이에 친한 형과 동생으로 발전했다.

승현의 기타 연주는 마치 우주를 유영하는 듯한 광활한 공간감을 연출했다. 공연장 스탠딩석을 가득 채운 관객들은 온갖 전자음과 뒤섞여 절정으로 치닫는 그의 기타 연주를 들으며 희열에 가득 찬 표정을 짓고 있었다. 그는 차가운 전자음을 전면에 내세우면서도 감성을 잃지 않는 독특한 음악으로 관객들을 매료시켰다. 못 본 사이 그의 음악은 많이 성장해 있었다. 그가 앙코르 무대에서 연주한 이름 모를 신곡에서 희미한 목소리로 반복됐던 가사 "세상은 미쳤어 그래도 포기 안 해"가 의미심장하게 들렸다.

공연장 근처 고깃집에 승현의 지인들과 함께 하는 공연 뒤풀이 자리가 마련됐다. 나는 조금 일찍 뒤풀이 자리에 도착해 자리를 잡았다. 낯익은 얼굴이 고깃집 문을 열고 들어왔다. 희철이었다. 희철은 나에게 다가와 인사를 하고 앞자리에 앉았다.

"희철아. 네가 여기 어쩐 일이냐?"

"승현이가 제 고등학교 동창입니다. 아까 공연장에서 선배 얼굴 봤습니다."

"세상 정말 좁네. 승현이도 나랑 친하거든."

"그런 것 같더라고요. 승현이 페이스북에서 선배 이름을 자주 봤거든요. 예전에 선배가 쓰신 기사도 잘 읽었습니다. 승현이가 정말 고마워했어요."

무대 정리를 마친 승현이 고깃집에 모습을 드러냈다. 모두들 박수를 치며 환호했다. 그는 테이블을 차례대로 돌며 감사 인사를 전한 뒤, 나와 희철이 앉은 테이블에 자리를 잡았다. 나는 승현과 희철의 잔에 소주를 채웠다.

"승현아. 네가 희철이하고 고등학교 동창인 건 오늘 처음 알았다. 세상 진짜 좁구나."

"뭐 서로 모르는 게 거의 없는 불알친구예요. 희철이가 형 후배로 들어가게 될 거라곤 생각도 못했네요. 아무튼 희철아, 축하한다! 언론고시인지 뭔지 매달리더니 결국 꿈을 이뤘네? 대단한 녀석."

"고시는 무슨. 그런 소리 하지 마라. 진짜 고시생들이 들으면 비웃는다. 그리고 아직 인턴 기간 안 끝났다."

"인턴 기간 끝나면 정식으로 기자 된다며? 그러면 뭐 다 된 거 아냐?"

나는 승현에게 공연을 호평했다.

"이번 공연에서 라이브로 들려준 음악들 정말 멋졌다. 특히 전자음에서 따뜻한 질감이 느껴져서 인상 깊었다.

가장 인간과 거리가 먼 소리로 인간의 따뜻한 체온을 연출하는 역발상이 정말 놀라웠어."

"역시 형은 제 의도를 바로 알아주네요! 내가 이래서 형을 좋아한다니까."

"얼마 전에 나랑 같이 일하는 누군가가 나한테 예술 하는 사람들이 세상에서 제일 대단한 사람이라고 이야기하더라. 예술가는 누구한테 아부하지 않고, 오로지 자기 작품으로 자신을 증명하는 사람들이라나? 월급쟁이는 아무리 연봉을 많이 받아도 노예일 뿐이라고 비하 발언을 해서 발끈했는데, 오늘 네 공연을 보니 그 양반이 왜 그런 소리를 했는지 조금은 알 것도 같다."

승현은 내 말을 듣고 파안대소했다.

"형. 제가 세상에서 제일 부러워하는 사람이 누군지 아세요? 월급쟁이예요. 많든 적든 정기적으로 들어올 돈이 있다는 게 얼마나 대단한 일인데요. 정기적으로 돈이 들어오면 미래를 계획할 수 있어요. 형한텐 일상일지 모르지만, 저한텐 그거 엄청난 일이에요. 저처럼 하루 벌어 하루 먹고사는 사람들한텐 불가능한 일이거든요. 형 예전에 제 옥탑방에 놀러 온 적 있잖아요. 저 아직도 그 옥탑방에서 살고 있어요. 보증금 300만 원에 월세 30만 원예요. 싸죠? 그런데 음악으로 번 돈으로는 옥탑방 월세와 작업실 월세를 내는 일도 빠듯해서 종종 호프집에서 일일 서빙 알바 뛰어요. 언제 그 옥탑방에서 벗어날 수 있을지 잘 모르겠어요. 집주인이 제 사정을 알고 월세를 올려 받지 않으니 그나마 다행이죠. 결혼이요? 꿈도 못 꿔요. 그분한테 전해주세요. 노예에서 해방되면 마주치게 될 곳은 황야라고."

희철이 승현에게 진지한 목소리로 물었다.

"그런데 왜 음악을 하는 거야?"

승현이 희철의 질문에 복잡한 표정을 지었다.

"이거 아니면 안되겠으니까……. 너도 마찬가지 아니야? 형, 저는 지금까지 살면서 희철이만큼 깡다구 좋은 녀석을 본 일이 없어요. 그게 언제였더라……. 아마 9년 전 여름, 고등학교 3학년 조회 때였을 거예요."

승현은 당시 벌어진 상황을 설명했다. 교장은 강당에 학생들을 모아놓고 사람들이 정부의 정책이 마음에 들지 않는다고 광장에 모여 촛불을 들고 시위를 벌이는 것은 법치국가의 근간을 흔드는 행위라고 목소리를 높였다. 교장은 이 자리에서 "일부 언론이 허위사실을 보도해 국민을 선동하고 있다"며 "종북 세력들이 국가 시스템 자체를 뒤엎어보겠다는 불순한 방향으로 가고 있기 때문에, 학생들이 역사의식을 가지고 고쳐나가야 한다"고 주장했다.

이때 희철이 손을 들어 교장에게 질문했다. 희철은 교장에게 "도대체 어떤 부분이 허위사실인지 구체적으로 설명해달라"며 "국민이 나서서 진실을 밝혀달라고 요구하는 게 도대체 종북 세력과 무슨 관계가 있느냐"고 따졌다.

"희철이는 그 자리에서 감히 교장한테 대들었어요. 교장은 얼굴을 붉힌 채 아무 말도 못하더라고요. 그날 희철이는 화를 겨우 참으며 저한테 기자가 돼 세상을 바꾸고 싶다고 말했는데, 그 모습이 진짜 멋있었어요. 아직도 생생하네."

"승현아, 그만해라. 쪽팔린다."

승현은 다 익은 삼겹살을 기름소금에 찍어먹으며 목소리를 높였다.

"형. 여기 희철이도 형도 기자이지만, 저는 사실 기자와 언론이 싫어요. 정부가 국민을 바보로 만드는 가장 쉬운 방법이 뭐라고 생각하세요? 제가 보니까 기레기를 쏟아내는 거예요. 지금 대통령이 저렇게 형편없는 인간이란 사실을 똑똑한 기자들이 과연 몰랐을까요? 가까이에서 대통령을 봤으니 진즉에 눈치 챘겠죠. 그런데 왜 대통령이 이상하다고 제대로 보도한 언론이 하나도 없었죠? 언론이 왜곡된 정보를 확산하면 국민의 눈과 귀는 가려져요. 그렇게 되면 정책 결정은 저런 부패한 권력과 자본에게만 유리하게 돌아갈 수밖에 없고요. 나의 삶이 내 의지와 상관없이 결정되는 게 올바른 나라는 아니잖아요? 미안하지만 기자들이 제일 나쁜 놈이에요. 새 앨범도 그런 이야기를 담고 있어요. 나중에 가사를 읽어보세요."

희철의 표정이 굳어졌다. 승현은 목이 마른지 물통째 물을 들이켰다.

"월급쟁이가 노예라고요? 우리나라 국민 대부분이 월급쟁이예요. 월급쟁이들이 그런 생각을 갖게 만드는 국가야말로 잘못된 것 아닌가요? 요즘 들어 사람들이 왜 못 살겠다고 광장으로 뛰쳐나오겠어요? 언론이 국민의 뜻을 제대로 전달해주지 않으니까 그렇죠. 형, 저는 희철이가 기자가 돼서 정말 기뻐요. 제가 아는 희철이라면 정말 좋은 기자가 될 거예요. 형이 잘 챙겨주세요. 제 음악에 관심을 가져주셨듯이. 저 이따가 다시 올게요. 다른 테이블에서도 술잔을 받아야 할 것 같아서."

나는 다른 테이블로 이동하는 승현의 뒷모습을 보며 쓴웃음을 지었다.

"역시 사람은 자기 분야의 일이 아니면 잘 모른다니까. 기자가 할 수 있는 게 뭐가 있다고. 선배로서 너한테 할 말은 아니지만 그렇지 않냐, 희철아?"

희철은 말없이 고개를 끄덕였다. 나와 희철은 서로의

빈 잔에 소주를 채우고 건배를 했다. 잔을 비운 희철이 물었다.

"선배는 인생은 속도보다 방향이 중요하다는 말이 맞는 말이라고 생각하십니까?"

"모범답안을 듣고 싶어? 그렇다면 옳지 않은 방향으로 빠르게 달리는 것보다, 옳은 방향으로 느리게 걸어가는 게 더 낫다고 말해야겠지. 그런데 모두가 같은 방향으로 달리고 있다면 승패는 속도에서 갈리지 않을까? 나는 방향도, 속도도 모두 중요하다고 생각해. 인생은 속도보다 방향이 중요하다는 말은, 속도에만 함몰돼 살아가지 말자는 의미의 격언으로 받아들이는 게 옳지 않을까 싶다."

"옳은 방향으로 걸어가면 힘들다는 게 뻔히 보이면 어떻게 해야 되죠? 그래도 그 방향으로 계속 걸어가야 하는 건가요?"

희철은 잠시 머뭇거리다가 셔츠 주머니에서 펜을 꺼낸 뒤 그 펜에 이어폰을 꽂았다. 볼펜 모양의 녹음기였다. 그는 녹음기와 이어폰을 나에게 넘겼다.

"들어보라고?"

"마음이 바뀌면 못 들려드릴 것 같아서요. 버튼만 누르시면 돼요."

나는 귀에 이어폰을 꽂고 버튼을 눌렀다. 놀랍게도 이

어폰에서 흘러나오는 소리는 식당에서 국장과 내가 나눴던 대화였다. 국장이 수연의 출신 대학을 비하하는 발언과 나에게 인턴들을 평가할 때 수연의 출신 대학을 참고하라고 암시하는 발언이 고스란히 녹음에 담겨 있었다. 깜짝 놀란 나는 주위를 살핀 뒤 목소리를 낮췄다.

"이거 어떻게 녹음한 거야?"

"허술해 보여도 주변 8미터 이내의 소리는 모두 녹음되는 고감도 녹음기입니다. 국장님이 인턴에 대해 언급하실 때 반사적으로 녹음기를 실행시켰습니다. 저는 국장님 바로 뒤쪽에 있었거든요. 나중에 음성 편집 프로그램을 이용해서 녹음파일의 노이즈를 제거하고 볼륨을 키웠습니다."

"그래도 이 녹음은……. 많이 당황스럽다."

희철은 녹음기와 이어폰을 도로 거둬들였다.

"어렸을 때 아버지 친구 분이 제가 보는 앞에서 차용증 없이 아버지께 꽤 큰돈을 급하게 빌린 일이 있었습니다. 그런데 그분이 몇 년 후에 자신은 돈 빌린 일이 없다고 잡아떼더라고요. 돈 빌리는 모습을 봤던 제가 뻔히 앞에 있는데도 말이죠. 그때 정말 억울하더군요. 변태 같은 습관처럼 보일지도 모르지만, 저는 수시로 녹음기를 실행시킵니다. 취재할 때에도 늘 대화를 녹취해요. 방송기자를 하는 친구들 보면 명함지갑 모양 캠코더, 안경 캠코더 등 별별 장비들을 다 들고 다니더군요. 녹음기는 그에 비하면 약과죠."

"다른 동기들은 네가 대화를 녹음한 것 알고 있어?"

"아무도 모릅니다. 사실 아까 승현이가 고등학교 때 이야기만 안 했어도 이 녹음을 선배한테 들려드릴 일도 없었을 거예요. 그 녀석 말에 많이 찔렸거든요."

희철은 괴로운 표정을 지으며 말을 이었다.

"얼마 전에 동기들과 선배를 뵈었을 때 정말 부끄러웠습니다. 결국 저희는 기자 자리 하나를 얻자고 수연이 누나의 죽음을 외면한 거잖아요. 하지만 다시 불안정한 취업준비생 지위로 돌아가야 할지도 모른다는 공포감, 자칫하면 이 바닥에 발을 못 붙이게 될지도 모른다는 불안감이 수연이 누나의 죽음에 대한 안타까움보다 더 컸어요. 저뿐만 아니라 모두가요."

"그건 너희 잘못이 아니다. 나라도 그 상황이면 너희와 같았을 거야."

희철은 작심한 듯 회사에 대한 불만을 쏟아냈다.

"하지만 이건 아닙니다. 어떻게 저희가 수연이 누나에 대해 언급한 이야기를 악의적으로 편집한 찌라시가 세상에 돌 수 있는 거죠? 그 내용을 저희한테서 들은 사람은 기조실 최 팀장님밖에 없습니다. 이런 추측을 하고 싶지 않지만, 저는 회사가 일부러 찌라시에 언급된 내용을 바깥에 흘렸다고 생각합니다. 지금 돌아가는 사정을 보면 그렇게 생각할 수밖에 없어요. 이제 수연이 누나는 회사에 피해를 입힌 이상한 사람이 됐고, 회사와 오너는 갑자기 피해자로 바뀌었어요. 설사 회사와 오너가 피해자라고 해도, 수연이 누나가 가해자는 아니죠! 이건 말이 안 되는 거잖아요!"

희철의 말 한 마디 한 마디가 내 귀에 날카롭게 박혔다. 죄책감이 온몸을 조여왔다. 나는 그에게 아무런 말도 할 수 없었다.

"더 괴로운 건 뭔지 아세요? 이 녹음파일이 공개된다고 해도 세상이 조금도 바뀔 것 같지 않다는 겁니다. 오너가 저렇게 물러나 영웅이 돼버린 상황에서, 이 녹음파일이 무슨 소용이 있죠? 기껏해야 국장 모가지 하나만 날아가겠죠. 누나의 유족이 제기한 소송도 기각될 가능성이 높다더군요. 저도 판례를 뒤져봤는데 이까짓 녹음파일로는 누나의 사망과 업무 간의 인과관계를 인정받을 수 없겠더라고요. 아무것도 할 수 있는 게 없어요. 그런데 저는 감히 사표를 낼 용기도 없어요. 저는 어떻게 해야 하죠?"

희철은 눈물을 흘리며 소주잔을 비웠다. 나는 가방에서

손수건을 꺼내 건넸다. 희철이 눈물을 닦으며 나를 슬프게 바라봤다.

"그러고 보니 선배도 기조실 사람이시네요. 제가 너무 쓸데없는 이야기를 많이 했습니다. 그런데 쓸데없는 이야기 하나 더 들어보실래요? 이것 역시 아직 아무한테도 하지 않은 이야기입니다. 만약 이 이야기까지 찌라시로 돌면……. 저는 많이 슬플 것 같습니다."

희철의 눈빛에는 슬픔과 의심이 뒤섞여 있었다. 희철의 눈빛을 보자 나는 마음이 무너져내리는 것 같았다.

"말하기 싫으면 하지 않아도 된다. 그리고 말하더라도 이곳 바깥으로 이야기가 새나가는 일은 없을 거다. 약속하마."

잠시 주위를 살피던 희철이 낮은 목소리로 말했다.

"'No Gain No Pain' 페이지 관리자가 접니다."

나는 희철의 고백을 듣고 경악했다. 지금까지 수많은 언론사들이 'No Gain No Pain' 페이지 관리자를 인터뷰하려고 시도했으나 모두 실패했다. 페이스북은 페이지 관리자를 비공개하고 있는 데다, 관리자 또한 페이지 운영에 거의 개입하지 않아 아직까지 관리자의 신원이 밝혀지지 않은 채 추측만 무성했다. 온 세상을 떠들썩하게 만들었던 'No Gain No Pain' 페이지 관리자가 희철이라니.

상상할 수 없는 일이었다.

"이건…….."

"이제 저와 선배 외에는 이 사실을 아는 사람이 아무도 없는 겁니다."

희철의 목소리는 단호했다. 나는 희철의 말이 족쇄처럼 느껴졌다.

"저는 처음에 그저 수연이 누나를 추모하기 위해 그 페이지를 만들었습니다. 많은 사람들이 함께 누나의 죽음을 슬퍼해주기를 바랐을 뿐이었죠. 그런데 그 페이지가 이슈의 중심으로 떠올라 지금과 같은 파장을 일으킬 거라곤 상상하지도 못했습니다. 더 이상 제가 나설 수 없는 상황이 돼버렸더군요. 그래서 아무런 관리도 하지 않고 지켜보기만 했습니다."

허위 게시물 때문에 시끄러웠던 시점에 주의 공지사항이 올라온 것 외에는 관리자가 이 페이지에 개입했던 일은 없었다. 희철의 말대로 'No Gain No Pain' 페이지는 알아서 생물처럼 움직이는 공간이었다.

"처음에는 기뻤습니다. 'No Gain No Pain' 페이지를 통해 여론이 형성되면 수연이 누나의 죽음이 헛되지 않게 될 것이라고 기대했죠. 비겁한 이야기지만 저나 동기들이 굳이 나서지 않아도 되고요. 그런데 무너지는 것도 한 순간이더군요. 그 페이지에서 저희 동기들이 말한 내용이 담긴 찌라시가 올라오고, 급기야 수연이 누나를 비난하는 글까지 올라오는 걸 보면서 몹시 괴로웠습니다. 누나를 추모하기 위해 만든 공간이 누나를 욕되게 만드는 공간으로 전락할 줄 누가 알았겠습니까."

희철의 고백은 무거웠다. 나는 그 무게감을 견디기가 어려웠다. 언젠가 꿈속에서 내가 제일 나쁜 놈이라고 나를 비웃었던 오너의 모습이 떠올랐다. 나는 그 모습을 떨치려고 고개를 흔들었다.

"사실 저는 그 페이지를 지금이라도 당장 폐쇄하고 싶어요. 하지만 그 페이지를 폐쇄하면 수연이 누나의 죽음에 얽힌 진상을 공개하라고 요구하는 목소리도 사라져버리겠죠? 기존 언론은 누나의 죽음에 아무런 관심이 없으니까요. 선배, 저는 어떻게 해야 하죠? 아무것도 모르겠어요."

아무런 말을 할 수도, 할 자격도 없는 나는 그저 나와 희철의 빈 잔에 소주를 채울 뿐이었다. 희철은 다시 눈물을 닦았다. 뒤풀이 자리를 찾은 모든 이들에게 얼굴도장을 찍은 승현이 다시 테이블로 돌아왔다.

"희철아! 너 눈이 왜 이렇게 퉁퉁 부었냐? 대혁이 형이 갈궈서 운 거냐? 형은 좋은 자리에서 애를 왜 이렇게 잡아요? 기자들 군기 세다더니 너무하네. 그나저나 고기는 안 먹고 뭐 해요? 아깝게 다 타잖아요!"

"아니야, 새끼야. 울긴 누가 울어. 잡소리하지 말고 술이나 마시자."

희철이 승현의 빈 잔에 소주병을 기울였다. 문득 나는 조금 전 공연 앙코르 무대에서 들은 곡의 가사가 무슨 뜻인지 궁금해졌다.

"승현아. 아까 마지막에 세상은 미쳤다고 하던 그 노래 제목이 뭐야?"

"'KTX'라는 곡이에요. 열차를 타고 가다가 만든 곡이에요."

"음악은 멋있던데 작곡한 배경은 조금 황당하다."

"형이 아까 제 음악에 담긴 전자음이 따뜻하게 들린다고 말했죠? 저는 요즘에 기계가 인간보다 더 나은 것 같다는 생각이 들어요. KTX는 운행 시간 가지고 고객한테 장난치지 않잖아요. 요즘 세상 돌아가는 꼴을 보세요. 진짜 미친 것 같아요. 기계를 대통령 자리에 대신 앉혀도 지금보다 나을걸요? 어쩌면 이 미친 세상을 바로잡을 힘은 우리한테 없을지도 모르겠어요. 그래도 아직 포기는 안 할래요. 포기하고 떠날 곳도 마땅치 않아서 말이죠."

탐 색

최 팀장이 월요일 아침에 나에게 내린 첫 지시는 흘리기였다. 그는 여당이 오너에게 러브콜을 강하게 보내고 있다는 뉘앙스를 풍기는 내용으로 간단한 찌라시를 하나 만들어보라고 지시했다.

"대혁 씨. 자유당이 처음에 비례대표 당선권 보장을 제안했다가, 종로선거구 현역인 배 의원 공천을 배제하고 이 대표를 공천하겠다는 뜻을 전달했다는 내용으로 담백하게 작품 하나 만들어봐."

찌라시 유통을 넘어 찌라시 작성까지 맡게 된 처지가 기막혀 헛웃음이 나왔지만 복잡한 생각을 접었다.

"야당 측 움직임에 대한 언급은 뺄까요?"

"그 녀석들 몸이 먼저 달아올라야 돼. 우리가 대놓고 먼저 꼬리칠 필요는 없어. 행복당 이 새끼들 너무 간을 본단 말이야. 어차피 김헌영 의원은 물 건너갔고, 남은 후보군도 그 나물에 그 밥인데 뭘 그렇게 장고하나 모르겠어."

김헌영 의원은 수도권에서 내리 4선을 한 행복당의 중진이다. 그는 민주화투쟁을 이끌었던 386세대의 대표 정치인으로 차기 혹은 차차기 대권 잠룡으로 꼽혀왔다. 대선을 1년 앞두고 잠룡으로 꼽히는 정치인들이 늘어나자 그는 차별화를 위한 승부수를 띄웠다. 현재 지역구를 버리고 '정치 1번지' 종로선거구에 출마하겠다고 일찌감치 선언한 것이다. 종로선거구는 여당세가 강한 데다 배형규 의원이 내리 3선을 하고 있는 지역구다. 이 때문에 김 의원에게 종로선거구는 어렵지 않겠느냐는 전망이 우세했다.

공교롭게도 얼마 후 배 의원의 혼외자 문제와 대통령 측근 비리 문제가 거의 비슷한 시기에 함께 터졌다. 예상치 못한 호재를 만난 김 의원은 마치 당선이라도 된 듯 고급 한정식집에서 보좌진 및 당직자들과 함께 축배를 들었다. 일찍 터뜨린 축배가 문제를 일으켰다. 이날 술에 많이 취한 김 의원이 식당 여종업원의 신체를 더듬는 것도 모자라 팁을 준답시고 여종업원의 가슴에 5만 원 지폐를 꽂은 것이다. 여종업원은 김 의원에게 성추행을 당했다고 경찰에 신고했다. 김 의원은 처음에 성추행 혐의를 완강히 부인했으나, 식당 내 CCTV 영상에는 현장 상황이 고스란히 담겨 있었다. 김 의원은 술집인 줄 알았다고 변명했다. 이 변명은 불난 집에 부채질하는 꼴을 만들었다. 여성단체를 비롯해 많은 시민단체들이 진보정당과 연합해 김 의원의 정계 은퇴를 요구하고 나섰다. 김 의원은 피해자인 여종업원에게 사죄하고 합의를 했지만, 법원은 김 의원에게 징역 6월에 집행유예 1년을 선고하고 40시간의 성폭력 치료프로그램 이수를 명했다. 김 의원은 잡룡, 잡범이란 별명을 얻으며 정치생명에 치명타를 입었다.

이후 무주공산이 돼버린 종로선거구를 노리는 야권의 원외 정치인*들이 발 빠른 행보를 보이기 시작했다. 김 의원 때문에 하락한 당의 이미지 쇄신과 선거의 흥행을 위해 행복당은 오너에게 당내 후보 경선 참여를 제안했다.

"경선에 참여해달라고? 뻔히 보이는 노림수야. 말이 좋아 경선이지. 우리는 행복당에 아무런 조직이 없는데, 무슨 수로 경선에서 승리해? 완전국민경선이라면 모를까. 한마디로 자기네 선거 흥행과 승리를 위한 불쏘시개가 돼

---

* 국회의원이 아닌 정치인.

달라는 소리 아냐. 양아치 새끼들. 하여간 운동권 출신들은 그런 쪽으로만 머리가 잘 돌아가는 쓰레기들이야. 그러니까 야당이 계속 야당인 거야. 대혁 씨, 배 의원 쪽 기사 새로 나온 것 뭐 없어?"

"오전에 배 의원이 기자회견을 한 모양입니다. 당이 아닌 지역구민에게 심판을 받겠다고 입장을 밝힌 걸 보니 공천이 안 되면 무소속 출마를 불사할 듯합니다."

"그 양반 지금 말릴 수 없어. 배 의원은 아마 자기가 야당 간판으로 출마해도 당선될 수 있을 거라고 착각하고 있을걸? 아무튼 현재로선 무소속 배 의원, 자유당, 행복당 3파전이 될 가능성이 높아. 그런데 행복당은 지금 당내에서 거론되는 후보군 중 한 명을 후보로 내면 필패야. 쉰내 폴폴 나는 운동권 똥파리들로는 저곳에서 여당 못 이겨. 자기들도 그걸 아니까 이 대표를 홍행 불쏘시개로 쓰고 버리겠다는 계산인 거지."

"그렇다면 굳이 행복당과 접촉할 필요가 있을까요? 자유당은 이 대표를 전략공천하거나 비례대표를 주겠다는 입장이 확실한데 말입니다."

최 팀장은 볼펜을 책상 위에 굴렸다.

"그게 간단하지가 않아. 배 의원이 그 지역구를 오랫동안 잘 닦아놓았거든. 내가 옆에서 배 의원 뒤치다꺼리하면서 지켜봐왔잖아. 만약 배 의원이 무소속으로 출마해서 여권 지지자 표를 갉아먹으면 이 대표가 자유당 공천을 받고 출마해도 반드시 승리한다는 보장은 없어. 끝까지 투표함을 까봐야 결론 날걸? 물론 행복당 후보로 출마해도 쉽지는 않겠지. 하지만 장기적으로 보면 야당 후보로 출마해 당선되는 게 여러 면에서 유리해. 대혁 씨도 돌아가는 상황을 파악했으니 알겠지만, 다음 대선에서 자유당이 승리할 가능성은 거의 없어. 그건 곧 이번에 당선되는 행복당 의원들이 대선 후 여당 의원으로 신분이 바뀔 가능성이 높다는 의미야."

"어쨌든 중요한 건 당선 아닙니까?"

"당선? 중요하지. 그런데 어떻게 당선되느냐가 더 중요해. 국회의원이라고 다 같은 국회의원이 아냐. 여당이 야당보다, 다선이 초선보다, 지역구가 비례대표보다 발언권과 힘이 강해. 만약 이 대표가 여당의 비례대표 당선권 보장 제안을 받아들인다면 어떻게 될 것 같아? 1년 후에 그냥 야당의 비례대표 초선의원이 되는 거야. 꽃길만 걸어선 아무것도 제대로 할 수 없어. 기껏해야 당의 얼굴마담 역할밖에 못해. 하지만 야당 간판을 달고 종로선거구에서 당선된다면 어떻게 될까? 1년 후에 적진 '정치 1번지'에서 승리한 여당의 거물 초선의원이 되는 거야. 같은 초선의원이라도 무게감부터 확실히 다르지. 만약 낙선하더라도 현재로선 야당 후보로 나와서 낙선하는 게 모양새가 더 나아. 어떻게 낙선하느냐도 어떻게 당선되느냐만큼 중요하거든. 노무현 전 대통령을 봐. 적지에서 장렬하게 낙선했기 때문에 더 큰 기회를 잡았던 것 아냐? 그리고 〈매일한국〉 사람들은 어떻게 생각할지 모르겠지만, 이 대표는 여권 지지자와 야권 지지자 모두한테 어필할 수 있는 매력 있는 후보야. 겉보기에 꽤 무게감이 있는 데다 차세대 리더라는 이미지까지 갖고 있거든. 게다가 이 대표는 종로 토박이야. 지금까지 그 지역구에서 국회의원을 역임했던 타 지역 출신 정치인들과는 연고부터 달라. 선거는 공약이 중요하다고? 다 헛소리야. 공약 하나 읽지 않고 단순히 잘생겼다고 표 던지는 아줌마들이 얼마나 많은지 알아? 잘생긴 후보가 길에서 유세를 하다가 손이라도 한번 잡아주면 까무러쳐. 그게 다 표로 이어진다니까? 배 의원도 나름 미중년이었다는 게 유권자들한테 꽤 먹혔어. 어이없지? 그런데 선거는 결국 이미지 전쟁이야. 아무리 좋은 공약을 제시하고 옳은 소리를 해도 고까우면 절대 표를 안 줘. 진보정당이 백날 떠들어봐야 소용없는 이유야. 아무리 멍청한 사람이라도 남들이 똑똑한 척하며 가르치려고 들면 짜증 나는 법이거든."

최 팀장은 처세술 강의를 하듯 흥미롭게 이야기를 이어 나갔다. 한편으로는 배 의원을 반드시 자기 손으로 낙선시키려고 하는 집요함도 엿보여 우스웠다.

"간단히 작성하면 되나요?"

"구구절절 쓸 필요 없어. 그러면 우리 쪽에서 일부러 뿌린 게 티가 나니까. 그냥 담백하게 중요한 팩트만 편집해서 써. 그게 제일 효과적이야. 이 대표에 대한 긍정적인 이야기도 굳이 할 필요 없어. 행복당 언급도 하지 말고."

나는 최 팀장의 의견을 참고해 찌라시를 작성하고 그에게 카톡으로 보냈다.

(받은 글) 자유당이 이번 총선 종로선거구에 현역 배형규 의원 대신 이형우 〈매일한국〉 전 대표를 전략공천하려는 움직임을 보이고 있음. 자유당은 최근까지 이 전 대표에게 비례대표 당선권 보장을 제안하는 등 영입에 공을 들여왔음. 하지만 이 전 대표는 여당 측에 아무런 입장도 밝히지 않고 있다고 함.

최 팀장은 볼펜을 입에 물고 내가 작성한 찌라시를 검토한 뒤 마지막 문장을 삭제하고 나에게 다시 보냈다. 나는 마치 다시 수습기자 시절로 돌아가 선배 기자에게 기사첨삭교육을 받는 듯한 묘한 굴욕감을 느꼈다.

"무난하네. 확실한 근거를 가지고 작성하고, 결과가 나오면 서서히 밖에서 안으로 좁혀. 우리가 원하는 답은 반드시 상대방의 입을 통해서 나와야 한다는 걸 잊지 마. 이대로 찌라시 대화방에 올려줘. 대화방에 정치부 기자가 있다면 찌라시를 보고 여당 쪽을 추가 취재해 알아서 기사를 쓰겠지. 기다려보자고."

나는 최 팀장이 처음부터 기자를 했으면 대성했을지도 모르겠다는 생각을 했다. 찌라시를 올린 지 30분도 되지 않아 포털 사이트 뉴스 페이지에 첫 기사가 올라왔다.

與 "종로에 이형우 전 〈매일한국〉 대표 전략공천 검토"

기사입력 201X-02-25 10:27

[산업경제신문=이승민 기자] 자유당이 4.16 총선 서울 종로선거구에 이형우 전 〈매일한국〉 대표를 전략공천 하는 방안을 검토 중인 것으로 알려졌다.

자유당의 한 고위당직자는 25일 기자와 가진 전화통화에서 "배형규 의원을 종로선거구 공천에서 배제하기로 결정함에 따라 새롭게 후보로 내세울 인사를 논의 중"이라며 "이 전 대표를 전략공천 하자는 의견이 많아 적극 검토 중"이라고 전했다.

이 전 대표는 지난 1997년 〈매일한국〉의 대표로 취임해 언론계의 혁신을 주도하며 차세대 리더 중 하나로 주목을 받아왔다. 그는 최근 자사에서 발생한 인턴 자살 사건에 대한 책임을 지고 대표직에서 물러났다.

이 고위당직자는 "최근에도 당이 이 전 대표에게 비례대표 당선권 보장을 제안하는 등 영입에 공을 들인 것으로 안다"며 "정치에 뜻이 없었던 이 전 대표도 당의 거듭된 설득에 숙고 중"이라고 덧붙였다.

한편 이 지역구의 현역 의원인 배 의원은 이날 국회 정론관에서 기자회견을 열고 "당이 아닌 지역구민의 심판을 받겠다"며 무소속 출마를 강행하겠다는 입장을 밝혔다. 배 의원은 최근 혼외자 논란에 휩싸여 구설수에 오른 바 있다.

smlee@iebizdaily.co.kr

최 팀장은 기사를 읽으며 피식 웃었다.

"가장 먼저 올라온 기사에 단독 타이틀이 안 붙어 있는 건 신선하네. 나랏돈 꼬박꼬박 받아먹는 국가기간통신사도 40대 주부가 마트에서 모로코 문어 골랐다는 기사에 뜬금없이 단독을 붙이는 세상인데 희한한 일이야. 뭐 어쨌든 우리는 쓰리쿠션으로 행복당에게 언질을 준 거야. 그놈들이 간을 보니 우리도 간을 봐줘야지. 안 그래?"

나는 점심을 편의점에서 삼각김밥으로 대충 때운 뒤 오

랜만에 사우나에 들렀다. 가볍게 샤워를 하고 수면실에
서 1시간가량 눈을 붙일 생각이었는데, 이미 수면실은 만
원이었다. 하는 수 없이 목욕탕으로 들어가 온탕에서 휴
식을 취했다. 몸이 녹아내리는 듯한 편안함도 잠시, 등이
몹시 간지러워져 신경에 거슬렸다. 간지러운 부분은 등의
정중앙쯤이었는데, 아무리 등 뒤로 손을 뻗어도 닿지 않
았다. 목욕탕 내부에는 나밖에 없었다. 나는 잠시 고민하
다가 세신사 호출 버튼을 눌렀다.

　목욕탕으로 들어온 세신사는 나에게 탕에서 10분간 때
를 불리라고 하기에 이미 20분 넘게 탕에 있었다고 대답
했다. 그는 목욕침대 위에 누우라고 말했다. 나는 겸연쩍
은 표정으로 미끈거리는 목욕침대 위에 누웠다. 내 인생
최초로 세신사에게 몸을 맡기는 날이 오늘이 될 줄은 몰
랐다.

　내가 세상에서 제일 돈이 아깝다고 생각해온 일 중 하
나는 세신사에게 때밀이를 맡기는 일이다. 어렸을 때부터
아버지와 공중목욕탕에 함께 다녔던 나는 항상 내 몸의
때를 스스로 밀었고, 등만 아버지께 맡겼다. 늘 그렇게 살
아온 터라 누군가에게 돈을 주고 때를 미는 일은 상상하
기 어려웠다.

　내 몸 구석구석을 오가는 세신사의 때수건은 적당히 따

끔했고, 또 적당히 청량했다. 나는 때수건이 겨드랑이와 사타구니 등 민감한 부위를 스치고 지나갈 때마다 민망함에 움찔했다. 그러나 청량감이 민망함보다 컸다. 특히 때수건이 내 등 구석구석을 문지를 때에는 얼음을 섞은 사이다를 마시는 듯한 청량감을 느꼈다. 세신사에게 몸을 맡기는 일은 결코 돈 아까운 일이 아니었다. 세신사는 몸을 뒤집어달라, 오른팔을 들어달라, 몸을 왼쪽으로 돌려달라는 등의 다양한 지시를 했고 나는 말없이 지시에 순종했다.

때수건의 질감을 느끼며 몇 년 전 췌장암을 앓다가 돌아가신 어머니의 모습을 머릿속에 떠올렸다. 생전에 어머니는 공중목욕탕에서 누군가에게 알몸을 보이는 일을 부끄럽게 여겼다. 그 때문에 주로 집에서 목욕을 하셨는데, 김이 서린 욕실에 웅크려 앉아 나에게 작은 등을 내보였다. 나는 초등학교 저학년 때부터 어머니의 등을 밀었다. 나에게 어머니의 등을 미는 일은 일상에 가까웠다.

내가 마지막으로 어머니의 등을 민 것은 〈매일한국〉에 수습기자로 입사한 후 고향에 내려갔을 때였다. 작았던 어머니의 등이 더욱 작아져 있었다. 눈에서 갑자기 눈물이 터져 나왔다. 나는 말없이 어머니의 등을 밀었다. 그날 마주친 어머니의 등은 내 추억 속에 생생하게 결빙됐다. 어머니는 사람들이 자신의 등을 얼마든지 맡길 수 있는 기자가 돼달라고 부탁했다. 나는 알겠다고 대답했지만, 무슨 의미인지 알아듣지는 못했다.

상대방의 지위고하를 짐작할 수 없는 고요한 평등의 광장 안 자욱한 수증기에는, 신원 파악이 불가능한 수많은 체취들이 서려 있었다. 대중목욕탕의 평화는 서로 간의 익명성과 침묵을 보장함으로써 이뤄진다. 허물없는 사이가 아닌 이상 옆자리의 누군가에게 때를 밀어달라며 자신의 등을 보이는 일은 쉽지 않다. 헐벗은 군중 속에서 홀로 닿지 않는 등을 밀기 위해 애쓰는 배 나온 사내의 애잔한 모습은 목욕탕에서 흔한 풍경이다. 나는 등의 구석구석에 닿는 때수건의 질감과 목욕탕에 서린 수많은 체취를 통해 어머니의 부탁이 무슨 의미였는지 짐작할 수 있었다. 돌이켜보니 나는 지금까지 어머니의 부탁을 제대로 지키지 못했고, 앞으로는 더욱 지키지 못할 것 같았다. 내 머릿속에선 나에게 등을 내보이는 수연의 모습이 멋대로 떠올랐다. 나는 무거운 마음을 안고 사무실로 돌아왔다.

"대혁 씨, 얼굴에 광이 나네? 사우나 다녀왔어?"

최 팀장은 일부러 부원들이 들으라는 듯 짓궂게 물었다. 나는 말없이 억지로 웃으며 자리에 앉았다. 이 실장이 오후회의를 소집했다.

"오전에 여러 언론사를 통해 기사가 나간 이후, 행복당 쪽에서 연락이 왔습니다. 종로선거구 후보경선 참여가 어렵다면 김헌영 의원의 기존 지역구 출마나 비례대표는 어떻겠느냐고 제안하더군요."

최 팀장은 어이없다는 표정으로 목소리를 높였다.

"행복당 이것들 진짜 가지가지 하네. 잡룡이 된 김헌영 의원이 버리고 떠난 지역구에 출마하라고요? 게다가 대표님은 그 동네에 아무런 연고도 없는데? 뭐 그건 그렇다고 치죠. 행복당이 그 지역구에 김 의원 대신 새로 임명한 지역위원장은 가만히 있겠습니까? 이 대표를 전략공천하면 지역위원장이 참 잘 도와주겠습니다. 만에 하나 지역위원장이 반발해 무소속 출마라도 해버린다면 자유당이 어부지리로 그 동네를 먹을 수도 있습니다. 지금 그 동네에서 행복당을 바라보는 시선이 곱지 않거든요. 그러면 이 대표님 체면만 구겨집니다. 행복당 쪽에 아무런 답도 주지 마세요. 급하면 알아서 기어들어오게 돼 있습니다. 절대 우리가 먼저 움직일 필요는 없습니다. 대혁 씨도 그렇게 생각하지 않아?"

"아! 네……."

나는 최 팀장의 갑작스러운 물음에 놀라 말꼬리를 흐렸다. 이 실장은 아무 말도 하지 않았다. 그는 부원들의 보고를 몇 가지 더 받은 뒤 회의를 마쳤다. 오후에 별다른 업무가 없어서 나는 잠시 사무실에서 나와 카페로 향했다. 아메리카노를 주문하고 창가자리에 앉았다. 전화벨이 울렸다. 병희 형이었다.

"너는 꼭 형이 전화를 해야 목소리를 들을 수 있더라?"

"형. 정말 죄송해요. 일 때문에 깜빡했어요."

"너만 바쁘냐? 나도 바쁘다. 대혁아, 형 곧 회사에 퇴사한다고 알릴 거다."

"벌써 회사에 알리겠다고요? 너무 이르지 않아요?"

"이르긴 뭐가 일러. 다음 달인데. 캡 자리에 아무나 데려다 앉혀놓을 순 없잖아. 회사도 준비해야지."

"형, 언제 시간 편해요? 떠나기 전에 준비할 게 많죠? 바쁘지 않아요?"

"와이프하고 애들은 먼저 캐나다로 떠났어. 와이프가 네 얼굴 못 보고 떠나서 미안하다고 전해달라더라. 나는 집 정리하고 몸만 가면 된다. 준비할 게 별로 없어. 모레 저녁에 괜찮다. 너는 어때?"

"저도 그때 별일이 없을 것 같아요. 그날 오후에 연락드릴게요."

나는 전화를 끊은 뒤 커피잔을 들고 카페 바깥으로 나왔다. 살갗에 닿는 햇살과 바람이 봄처럼 따뜻했다. 문득

물이 흐르는 소리를 듣고 싶었다. 청계광장으로 가기 위해 광화문네거리 횡단보도 위에 섰다. 횡단보도 위에서 무심코 광화문광장으로 시선을 돌렸다. 날이 따뜻해졌기 때문인지, 며칠 전보다 1인 시위를 벌이고 있는 사람들의 모습이 눈에 띄었다. 그중 한 사람이 시선을 붙잡았다. 한 여성이 붉은색 바탕에 흰색 글씨로 'No Gain No Pain'이라고 적은 커다란 피켓을 들고 서 있었다. 흰색 글씨는 붉은색 바탕 위에서 선명했다. 횡단보도에 파란불이 켜졌다. 그 피켓에서 시선을 거두지 못한 나는 사람들에게 떠밀리듯 횡단보도를 건넜다. 갑자기 등이 근질거렸다. 나는 커피잔을 왼손에 들고 오른손을 등 뒤로 집어넣었다. 많은 사람들이 내 주위를 스치고 지나갔다. 손가락 끝이 간지러운 부위의 근처만 맴돌았다.

연대책임

나는 이 실장의 지시로 오랜만에 여의도를 찾았다. 오너가 총선 출마를 공식 선언하게 되면 〈매일한국〉의 지원 사격이 필요한 만큼, 사내 정치부 기자들을 만나 현장 분위기를 파악해보라는 지시였다. 9호선 국회의사당역에 내려서 국회 정문과 연결된 6번 출입구로 향했다. 출입구의 지상부는 마치 용의 형상을 닮은 육중한 철골 구조물로 조성돼 있었다. 익숙한 얼굴이 다가오며 손을 흔들었다. 동기이자 1살 동생인 이명선 기자였다.

"형, 오느라 고생했어. 시간이 조금 이르긴 한데 점심부터 먹을까?"

"지하철 타면 금방인데 고생은. 그나저나 여기 출입구

모양이 조금 특이하네?"

"국회의원 새끼들이 유별나서 그래. 9호선 모든 역 출입구 중 오직 이 출입구만 이 지랄로 생겨 먹었어."

명선은 독특한 출입구에 얽힌 사연을 줄줄 늘어놓았다. 지하철 9호선 건설 투자에 참여한 민간사업자는 국회로부터 의사당 정문으로 통하는 6번 출구를 다른 역과 다르게 다시 건설해달라는 요청을 받았다. 이에 민간사업자는 9호선은 어느 역이나 같은 분위기를 낼 수 있도록 설계됐기 때문에 설계변경과 재시공은 곤란하다는 입장을 국회에 전달했다. 특히 9호선 출입구 설계를 맡은 관계자들의 반발이 컸다. 이들은 9호선 출입구는 지하철 역사에 첫 적용되는 공공 디자인 사례인데 특정 출입구만 다르게 설계할 수 없다고 강력하게 주장했다. 하지만 국회의 거듭된 재설계 요구에 민간사업자는 제3의 설계회사를 통해 출입구를 새롭게 디자인해 재시공에 들어갔다.

"그런 사정이 있어서 이 출입구가 국회의사당역 출구 중 제일 늦게 열렸어. 내가 듣기로는 이 출입구 재시공에만 20억 원 넘게 추가로 들어갔다더라. 그 돈이 다 세금이잖아. 내가 국회에 출입하며 정당을 취재하고 있긴 하지만, 이 새끼들 진짜 개새끼들이야."

국회 방향을 향해 침을 뱉은 명선이 나를 가까운 곰탕

집으로 이끌었다. 이미 많은 손님들이 식사를 하고 있었지만, 다행히 빈자리가 남아 있었다. 자리를 잡고 앉자마자 그는 주위를 살피고는 고개를 내밀고 나지막한 목소리로 물었다.

"오너가 출마를 하긴 하는 거야?"

"출마는 기정사실인데, 여당이냐 야당이냐를 두고 고민이지."

"당선되면 편집국 분위기 하나는 좋아지겠네. 적어도 오너가 편집국 운영에 직접 간섭하진 않을 테니 말이야. 지금 돌아가는 상황을 보면 야당 간판으로 나와서 당선되는 게 낫긴 해. 내가 야당 출입이라서 이렇게 말하는 게 아니라, 다음 대선에서 자유당이 승리할 가능성은 거의 없어. 자유당이 오너한테 러브콜을 자꾸 보내고 있는데, 당선돼봐야 별 볼일 없어. 아무튼 외부에선 오너에 대한 이미지가 대단히 좋아. 심지어 타사 기자들 중에도 오너한테 호감을 가진 녀석들이 적지 않아. 우리 눈에나 오너가 독재자처럼 보일 뿐이야. 원래 집안 사정은 가족이 아니면 잘 모르는 법이잖아."

야당 2진 기자인 명선의 전망도 최 팀장과 같았다. 주문한 곰탕이 나왔다. 곰탕을 담은 널찍한 놋그릇은 그 자체로 멋스러워 식욕을 불러일으켰다. 국물의 맛은 깊었고, 국물에 담긴 큼직한 고기는 두껍지만 육질이 부드러웠다. 깍두기의 맛은 묵은 듯 시큼했는데, 식감이 아삭해 시원한 맛을 냈다. 나는 깍두기가 부족해 추가로 주문했다. 종업원은 표정 없이 깍두기를 내오며 요즘 무가 비싸다고 무뚝뚝하게 말했다.

"형. 이 집은 맛도 한결같고, 불친절한 서비스도 한결같지?"

"그래도 맛없고 불친절한 것보다 맛있고 불친절한 게 낫잖아?"

"맛없는데 친절한 집이면?"

"그건 대놓고 욕할 수도 없어 난감하네. 하지만 다시 그 집에 가진 않을 것 같다."

"형. 한결같이 맛이 있으면서도 친절한 음식점이 최고인데, 그런 음식점은 드물잖아. 선거도 마찬가지야. 우리가 선택할 수 있는 한도 내에서 차악을 선택하는 거지. 우리나라에는 선거에 나서는 양반치고 존경할 만한 인간이 별로 없으니까."

명선의 말을 들으며 나는 얼마 전 중고차를 구입하기 위해 고민했던 과정을 떠올렸다. 내가 전에 몰았던 차는 SUV인 2000년식 레토나다. 이 차는 미세먼지 발생 주범으로 꼽히는 노후 경유차로, 최근 자동차종합검사에서 간신히 매연 기준을 통과했다. 또한 이 차는 매연저감장치를 부착하고 있지 않아 내년에는 강화된 매연 기준을 넘기기 어려운 상황이다. 나는 서울시가 시행 중인 노후 경유차 조기 폐차제도로 이 차를 폐차하고 약간의 보상금을 받았다. 보상금은 새로운 중고차를 구입하는 데 보탰다.

가진 돈이 많으면 깔끔하게 신차를 뽑으면 될 일이나, 내 주머니 사정으로 신차는 언감생심이었다. 대출을 끼면 신차를 구입할 수도 있다. 하지만 지난 1990년대 말 IMF 금융위기로 집안이 박살 나는 꼴을 본 이후 대출 이자는 공포영화보다 두려웠다. 폼은 나지 않아도 부채 없이 안정적인 재정을 꾸리며 살아가겠다는 것이 지금까지 내 경제정책의 기조였다. 알아본 일은 없지만 아마도 내 신용등급은 꽤 높은 편일 것이다. 그런 나에게 매달 대출금을 갚아나가야 하는 신차 구입은 선택지 밖의 일이었다.

나는 예산을 1000만 원 미만으로 잡았다. 1000만 원은 빚을 내지 않고 중고차를 구입할 수 있는 내 예산의 마지노선이었다. 처음에 나는 뉴스포티지를 구입하려고 했다. 하지만 정인이 결사반대했다. 이미 내 고물 레토나를 오랫동안 경험해본 정인은 SUV라면 학을 뗐다. 나는 아쉽지만 SUV를 후보에서 제외해야 했다.

지난여름, 나는 정인과 제주도에서 휴가를 보냈다. 그

때 나는 소형 박스카 쏘울을 렌트했는데, 몰아보니 승차
감이 레토나와 비교하면 신세계였다. 연비도, 디자인도
모두 마음에 들었다. 쏘울을 몰며 나는 그동안 몰아온 레
토나가 얼마나 고물인지 실감했다. 몇몇 지인들이 내 고
물차에 호기심을 느껴 핸들을 잡은 일이 있는데, 모두들
조금 몰아보더니 도저히 안되겠다며 핸들을 도로 넘겼다.
제주도에서 나는 그들의 마음을 그제야 헤아릴 수 있었
다. 나는 쏘울을 유력한 후보로 올렸다. 그러나 괜찮은 물
건을 구입하려면 예산이 초과될 것 같았다. 예산에 맞추
려면 연식과 주행거리를 양보해야 했다.

조금 더 차를 알아보니 프라이드도 눈에 띄었다. 쏘울
보다 연비가 좋고 가격도 저렴해 예산을 많이 남길 수 있
는 물건이었다. 하지만 차체의 크기가 작아 마음에 들지
않았다. 내 첫차는 경차로 분류되는 비스토였다. 그 차를
몰면서 도로에서 다른 차가 방향지시등을 켜지 않고 함부
로 내 앞에 끼어드는 일을 자주 겪었다. 레토나를 구입했
던 이유도 그런 일을 겪지 않기 위함이었다. 레토나는 덩
치가 커서 내가 경차를 몰 때 겪었던 난감한 일을 피할 수
있는 차였다. 프라이드는 경차보다 차체가 조금 더 컸지
만, 내 눈에는 경차만큼 작아 보여 탐탁지 않았다.

마지막에는 폴크스바겐 뉴비틀이 눈에 띄었다. 놀랍게

도 뉴비틀 중고차는 외제차인데도 내 예산으로 충분히 구입할 수 있었다. 차체의 디자인 역시 매우 마음에 들었다. 하지만 이리저리 알아보니 뉴비틀은 중고차로 구입하는 순간부터 근심이 시작되는 물건이었다. 연비도 그리 좋지 않았고, 승차감 또한 악명 높았다. 무엇보다도 고장 나면 정비할 때 들어가는 비용이 장난이 아니었다. 그런데 우습게도 내 눈은 뉴비틀로 자꾸 향했다. 정인도 나와 마찬가지였다.

고급 중고차는 신차만큼 비싸 대출 없이 구입할 수 없으며, 대출조건 역시 까다롭다. 무리하게 대출을 받아 차를 구입하면 자칫 '카푸어' 신세로 전락할 수도 있다. 디자인만 쫓다 보면 연비와 승차감을 포기해야 하는 경우가 생긴다. 반대로 연비를 우선 조건으로 고르면 디자인을 포기해야 되는 경우가 생길 수도 있다.

중고차를 구입하는 과정은 사람을 고르는 일과 비슷하다. 경우의 수는 다양하지만, 모든 것을 만족시키는 경우의 수는 없다. 외모는 괜찮은데 성격이나 능력이 떨어지는 사람, 외모와 성격은 좋은데 능력이 부족한 사람, 외모와 능력은 좋은데 성격은 더러운 사람, 능력은 좋은데 외모와 성격이 별로인 사람, 능력과 성격은 좋은데 외모가 빠지는 사람, 모든 게 완벽해 보이는데 종교가 같지 않은 사람 등 저마다 상대방에게 바라는 요소는 다르겠지만, 내 경험상 오랫동안 좋은 관계를 유지하게 만들어주는 요소는 성격이었다. 성격이 좋으면 처음에는 눈에 들어오지 않던 외모도 점점 예쁘게 보였다. 나는 중고차를 고르며 정인에게 이 말을 했다가 며칠 동안 잔소리를 들었다.

그런 시각을 가지고 차를 고르다 보니 시야가 맑아졌다. 자연스럽게 뉴비틀은 후보에서 사라졌다. 프라이드는 실용성과 가격의 우위에도 불구하고 과거 경차를 몰던 시절에 도로에서 겪은 수모들을 떠올리게 해 후보에서 탈락했다. 최종후보는 쏘울로 정리됐다. 연식은 좀 됐지만, 주행거리는 짧은 새것 같은 중고가 내 예산과 딱 맞았다. 뉴비틀의 디자인에 눈을 떼지 못했던 정인도 결국 내 선택에 동의했다. 나는 명선에게 내 중고차 구입과정을 들려주며 선거와 비슷한 것 같다고 말했다. 명선이 물었다.

"형은 중고차를 고르는 과정에 들이는 노력만큼 투표에 신경을 써봤어?"

나는 그 물음에 말문이 막혔다. 명선은 그런 내 모습을 보며 쓴웃음을 지었다.

"나도 정치부에서 취재하기 전에는 형하고 같았어. 중고차는 당면과제인데, 투표는 당장 결과로 나타나는 행위가 아니니까. 그런데 이 바닥에서 몇 년 구르다 보니 투표가 얼마나 중요한지를 절실히 깨닫게 됐어. 저 의사당에 저질들이 생각보다 너무 많아. 겨우 저런 놈들이 우리의 삶을 좌지우지하고 있다는 걸 믿을 수 없었어. 선거가 얼마나 대단한 제도인지 알아? 불과 70년 전만 하더라도 위정자들을 우리 손으로 갈아치울 수 있다는 걸 상상할 수도 없었어. 저런 놈들이 저 자리에 있는 현실은 우리 책임이기도 해. 쓰레기를 치우지 않고 쌓아두면 파리가 집주인 행세를 하기 마련이거든."

명선은 곰탕의 국물까지 모두 들이켜며 그릇을 비운 뒤 땀을 닦았다.

"이 집도 마찬가지야. 왜 비싼 돈을 주고 눈칫밥을 먹어? 세금 내고 공무원한테 굽실거릴 필요 없잖아? 그거하고 똑같아. 불친절도 전통이라고? 악습은 전통이 아니야. 손님들이 가만히 있으니까 기고만장해진 거야. 온라인에서만 서비스가 나쁘다고 백날 떠들면 뭐 해. 진상 손님이란 소리를 듣게 되더라도, 직접 얼굴을 보고 한마디를 해줘야 태도가 바뀌지. 자기가 총대 메긴 싫으니까 맛만 있으면 상관없다고 자위하는 사람들도 있더라. 그런데 경제를 살리겠다고 공약한 부도덕한 대통령을 선택했던 대가가 무엇이었는지 생각해봐. 이 집의 불친절은 모든 손님들의 연대책임이야."

명선은 계산을 하며 직원에게 굳이 무뚝뚝한 표정으로 무가 비싸다고 손님에게 무안을 줄 필요가 있느냐고 따졌다. 직원은 별 대꾸가 없었다. 오히려 직원은 황당하다는 표정을 지었다. 계산을 마치고 밖으로 나온 명선이 기지개를 펴며 담배를 피워 물었다.

　"형. 나 요즘 일부러 점심때마다 여기 와서 밥 먹어. 손님 무서운 걸 알게 하려고. 형도 알잖아. 맛있게 먹다가 불친절에 기분이 상해서 다시 저 집에 발길을 들이지 않는 손님도 많다는 것. 손님을 왕처럼 모실 필요는 없어. 바라지도 않고. 다만 최소한의 서비스 정신은 갖춰야지. 저건 맛에 대한 자신감이 아니라 가게에 지금의 명성을 가져다준 손님에 대한 무례야. 침묵은 금이라고? 웃기는 소리야. 그 침묵 때문에 나라가 이 모양 이 꼴이 된 거야. 국민이 떠들지 않으면 위정자들은 움직이지 않아. 그런데 이렇게 말하는 나도 정작 기사로는 제대로 떠들지 못하고 음식점에나 와서 이러고 있다. 밥을 먹게 만들어주는 곳을 거스를 수 없으니. 한심한 일이지. 형은 기조실에서 일할 만해? 편집국하고 많이 다르지?"

　"할 만하고 자시고 할 게 어디 있냐. 네 말대로 밥을 먹게 만들어주는 곳을 거스를 수 없으니 따르는 것뿐이지."

　명선이 담배 연기를 내뿜으며 물었다.

"형. 나도 대강 알고 물어보는 거니까 발뺌하지 마. 자유당이 오너한테 러브콜 하고 있다는 내용의 찌라시 말이야. 그거 기조실에서 뿌린 거지?"

"뭐……. 그렇지……."

나는 솔직하게 말하기 쑥스러워 말꼬리를 흐렸다.

"우리 회사로 온 최종훈 팀장 말이야. 어떤 사람인지 여당반장이 얘기해주더라. 원래 배형규 의원 보좌관으로 오래 일했다며? 그동안 배 의원 측이 자신한테 유리한 정보를 바깥에 흘렸던 방법이 찌라시를 만들어 흘리는 것이었는데, 그걸 최 팀장이 전담해왔다고 들었어. 오너 관련 정보가 찌라시로 뜨는 걸 보고, 여당반장이 이건 최종훈 작품이라고 말하더라고. 이미 알 만한 기자들은 다 알아."

나는 그 찌라시를 내가 작성했으며, 최 팀장에게 검사를 받아 직접 배포했다고 차마 말할 수 없었다.

"형. 그래도 최 팀장은 양반이야. 찌라시이긴 하지만 어디까지나 팩트를 포장한 거잖아. 선거에서 승리하려고 상대 후보를 온갖 거짓으로 음해하는 것보다 최 팀장처럼 팩트를 잘 포장해 찌라시로 흘리는 게 점잖지. 적어도 지금까지 배 의원 측이 선거법 위반으로 구설수에 오른 일은 없거든. 엉뚱하게 밖에서 애만 안 낳았어도 무난히 4선을 했을 양반이야. 메시지를 막을 수 없다면 메신저를 공격하라는 말이 있잖아. 역정보를 흘리는 찌라시가 얼마나 많은데. 특히 대기업에서 흘러나오는 역정보들이 장난 아니야."

명선은 한 대기업 임원 A가 홍보대행사 대표 B를 상대로 저지른 음해 사건을 예로 들었다. A는 B가 자기 회사 여직원에게 언론사 간부 상대로 성접대를 지시했다는 거짓 내용을 담은 찌라시를 퍼트렸다가 검찰 조사를 받게 됐다. A가 찌라시를 퍼트렸던 이유는 해당 대기업의 총수와 총수의 동생이 벌인 법적 분쟁 때문이었다. 경영권 싸움에서 밀린 총수의 동생은 주주로서 계열사의 경영상태를 확인하고 싶다며 계열사를 상대로 회계장부 열람 가처분 신청을 제기했다. B는 총수의 동생 입장을 대변하는 역할을 맡아왔다. A는 여론전에서 유리한 고지를 점하기 위해 찌라시로 B의 신뢰도를 떨어뜨리려 했으나 들통이 나 실패했다. 명선은 담배를 신경질적으로 밟아 껐다.

"얼마 전에 구속된 대기업 총수 있잖아. 그 양반이 취임하기 직전에 찬성파와 반대파가 서로 얼마나 많이 음해성 소문을 찌라시로 쏟아냈는지 알아? 기자, 기업인, 정치인들 대부분이 찌라시를 보니까 언젠가부터 찌라시가 지하에서 여론 형성 기능을 하고 있어. 지금도 많은 기자들이 찌라시에 나온 내용을 보고 추가 취재를 하잖아. 예전에 검찰총장 혼외자 논란도 찌라시로 먼저 뜬 다음에 기자들이 추가 취재해 특종을 잡았다는 것 알아? 언론이 해야 할 일을 찌라시가 먼저 하는 기가 막힌 상황이 벌어진 거야. 기자가 남들보다 분명히 더 많은 정보를 알고 있긴 하지만, 엄청나게 대단한 정보를 더 많이 알고 있진 않잖아. 그렇게 대단한 정보를 많이 알고 있다면 말도 안 되는 단독 기사가 범람하겠어? 아마도 증권가나 대기업에서 정보를 다루는 이들이 기자보다 훨씬 고급 정보를 많이 갖고 있을걸? 가끔은 찌라시가 언론인지 언론이 찌라시인지 헷갈려. 그러면 나는 뭐 하는 놈일까? 언제쯤 기자가 기자 역할을 할 수 있을까? 형은 지금처럼 기자 명함 파놓은 상태로 찌라시나 작성하고 뿌리며 지내도 정말 괜찮은 거야?"

나는 명선의 말에 순간 짜증이 일었다.

"솔직히 우리한테 무슨 힘이 있지? 기자가 쓰고 싶은 기자를 마음대로 쓰는 존재는 아니잖아. 소속된 매체의 스탠스와 다른 기사는 아무리 발제해봐야 기사화가 어렵다는 건 너도 잘 알잖아. 데스크라는 벽을 넘기 어렵고, 그 벽을 넘으면 편집국장이나 오너의 벽이 버티고 있는데. 보수일간지와 경제지가 노조 편을 들어주는 모습 봤어? 진보일간지가 대기업을 칭찬하는 모습 봤어? 누군가는 공적인 역할을 하는 기자가 어느 한쪽으로 치우치면 안 된다고 반론을 제기하겠지. 그렇다면 나도 묻고 싶다. 기자도 노동자 맞지? 상식을 갖고 있다면 이를 부정할 사람은 없겠지. 그렇다면 기자라는 노동자가 생산한 상품인 기사를 누구나 공짜로 보는 행위는 잘못 아닌가?"

명선은 대꾸를 하려다 답답한 표정을 지으며 다시 담배를 꺼내 물었다. 나는 다시 명선에게 신경질적으로 말했다.

"독자가 원하는 이상적인 언론을 만드는 방법은 매우 간단해. 언론이 기업과 정부의 광고에 의존하지 않도록 기사를 유료화하면 돼. 독자가 기사를 생필품 구입하듯 돈 주고 사서 보면 언론이 독자의 눈치를 보지, 기업과 정부의 눈치를 보겠어? 아마 기사의 질도 매우 높아질걸? 독자로부터 외면당하면 바로 시장에서 퇴출될 테니까. 기사에 목숨을 걸지 않을 기자들이 없겠지. 질 낮은 낚시 기사와 우라까이로 인터넷 클릭수를 늘려 광고비를 따먹는 매체는 처음부터 발붙일 수 없게 될 거야. 그런데 말이다. 지금처럼 뉴스를 당연히 공짜라고 생각하는 독자들이 대부분인 세상에서 언론이 독자의 눈치를 볼까, 돈줄을 쥔 기업과 정부의 눈치를 볼까? 백날 독자가 기레기라고 욕하고 떠들어봐야 언론은 코웃음도 안 친다. 앞으로도 크게 달라지지 않을 거야. 기레기는 계속 기레기로 남을 테고, 독자도 지갑을 열진 않겠지. 아마 우린 곧 망할 거야."

둘 사이에 잠시 침묵이 이어졌다. 명선이 먼저 침묵을 깼다.

"형이 기조실로 올라간 걸 두고 말들이 많아. 나야 형이 그런 사람이 아니란 걸 잘 알지만, 사내에선 형이 출세하려고 오너의 뒤꽁무니를 빠는 줄로 아는 사람들이 꽤 있어. 심지어 인턴 자살 사건의 은폐를 돕기 위해 올라간 것 아니냐고 의심하는 사람들도 있더라. 도대체 어떻게 갑자기 기조실로 올라가게 된 거야?"

나는 명선의 질문에 가슴이 몹시 답답해지는 것을 느끼며 힘들게 답했다.

"이야기하기 어려운 부분이 많은데……. 오너의 뒤꽁무니를 빨기 위해 올라간 건 절대로 아니야. 그건 믿어줘."

명선은 더 캐묻지 않았다.

"아무튼 형. 업무 때문에 자주 보게 될 테니 자세한 건 그때 가서 이야기하자."

"그래, 명선아. 바쁜데 시간 내줘서 고맙다."

나는 명선이 멀어지는 모습을 바라보며 이 실장에게 전화를 걸었다.

"실장. 박대혁입니다. 혹시 식사 중이시면 나중에 다시 걸겠습니다."

"괜찮습니다. 정치부 쪽에서는 뭐라고 말하던가요?"

"야당 2진인 이명선 기자를 만나 이야기를 들어봤는데, 최 팀장이 하신 말씀과 크게 다르지 않았습니다. 야당 쪽에선 다른 반응이 없었습니까?"

"자세한 이야기는 나중에 회의에 하겠지만, 야당 측이 전보다 긍정적인 반응을 보이고 있습니다."

"네, 알겠습니다. 오후에 회사에서 뵙겠습니다."

"오늘 오후에는 회의가 없으니 굳이 회사로 돌아오실 필요는 없습니다. 외부에서 추가로 일 보실 것 있으면 보시고 바로 퇴근하세요. 오늘 들으신 내용을 간략하게 정리해 저에게 보내주시기 바랍니다."

갑작스럽게 주어진 여유 시간이 어색하게 느껴졌다. 나는 가까운 카페로 향했다. 카페로 들어와 아메리카노 한 잔을 주문하고 창가 자리에 앉았다. 통유리의 색이 짙어서 맑은 하늘이 흐리게 보였다. 나는 태블릿으로 포털 사이트 뉴스 페이지에 접속해 정치 관련 기사들을 확인했다. '11개월 쪼개기 계약… 국회 인턴의 눈물'이란 제목의 기사가 보였다. 이 기사는 입법 기관인 국회가 인턴을 채용하면서 법의 허점을 이용해 계약기간을 12개월 미만으로 정하는 꼼수를 부리고 있다고 지적했다. 이 기사에 소개된 청년은 대학 졸업 후 30 대 1의 경쟁률을 뚫고 국회 인턴을 시작해 3년을 일했다. 그러나 그가 받은 월급은 최저임금 수준이었고, 그 사이에 이뤄진 계약 갱신만 다섯 차례에 달했다. 이 때문에 그는 근무 경력을 제대로 인정받지 못한 채 인턴으로만 떠돌고 있었다. 국회 사무처는 예산문제가 걸려 있어 대책 마련을 논의 중이라고 입장을 밝혔다.

이 기사의 인기 댓글 중에는 이 기사를 보도한 매체에서 근로계약서 한 장 없이 인턴으로 일하며 부당한 대우를 당했다는 네티즌의 고발성 댓글이 있었다. 이 네티즌은 "이 매체가 우리는 아쉬울 게 전혀 없는데, 네가 원하니까 일할 기회를 준다는 태도로 자신을 대했다"며 "계약서 한 장 안 쓰고 두 달 동안 마음대로 굴리더니 고작 70만 원을 던져줬다"고 분통을 터뜨렸다. "김 열사의 죽음을 잊지 말자"며 'No Gain No Pain' 페이지를 통한 연대를 주장하는 댓글도 보였다. 이 댓글에는 스무 명도 모이지 않았던 플래시몹 현장을 언급하며 조롱하는 댓글이 몇 개 달려 있었다. 나는 뉴스 페이지를 닫고 태블릿으로 명선에게서 들은 이야기들을 정리해 이 실장에게 메신저로 보냈다. 이미 회의에서 언급됐던 하나마나한 이야기였다. 이 실장은 짧게 수고했다고 답했다.

영웅

 행복당은 오녀를 종로선거구에 전략공천 한다고 발표
했다. 이 선거구를 노리던 당내 원외인사들은 경선을 치
러야 한다며 반발했다. 자유당 또한 야합이라며 행복당의
전략공천을 맹비난했다. 그러나 행복당 원외인사들은 당
에서 뛰쳐나와 선거에 출마해 승리할 자신이 없었고, 자
유당은 오녀를 영입하기 위해 오랫동안 공을 들여왔다는
것 외에는 명분이 없었다. 이로써 종로선거구는 자유당
간판을 달고 출마할 누군가, 행복당이 전략공천 한 오녀,
무소속으로 출마하는 배 의원 등 3파전으로 굳어졌다. 이
실장은 기획조정실 오전 회의에서 조만간 선거사무소가
열리며, 일부 부원들이 기조실에서 선거사무소로 이동하

게 될 것이라고 밝혔다. 나는 내가 선거사무소로 이동하
는 일이 없기를 바랐다.

커피를 사러 사옥 바깥으로 나가던 중 엘리베이터 안에
서 국장과 마주쳤다. 내가 말없이 목례를 하자 그는 기획
조정실에서 지낼 만하냐고 안부를 물었다. 나는 지낼 만
하다고 마음에도 없는 말을 했다. 그는 내 말에 기분이 좋
아진 듯 한마디를 더 보태며 내 어깨를 두드렸다.

"기조실에 너를 추천한 게 나다. 좋은 기회니까 잘해봐."

짐작은 했다. 하지만 국장에게서 직접 갑작스러운 인사
의 배경을 들으니 기분이 씁쓸했다. 누군가에게 왜 기자
라는 직업을 택했느냐는 물음을 들으면 나는 근로자에게
하루아침에 문자로 해고통보를 하는 기업들을 질타하며
"조직의 부속품이 되기 싫어서"라고 허세를 부리곤 했다.
그런 질문을 다시 받는다면 이제 무엇 때문이라고 대답
할 수 있을까? 내가 과연 기자이기나 한 건가? 국장의 말
은 나 또한 조직의 부속품에 불과하다는 현실을 다시 한
번 상기시켰다. 1층에서 엘리베이터 문이 열렸다. 엘리베
이터를 기다리고 있던 몇몇 편집부 선배 기자들이 국장을
보고 어색하게 목례를 했다. 나는 그들에게 목례를 했지
만, 그들은 내 목례를 받아주지 않았다. 그들의 태도를 통
해 나는 어제 명선이 말해준 편집국 내 분위기를 짐작할

수 있었다. 엘리베이터에서 빠져나오던 국장이 나를 돌아보며 말했다.

"병희 그만둔다더라. 캐나다로 이민 간다던데, 너도 알고 있었냐?"

나는 국장의 말을 듣고 오늘 저녁에 병희 형과 만나기로 한 약속을 기억해냈다. 카페에서 주문한 아메리카노 한 잔을 받자마자 병희 형에게 전화를 걸었다.

"박대혁 님. 난 또 대혁 님이 하도 바빠서 약속을 잊으신 줄 알았습니다."

"빨리 전화를 드렸어야 했는데 죄송해요. 오늘 어디서 뵐까요?"

"우리 집에서 한잔 어때? 어차피 나 말고 아무도 없으니 여기로 와라. 술은 좋은 것 몇 병 있으니 쓸데없이 들고 오지 말고. 어딘지 기억하지?"

퇴근 후 나는 지하철을 타고 6호선 버티고개역에서 내렸다. 오랜만에 온 데다 아파트 단지가 크고 복잡해 갈피를 잡기 어려웠다. 나는 병희 형에게 전화해 다시 아파트의 동과 호수를 물어야만 했다. 겨우 병희 형의 집을 찾아 현관문을 열고 들어온 나는 멋쩍은 목소리로 인사말을 건넸다.

"간만에 왔더니 찾기가 쉽지 않네요. 근처에서 안주거

리를 좀 사오려고 했는데, 마땅한 게 없더라고요. 빈손으로 와서 죄송해요."

"죄송하면 족발이나 하나 주문하시든지. 얼마 전에 맛있는 족발집이 하나 생겼더라. 현관문 근처에 전화번호 붙어 있을 거다."

나는 전화를 걸어 족발을 주문하고 집 안을 둘러보았다. 짐 정리가 끝난 집 안은 목소리가 울릴 정도로 휑했다. 거실 한쪽 벽장을 가득 채운 카세트테이프만 예전 모습 그대로 남아 있었다.

"형. 카세트테이프는 캐나다로 가져가지 않으시려고요?"

"그 먼 땅에 부피만 잔뜩 차지하는 물건을 어떻게 가져가. 가지고 있던 CD 수천 장은 틈 나는 대로 모두 중고로 처분했다. 그런데 테이프는 중고로 처분하기가 쉽지 않더라. 갖고 싶은 물건 있으면 가져가라. 다 가져가도 안 말린다."

나는 벽장에 꽂힌 테이프들을 왼쪽 상단부터 차례로 뒤적였다. 김건모, 룰라, 신승훈, 서태지와아이들, 듀스, 솔리드 등 1990년대 가요계 황금기를 이끌었던 가수들의 히트작들이 즐비했다. 먼지가 뽀얗게 쌓인 테이프를 뒤적이며, 나는 마치 과거를 여행하는 듯한 기분을 느꼈다. 사춘기 시절, 동네 앨범 가게는 내 주된 활동 공간이었다.

테이프 가격은 4000~5000원가량이었다. 나는 당시 일주일에 용돈을 5000원씩 받았는데, 그 용돈 대부분을 테이프 구입에 썼다. 매 주말마다 단 한 개의 앨범만을 구입할 수 있어서 신중을 기해 앨범을 골랐다. 그렇게 모은 수많은 앨범들은 박스에 담긴 채 현재 고향 본가의 빈 방에 처박혀 있다.

벽장을 뒤적이던 손이 한 테이프에서 멈췄다. 밴드 '넥스트'가 지난 1994년에 발표한 두 번째 정규앨범 'The Being'이었다. '존재'라는 의미심장한 앨범 타이틀. 그 타이틀에 걸맞게 스케일이 거대한 강렬한 메탈 사운드와 정교한 연주. 철학적이라는 단어 외에는 표현이 불가능한 심도 있는 가사와 날카롭게 귀를 파고드는 고음역의 보컬. 나는 이 앨범 전체를 다 듣고 나면 교복 바지가 축축하게 젖어드는 듯한 희열을 느끼곤 했다. 기존 가요와 비교해 완전히 다른 음악을 들려줬던 넥스트의 리더 신해철은 내가 음악에 빠져든 이후에 만난 첫 번째 영웅이었다.

"세상은 날 길들이려 하네. 이제는 묻는다. 왜?"*와 "난 아직 내게 던져진 질문들을 일상의 피곤 속에 묻어버릴

---

* 넥스트 2집 'The Being'의 수록곡 'Destruction Of The Shell: 껍질의 파괴'의 가사 중 일부.

수는 없어"**와 같은 가사는 무슨 의미인지 쉽게 와닿지
않았지만 그저 멋있게 들렸다.

　신해철이 27살 때 이 앨범을 완성했다. 당시 중학교
2학년이었던 나는 27살이나 돼야 이런 대단한 일을 벌일
수 있다고 생각하며 빨리 나이 먹기를 바랐다. 27살이 됐
을 때 나는 그 바람이 얼마나 어처구니없는 것이었는지
깨닫게 됐다. 대학에서 졸업도 하지 못한 27살의 나는 밥
벌이조차 제대로 할 수 없는 잉여인간이었으니 말이다.
영웅은 아무나 될 수 없다는 사실을 그때 슬프게 깨달았
다. 오래전 일들을 추억하는 사이 족발이 배달됐다. 병희
형이 조니워커 블랙 라벨의 뚜껑을 열었다. 껍질이 야들
야들하고 촉촉한 족발은 위스키와 생각보다 잘 어울렸다.
병희 형이 족발을 뼈째 뜯으며 아쉽다는 표정을 지었다.

　"캐나다에선 이 맛있는 족발을 먹을 기회가 거의 없겠
지. 한국은 캐나다에서 저렴한 족발을 수입해서 먹는데,
정작 캐나다에선 한국식 족발을 먹을 수 없다니. 이게 무
슨 아이러니냐."

　"많이 먹어둬요. 그래야 당분간 족발 생각이 덜 나지.
족발 말고 아쉬운 음식은 없어요? 있으면 다음에는 그것

** 넥스트 2집 'The Being'의 수록곡 'The Dreamer'의 가사 중 일부.

먹으러 가요."

"생각해보니 평양냉면도 많이 아쉬울 것 같다. 족발은 여차하면 직접 집에서 요리해 먹을 수도 있지만, 평양냉면은 불가능하지 않냐. 갑자기 슬퍼지네."

"슬프면 그냥 형수하고 애들을 도로 한국으로 불러요."

"캐나다에서 완전히 눌러 살겠다는 건 아니야. 나중에 애들이 커서 한국으로 돌아오고 싶다고 말하면 돌아올 의향도 있어. 떠나려는 가장 큰 이유는 애들 교육환경 때문이지 뭐. 애들이 가장 애들답고 행복해야 할 시절에 학원뺑뺑이를 돌리고 싶진 않더라. 아이들의 날개를 자르면서 비상하라고 말하는 나라가 정상은 아니지. 괜찮은 세상은 절대 저절로 오지 않아. 내가 바꾸거나 아니면 떠나야지."

병희 형은 캐나다가 다른 나라에 비해 인종차별이 적은데다, 시민권과 영주권을 가지고 있으면 중고등 교육과정까지 무상교육을 받을 수 있어 교육비 부담이 적다고 말했다. 아직 자녀가 없는 나는 부성애를 이해하기 어려웠다. 도대체 어떤 감정이기에 많은 가장들이 '기러기아빠'를 자처하는 것일까. 왜 병희 형은 아무런 연고도 없는 캐나다로 이민을 떠나고, 후배들에게 가혹한 국장은 딸바보가 된 것일까.

"형수는 형 의견에 전적으로 찬성한 거예요?"

"와이프는 이민을 전혀 생각하지 않았어. 내가 우겼지. 혼자 이민 수속을 다 알아보고 와이프한테 사실상 통보를 했어. 애들 데리고 떠나자고."

"이 형 진짜 간이 크네. 형수가 그 성격에 가만히 있었어요? 취재 욕심도 많은데?"

"무언가 일을 저지를 때에는 와이프한테 허락 받을 생각 하면 안 돼. 허락 받는 것보다 용서 비는 게 더 빠르다. 그게 내 생활의 지혜야. 물론 그런 일을 자주 벌이면 씨알도 안 먹히지만. 가장 늦게 취직해서 가장 빨리 퇴사하지만, 가장 늦은 나이까지 일해야만 살 수 있는 나라가 정상이냐고 목소리를 높이니 더 토를 달지는 않더라."

나는 병희 형의 말이 어이없어 피식 웃었다.

"아까 테이프를 뒤지다가 넥스트 2집을 발견했어요. 그거 제가 가져갈게요."

"그 앨범 정말 명반이지. 다들 서태지와아이들을 빨 때 나는 그 앨범을 빨았다. 그때 학교에서 서태지 빠돌이들하고 엄청 싸웠지. 마왕*은 다시 태어나도 그 앨범 이상의 작품을 못 만들어낼 것 같아. 진짜 죽이는 앨범이야."

나는 테이프가 꽂힌 벽장을 보며 문득 병희 형의 영웅

---

* 신해철의 팬들이 그를 부르던 별명.

은 누구인지 궁금해졌다.

"형은 어떤 뮤지션을 제일 좋아했어요?"

"나야 예나 지금이나 늘 '메탈리카'지."

"형은 혹시 이런 생각해봤어요? 마왕이 넥스트 2집을 27살에 만들었잖아요. 저는 그 앨범을 듣고 27살이 되면 제가 그런 대단한 일을 할 수 있을 줄 알았거든요? 그런데 막상 27살이 돼 보니 현실은 시궁창이더라고요."

"나도 비슷한 생각을 해봤다. 메탈리카의 최고 앨범은 'Master Of Puppets'* 아니냐. 이 앨범을 만들어냈을 때 멤버들 평균 연령이 우리 나이로 고작 24살이었어. 그런데 나는 24살 이맘 때 GOP에서 제설작업을 하고 있었거든. 27살? 지미 헨드릭스는 그 나이에 기타 연주의 패러다임을 바꾼 뒤 약물중독으로 죽었고, '너바나'의 커트 코베인은 얼터너티브 록으로 세상을 뒤집어놓고 자살했어. 천하의 메탈리카까지 너바나의 영향을 받아 얼터너티브 록을 했잖아. 나는 27살 때 취업이 안 돼 전전긍긍하던 하찮은 예비 대졸자였는데."

나는 누구나 인정하는 실력파 기자인 병희 형도 나와

---

* 밴드 메탈리카가 지난 1986년에 발표한 세 번째 정규앨범으로 스래시 메탈 (Thrash Metal)의 전형적인 문법을 기본으로 장르의 경계선을 넘나드는 탁월한 음악을 들려줬다고 평가를 받는 명반이다.

비슷한 생각을 해봤다는 고백에 왠지 모를 안도감을 느꼈다. 한편으로는 그런 사람이 캐나다로 떠나고, 나는 이 땅에 남아 있다는 사실에 자괴감도 들었다. 병희 형이 건배를 권했다.

"기조실에서 일할 만해?"

"기조실 일은 자세하게 이야기하긴 좀 그래요. 솔직히 저도 지금 모든 걸 다 때려치우고 어디론가 떠나고 싶어요. 형처럼 마음대로 움직일 수 있는 처지가 아니니까 답답해요."

"움직이는 게 뭐가 문제야? 말 그대로 그냥 움직이면 되는 건데."

나는 병희 형에게 살짝 짜증을 섞어 말했다.

"형도 잘 알면서. 정인이가 일을 그만두고 드라마 극본을 쓴 지 2년 가까이 됐잖아요. 제가 그만두면 둘이 어떻게 먹고 살아요. 형이 캐나다로 떠날 수 있는 것도 어느 정도 여유가 있으니까 가능한 거예요."

병희 형이 잔을 비우며 물었다.

"너는 제수씨를 믿니?"

"에이. 그런 질문이 어디 있어요? 믿지 않으면 어떻게 같이 살아요?"

"오해하지 말고 잘 들어. 내 말은 네가 제수씨를 의심하느냐를 묻는 게 아니야. 네가 굳이 모든 걸 다 짊어지고 갈 필요는 없다는 이야기를 하고 싶은 거야. 너하고 제수씨는 부부 아니냐. 이인삼각 경기를 어떻게 혼자 힘으로 할 수 있어? 네가 힘들면 제수씨한테 얼마든지 기대도 된다는 소리야. 우리는 영웅이 아니잖아."

돌이켜보니 나는 기획조정실로 발령받은 이후 정인에게 그곳에서 하는 업무에 대한 이야기를 한 번도 해주지 못했다. 정인이 나에게 그곳에서 무슨 일을 하는지 몇 번 물어보긴 했다. 그러나 나는 부끄러워서 솔직하게 대답해줄 수 없었다. 기획조정실에서 하는 업무를 알고 정인이 실망하게 될까봐 두려웠다.

"너는 마왕이 영웅이라고 했지? 그런데 마왕은 자신을 영웅이라고 생각하지 않았어. 그래서 더 멋진 양반이야."

병희 형은 족발을 놓고 일어나 벽장을 뒤져 테이프를 하나 꺼내 먼지를 털고 내 앞으로 내밀었다. 넥스트가 해체를 선언하기 전인 1997년에 발표한 네 번째 정규 앨범 'Lazenca(A Space Rock Opera)'였다.

"이 앨범의 사운드는 당시에 진짜 어마어마했죠! 나온 지 20년이 넘은 앨범이지만, 이 앨범의 사운드 수준을 따라가는 앨범은 지금도 많지 않을걸요?"

"강남재건축 아파트가 5000만 원에 거래되던 시절에

4억 원을 들여서 만든 앨범이니 사운드의 질은 말할 필요가 없지. 합창과 오케스트라 협연도 끝내주지 않냐? 명작이지만 어떤 의미에선 괴작이야. 만화 OST로 제작됐는데, 만화와는 비교도 할 수 없는 완성도 높은 OST였으니 말이야."

"그런데 이 앨범이 마왕이 영웅이 아니라는 증거라고요?"

병희 형은 케이스에서 테이프를 꺼내 B면을 보여주었다.

"우리가 마왕을 왜 좋아했는지 그 이유를 생각해봐. 가사가 이유의 절반이잖아? 이 앨범의 마지막 수록곡 'Hero' 알지? 이 곡의 가사를 곱씹어 읽어보면 마왕은 영웅이 아닌 보통사람들의 비애를 잘 알았다는 걸 느낄 수 있어."

나는 잔을 비우며 'Hero'를 머릿속으로 재생했다. 가사 전부가 머릿속에 여전히 선명하게 남아 있었다. 단출한 편곡으로 의미 없이 흘러가는 하루하루를 어둡게 묘사하는 도입 부분. 만화영화에 등장하는 영웅들을 바라보며 정의가 승리하는 세상에 열광했던 어린 시절을 회상하는 비장한 전개 부분. 그 시절의 영웅들이 남긴 말들을 되새기며 삶을 새롭게 다짐하는 경쾌한 절정 부분. 영웅들은 모두 우리 마음 깊은 곳에 숨어 있다고 용기를 주는 아련한 결말 부분. 기승전결이 완벽한 모노드라마였다.

"이제는 나도 어른이 되어 그들과 다른 삶을 살고 있지 만, 그들이 내게 가르쳐준 모든 것을 가끔씩은 기억하려 고 해*……. 형의 말이 맞네요. 마왕은 영웅이 아니었어 요. 영웅이었다면 이런 가사를 쓸 수 없어요."

병희 형은 술 때문에 붉게 물든 얼굴을 물티슈로 닦으 며 말했다.

"무릎을 꿇느니 죽음을 택하던 그들, 언제나 당신 마음 깊은 곳에 그 영웅들이 잠들어 있어요**……. 마왕은 생전 에 영웅이 아니었는지 몰라도, 죽어서는 그 누구보다도 강한 영웅이었어***. 우리가 기억하는 한 마왕은 영웅으로 영원히 살아 있는 거야. 왜? 내 말에 손발이 오글거려? 그 래도 나는 그렇게 생각할래."

병희 형은 방으로 들어가 무언가를 들고 나오더니 나 에게 건넸다. 금속성의 질감이 느껴지는 유선형 디자인의 파란색 카세트 플레이어. 소니 워크맨이었다.

"세상에……. 이 물건을 어떻게 지금까지 가지고 있었

---

* 넥스트 4집 'Lazenca(A Space Rock Opera)'의 수록곡 'Hero' 가사 중 일부.
** 넥스트 4집 'Lazenca(A Space Rock Opera)'의 수록곡 'Hero' 가사 중 일부.
*** 신해철은 지난 2014년 10월 27일 급성심근경색으로 사망했다. 당시 신해철은 장협착 수술을 받고 10일 만에 숨을 거뒀는데, 그의 죽음은 의료사고에 대한 많 은 사회적 관심을 불러일으켰다.

어요? 아직도 새 물건 같네요."

"WM-EX9 레인보우블루. 소니가 일본 현지에서 마지막으로 생산한 워크맨이지. 두께를 최소화하고 테이프 재생시간 100시간을 돌파했던 명기야. 특히 각도에 따라 색이 다르게 보이는 특수도장이 예술이지. 요즘 독도를 두고 하는 짓을 보면 꼴도 보기 싫은 녀석들이지만, 일본 놈들이 확실히 카세트 플레이어 하나는 잘 만들었어. 네가 가져라."

"이 귀한 걸 저한테 무상으로 넘겨요?"

"테이프도 가져가지 않는데, 워크맨이 무슨 필요가 있어. 갖기 싫으면 내가 한국으로 돌아올 때까지 잘 보관하고 있든지. 언제 돌아올지는 모르지만."

"형, 정말 고마워요. 이 물건 학창시절에 전설이었죠. 20년 만에 저도 이 물건을 만져보게 되네요. 진짜 추억 돋네."

술에 취한 병희 형은 꾸벅꾸벅 졸았다. 술을 마시는 장소가 집이라서 마음이 풀어진 듯했다. 나는 거실에 간단하게 이부자리를 편 뒤 그를 눕혔다. 아직 안 취했다며 버티던 그는 자리에 눕자마자 곯아떨어졌다. 나는 조금 전에 챙긴 테이프 몇 개와 워크맨, 워크맨 배터리 충전기를 내 가방에 집어넣었다. 나는 그가 잠든 것을 확인한 뒤 현관문 밖으로 나왔다. 디지털 도어록이 설치된 현관문은 닫자마자 자동으로 잠겼다.

집으로 돌아가는 택시 안에서, 나는 가방을 열고 워크맨을 꺼내 리모컨의 전원 버튼을 눌러봤다. 배터리가 방전돼 작동하지 않을 것이라고 생각했는데, 리모컨 백라이트가 오렌지색으로 빛났다. 배터리가 완충된 상태였다. 병희 형이 최근에 배터리를 충전한 모양이었다. 재생 버튼을 누르자 모터가 돌기 시작했다. 워크맨 본체를 귀에 갖다 대봤다. 십 수 년 만에 듣는 모터 도는 소리가 정겨웠다.

이날 밤 나는 꿈을 꾸었다. 꿈속에서 나는 록페스티벌 현장에 서 있었고, 헤드라이너*는 신해철이었다. 그는 밴드와 함께 '인형의 기사', '도시인', '이중인격자', '날아라 병아리', '힘겨워하는 연인들을 위하여', '해에게서 소년에게' 등 넥스트 시절 히트곡을 멘트도 없이 연이어 라이브로 들려줬다. 그는 마지막 무대로 'Hero'를 선보였다. 내 모습은 어느새 정장을 말쑥하게 차려 입은 모습으로 바뀌어 있었다. 주위를 둘러보니 모두가 나와 같은 차림을 하고 있었다. 나를 포함한 모든 관객들이 일제히 함께

---

* 음악 축제의 하이라이트인 마지막 무대에 오르는 뮤지션.

노래를 따라 부르며 눈시울을 적셨다. 무대를 마친 신해철은 특유의 냉소를 담은 목소리로 관객들에게 말했다.

"영웅이요? 대단한 존재가 아니에요. 여러분의 일상에 긍정적인 영향을 줄 수 있는 사람. 그 사람이 바로 영웅이에요. 저는 여러분들 덕분에 음악을 만들고 무대에 설 수 있었잖아요? 그러니까 제 영웅은 여러분들이에요."

선 택

오너의 선거사무소 개소식 날짜는 총선을 약 한 달 정도 앞둔 3월 10일로 결정됐다. 선거사무소의 위치는 3호선 경복궁역에서 가까운 빌딩의 한 사무실로 정해졌다. 최 팀장은 나에게 후보 홍보 블로그와 SNS에 선거사무소에서 일할 자원봉사자 및 유급봉사자 모집 공고를 올리라고 지시했다. 기간은 3월 29일부터 4월 10일까지, 근무 시간은 오전 8시부터 오후 7시까지, 유급 봉사자 급여는 일당 7만 원, 나이는 만 20세부터 50세까지이며 성별 무관, 업무는 홍보 등 기타, 급여는 선거 기간 종료 후 일괄 지급. 지원방법은 이력서와 자유 형식의 자기소개서를 이메일로 제출. 나는 최 팀장의 지시대로 간략하게 모집 공고를 작성해 후보 홍보 블로그와 SNS에 올렸다.

"팀장. 모집 공고를 올렸습니다."

"수고했어. 그리고 유급봉사자 지원자의 이력서와 자기소개서는 신경 쓰지 말고 버려. 그냥 버리지 말고 지원자가 수신확인을 할 수 있게 반드시 읽은 뒤에 버려. 읽지도 않고 버리면 지원자가 나중에 수신확인을 한 뒤 항의할 수도 있으니까."

"네? 그러면 뭐 하러 모집 공고를 올립니까?"

"내정 몰라? 언론사도 경력기자를 선발할 때 미리 뽑을 사람을 내정해놓고, 요식행위로 모집 공고만 올리는 일이 많잖아. 그것하고 똑같아. 유급봉사자로 일할 사람은 따로 있으니까 대혁 씨가 신경 쓰지 않아도 돼. 어차피 돈 들어가는 일인데 이왕이면 경력자가 낫지. 유세 활동도 해본 사람들이 더 잘해."

최 팀장의 설명은 이러했다. 선거운동원 모집은 보통 공모로 이뤄지는데, 공모를 하면 감당할 수 없을 만큼 많은 사람들이 지원한다. 선거운동원이 단기간에 많은 수입을 올릴 수 있는 쏠쏠한 아르바이트이기 때문이다. 적지 않은 돈이 급여로 나가는 데다 지원자가 어떤 사람인지 하나하나 살펴보기 어렵기 때문에, 지난 선거에서 검증된 지원자들을 뽑는 게 효율적이라는 것이었다.

"그렇다면 예전에 배 의원의 캠프에서 유급봉사자로 일했던 사람들을 우리 캠프의 선거운동원으로 다시 뽑겠다는 말씀인가요? 당도, 후보자도 다르지 않습니까?"

"뭐가 문제야? 일 시키고 돈 주겠다는데. 당이나 후보가 마음에 들지 않아도 유급봉사자로 일하겠다고 나설 사람들이 바깥에 줄 서 있어. 이런 단기고수익 아르바이트가 많지 않거든. 아무튼 유급봉사자는 내가 알아볼 테니까, 대혁 씨는 자원봉사자들의 이력서들이나 잘 살펴봐. 용모 단정하고 젊은 친구들로 잘 고르도록 해. 남자는 되도록 군필자를 뽑아. 그래야 굴려도 별말이 없으니까."

일당 7만 원에 13일 동안 일을 하니, 유급봉사자가 받게 될 총 급여는 91만 원이다. 언뜻 보면 단기고수익 아르바이트다. 정말 그럴까? 나는 호기심이 생겨 시간당 최저임금을 기준으로 급여를 계산해봤다. 올해 시간당 최저임금은 7530원이다. 유급봉사자가 하루에 일해야 하는 시간은 약 11시간이다. 최저임금에 따른 일당은 8만2830원, 총 급여는 107만6790원이었다. 여기에 휴일근로수당이 더해지면 급여는 더 높아진다. 공직선거법상 정해진 선거운동원의 일급은 7만 원 이하여서 더 지급하면 위법이다. 최저임금도 받지 못하는 일이 어떻게 단기고수익 아르바이트라는 말인가. 이런 자리조차 경력직을 선호하고, 이

돈을 받으면 얼마든지 정치 성향이 다른 정당과 후보의 당선을 위해 일할 수 있다니. 모든 게 놀랍고 씁쓸했다.

나는 점심식사를 사옥에서 가까운 패스트푸드점에서 햄버거로 때웠다. 콜라를 빨대로 빨아 마시며 태블릿으로 홍보 블로그 관리자 이메일 계정을 확인했다. 모집 공고를 올린 지 몇 시간이 지나지 않았지만, 선거사무소에서 자원봉사자로 일하고 싶다는 지원자들의 이력서와 자기소개서가 이미 몇 통이나 도착해 있었다. 지원자들은 대부분 20대 청년들이었다. 이력서에 첨부된 사진에 담긴 지원자들의 얼굴은 모두 잘생기고 아름다워 보였다. 오너가 인턴의 자살에 책임지고 깨끗하게 물러나는 모습을 보고 감동을 받았다는 반응부터 오너가 국회에서 새로운 바람을 일으키는 모습을 보고 싶다는 포부까지 지원동기들이 다양했다. 메일을 읽을수록 마음이 답답해졌다. 지원자들의 이력서와 자기소개서를 살펴보고 있는데, 카카오톡 메시지를 받았다. 정인의 메시지였다. 정인이 나에게 보낸 메시지는 사진 한 장이었다. 사진에는 판정창에 두 줄이 그어진 임신테스트기가 담겨 있었다. 나는 바로 정인에게 전화를 걸었다.

"이 사진 진짜야?"

"아마도? 언젠가 겪게 될 일이라고 늘 생각해왔지

만……. 계획이 없던 상황에서 벌어진 일이라서 조금 얼떨떨하고 놀랍네."

정인의 목소리에는 당혹감이 섞여 있었다. 순식간에 내 머릿속이 하얘졌다. 무방비 상태에서 접하는 내 분신과의 만남은 마치 갑작스러운 사고 같았다.

"어……. 어쩔 수 없지."

나는 얼떨결에 입에서 흘러나온 말에 당황했다.

"어쩔 수 없다니. 무슨 반응이 그래? 오빠는 싫어?"

"싫다니 무슨! 나도 너처럼 놀랍고 얼떨떨해서 그래. 실감이 잘 안 난다."

정인은 한숨을 내쉰 뒤 심드렁한 목소리로 말했다.

"드라마에 등장하는 남편들처럼 환호성을 지르는 상황까지는 기대하지 않았지만, 그래도 조금 서운하네. 하긴……. 나도 지금 이게 무슨 감정인지 잘 모르겠는데 오빠도 마찬가지겠지. 그래! 나중에 이 상황을 극본에 담아봐야겠다. 이런 상황이 진짜였어. 낭만은 개뿔! 아무튼 이따가 집에서 봐."

전화를 끊은 나는 최근 정인과 나눴던 잠자리들을 더듬어봤다. 피임 없이 정인과 나눴던 잠자리는 내 기억에 딱 한 차례 있었다. 다이어트에는 섹스 다이어트가 최고라며 나에게 갑자기 달려들었던 정인의 모습이 떠올랐다. 나는 그날을 회상하며 피식 웃었다. 다이어트를 하려다가 오히려 살이 1인분 더 붙게 생겼으니 말이다. 웃음을 멈추자, 지금까지 느껴보지 못한 혼란스러운 감정이 거대한 파도처럼 나를 덮쳤다. 조금 전 자원봉사 지원자의 이력서에서 봤던 얼굴들이 그 파도에 휩쓸려 흩어졌다. 흩어지는 얼굴들 사이에서 수연의 얼굴도 스쳐 지나갔다. 나는 임신테스트기 판정창에 두 줄로 자신의 존재를 알린 내 분신을 저 파도에 휩쓸리게 해선 안 된다는 충동을 강하게 느꼈다. 그런 충동을 불러일으킨 감정이 부성애는 아닌 것 같았다. 내 분신을 향한 감정은 피붙이를 향한 애틋한 사랑과는 거리가 멀었다. 우습게도 그 감정은 인류애나 박애에 가까운 것 같았다. 충동이 사라지기 전에 나는 패스트푸드점에서 빠져나와 희철에게 전화를 걸었다.

"희철아. 수습기자로 전환되고 일이 훨씬 바빠졌지? 미안한데 부탁할 게 있어서 전화했다."

"네. 말씀하세요, 선배."

"저번에 들려준 녹음파일 말이다. 그것 나한테 넘겨주면 안 되겠어?"

희철은 아무런 답도 하지 않았다. 나는 다시 희철에게 부탁했다.

"그 녹음파일은 내가 녹음한 것으로 하자. 나는 그 파일을 'No Gain No Pain' 페이지에 내 이름을 걸고 공개할 생각이다."

희철이 무거운 목소리로 말했다.

"선배가 책임지실 일도 아닌데 굳이 나서서 그 파일을 공개하실 이유는 없어요. 그리고 그 파일을 공개한다고 해서 세상이 달라지지도 않아요. 그리고 죄송하지만, 저는 선배가 기조실에 계셔서 믿을 수 없어요. 그 말은 못 들은 걸로 할게요."

"쥐도 궁지에 몰리면 고양이를 문다지? 고양이는 쥐한테 물려도 별로 아프지 않을지 몰라. 하지만 고양이도 쥐한테 잘못 물리면 상처에 세균이 감염돼 죽을 수 있어."

나는 심호흡을 한 번 하고 희철에게 고백했다.

"저번에 'No Gain No Pain' 페이지 관리자가 너라고 고백했지? 나도 그때 차마 말하지 못했던 비밀이 있다. 수연이 관련 찌라시……. 내가 기조실에서 뿌린 거다."

희철은 침묵했다. 희철의 침묵은 그 어떤 말보다 나를 무겁게 짓눌렀다.

"너희한테 정말 면목이 없다. 내가 작성한 것도 아니고, 결코 원해서 뿌린 것도 아니었지만……. 어쨌든 뿌린 사람이 책임을 져야겠지. 그 비밀이라면 너한테 녹음파일을 넘겨달라고 요구할 이유가 충분한 것 같다."

희철이 말없이 전화를 끊었다. 나는 희철에게 다시 전화를 걸 염치가 없었다. 사무실로 무거운 발걸음을 옮겼다. 사무실에는 아무도 없었다. 점심시간은 아직 1시간 이상 남아 있었다. 나는 내 자리에 앉아 노트북을 열고 워드프로세서를 실행했다.

〈매일한국〉에서 인턴기자로 근무하다가 스스로 목숨을 끊은 김수연 씨를 기억하십니까? 저는 편집국에서 그녀의 교육을 맡았던 박대혁 기자입니다. 저는 그녀의 죽음이 자살이 아닌 사회가 저지른 타살이란 의심을 하고 있습니다. 이 글은 제 의심에 대한 생각을 정리해 담고 있습니다.

그녀가 스스로 몸을 던진 날, 저는 편집국장과 점심식사를 함께했습니다. 국장은 그 자리에서 그녀에 대한 편집국 내 평가가 좋다는 것을 인정하면서도, 출신교를 문제 삼으며 그녀를 정규직으로 전환시키는 것은 곤란하다는 듯한 입장을 보였습니다. 나아가 국장은 제게 그녀의 출신교를 평가에 반영하라는 암시를 주기도 했습니다. 문제는 마침 근처에서 식사를 하고 있던 그녀를 포함한 모든 인턴들이 국장의 실언을 들었다는 점입니다.

국장의 실언은 고의가 아니었습니다. 저는 국장이 그녀 앞에서 감히 그런 말을 할 수 있을 만큼 무례한 사람이라고 생각하진 않습니다. 하지만 기사로 학벌 차별과 비정규직 차별을 누구보다 앞장서서 비판해온 언론사에서 이런 사태가 벌어졌다는 점은 결코 묵과할 수 없는 일입니다. 그녀는 나이 서른을 앞둔 기자 지망생으로, 이미 수년째 언론사 인턴을 전전한 상황이었습니다. 적지 않은 나이인 그녀가 〈매일한국〉에서 얻게 된 정규직 전환형 인턴 기회는 그녀에게 사실상 마지막 기회였을 것입니다. 절박한 상황 속에서 노력하던 그녀가 국장의 말을 우연히 엿들었을 때 느꼈을 절망감을 저로선 상상하기 어렵습니다.

하지만 저는 이보다 더 큰 문제가 배후에 깔려 있다는 의혹을 제기하려고 합니다. 저는 〈매일한국〉의 인턴기자 선발 과정 그 자체가 문제였다고 보고 있습니다. 〈매일한국〉의 인턴기자 선발은 이미 공채로 수습기자를 모두 선발한 상태에서 이루어졌습니다. 그런데 이번에 선발된 인턴기자의 신분은 정규직 전환형입니다. 이들은 평가 후 수습기자로 신분이 전환됩니다. 이는 마치 수습기자를 비슷한 시기에 두 번 선발한 것과 다름없는 이례적인 경우입니다. 게다가 〈매일한국〉이 정규직 전환형 인턴기자를 채용한 것은 이번이 처음입니다.

공교롭게도 이번에 선발된 인턴기자 중 한 명은 세계적인 반도체기업 Y사 오너의 자제인데, 그는 김수연 씨의 사망 다음날 바로 〈매일한국〉에서 나왔습니다. 그는 현재 이형우 전 〈매일한국〉 대표의 조카딸과 결혼을 앞두고 있습니다. 그녀의 아버지는 이 전 대표의 동생으로 현직 기획재정부 고위공무원입니다. 최근 들어 〈매일한국〉은 Y사에 우호적인 기사를 많이 쏟아내고 있습니다. 인턴기자 선발은 수습기자 선발과 비교해 절차가 간단하고, 평가자의 재량이 많이 개입되는 편입니다. 이 사실을 아는 저는 갑작스럽게 편집국에서 기자업무와는 상관없는 기획조정실로 발령을 받았습니다. 이 전 대표는 현재 총선 출마를 앞두고 있습니다. 자본, 정치권력, 언론. 저는 이 모든 것들의 끈끈한 유착관계를 의심하고 있습니다. 김수연 씨는 Y사 오너의 자제를 자연스럽게 〈매일한국〉 편집국으로 끌어들이기 위한 정지과정에 동원된 들러리에 불과했을 가능성이 높다는 것이 제가 오랫동안 정리한 생각입니다. 저는 진심으로 제 의심이 사실이 아니기를 바라고 있습니다. 이번 총선에서 행복당 후보로 종로선거구에 출마하는 이 전 대표는 이에 대한 의혹을 반드시 풀어야 할 것입니다. 자타가 인정하는 차세대 리더라면 말입니다.

마지막으로 저는 제 학창시절의 영웅이었던 누군가의 말을 빌리겠습니다. 저는 우리나라가 출발선만 누구에게나 똑같은 나라가 되지 않기를 희망합니다.

"미래를 생각할 수 있는 상태에서 땀을 흘리는 것과 아무것도 보이지 않는 상황에서 흘리는 땀은 다르다. 기성세대들은 1미터 앞이 절벽인지 아닌지 알 수 없는 어둠 속의 청춘들에게 다그치듯 '그거라도 해라. 지금 상황에서'라고 내뱉는데, 사실 청춘들은 몸이 힘들어서 땀 흘리지 못하는 게 아니라 미래가 보이지가 않기 때문에 땀 흘리지 못하는 것이다. 운전하다가 기름이 떨어지면 보험사가 최소한 주유소까지 향하는 기름을 넣어주듯이, 어둠 속에서 멈춘 사람들이 최악의 절망에 빠지지 않도록 하는 것이 복지다."*

수연도 마지막 날 당직자 컴퓨터 앞에서 이런 기분을 느꼈을까. 나는 내 생각을 A4용지 한 장 분량으로 정리하며 마치 유언이라도 작성하는 듯한 기분을 느꼈다. 부원들이 사무실로 하나둘씩 돌아오기 시작했다. 나는 노트북을 닫았다. 식사를 마치고 돌아온 최 팀장이 자리에 앉으며 나에게 말을 걸었다.

"무슨 표정이 그렇게 비장해? 뭔 일 있었어?"

"팀장은 애가 몇입니까?"

"이제 막 초등학교에 들어간 아들이 하나 있어. 뒤돌아서면 말썽이지. 대혁 씨는?"

"저는 아직 없는데…… . 아니 생길 것 같습니다."

"제수씨가 임신했다고 연락한 거야? 그래서 표정이 비장했구나. 하긴 나도 그랬으니까. 살면서 배워본 일이 없

---

* 지난 2014년 11월 2일 JTBC 예능 프로그램 '속사정 쌀롱'에 출연한 故 신해철의 발언 중 일부.

는 감정인데 어떻게 기쁜 척을 해. 하지만 시간이 지나
봐. 대혁 씨가 지금까지 해온 모든 일들 중 가장 잘한 일
이라는 생각이 들 테니까. 아무튼 본격적인 고생길 문이
열린 것을 미리 축하해. 이제부터 진짜 열심히 살아야 되
겠구면."

카카오톡 메신저가 도착했다. 희철이 보낸 메시지였다.
메시지로 도착한 것은 동영상이었다. 나는 잠시 사무실에
서 빠져나와 옥상으로 향했다. 그 사이에 희철이 새로운
메시지를 보냈다.

— 페이스북에는 음성 포맷 파일을 올릴 수 없습니다.
이 동영상은 녹음파일을 동영상파일 포맷으로 변환한 겁
니다. 녹음기는 제가 나중에 선배에게 따로 넘겨드리겠
습니다.

동영상에는 검은색 배경 외에는 아무런 영상도 담겨 있
지 않았다. 하지만 재생 버튼을 클릭하자 국장과 내가 나
눴던 대화가 핸드폰 스피커로 흘러나왔다. 희철의 말대로
포맷만 동영상인 음성파일이었다. 나는 주차장 화단이 내
려다보이는 쪽으로 발걸음을 옮겨 난간에 기대 아래쪽을
굽어 보았다. 높았다. 나는 목에 걸려 있던 사원증을 뺐
다. 오래된 사원증에 담긴 내 얼굴 사진은 흐릿해져 윤곽
을 구분하기 쉽지 않았다. 나는 사원증을 화단으로 떨어

뜨렸다. 빠른 속도로 멀어지는 사원증은 마치 바람에 흩날려 떨어지는 매화 꽃잎 같았다. 나는 정인에게 전화를 걸었다.

"한창 일하고 있을 시간 아니야? 웬일이야?"

"정인아. 이따가 일찍 들어갈게. 오늘 너한테 해줄 말이 많다."

"아까 일이 미안해서 그래? 신경 쓰지 마. 나도 오빠랑 비슷한 기분인데 뭐."

"아니. 어쩌면 그것보다 훨씬 더 미안한 이야기를 하게 될지 모를 것 같아."

"불안하게 왜 그래. 아무튼 알았어, 오빠. 이따 저녁에 봐. 오늘은 오랜만에 저녁이나 같이 먹자. 먹고 싶은 것 있어?"

"그냥 네가 먹고 싶은 걸 만들어. 나는 괜찮으니까."

전화를 끊으며 나는 허락을 받는 것보다 용서를 비는 게 더 빠르다던 병희 형의 술 취한 얼굴을 떠올렸다. 문득 정인이 내 이야기를 드라마 극본으로 써도 재미있겠다는 엉뚱한 생각이 들었다. 장르는 무엇이 될까? 스릴러? 느와르? 갱스터? 자리로 돌아온 나는 노트북을 열며 최 팀장에게 물었다.

"열심히 사는 게 중요한가요, 잘 사는 게 중요한가요?"

"무슨 질문이 그렇게 뜬금없어? 열심히 사는 게 잘 사는 거지. 안 그래?"

나는 조금 전 워드프로세서로 작성한 글의 말미에 '제가 현장에서 녹음한 국장과 저의 대화를 첨부합니다'라는 문장을 추가했다. 그 글과 희철이 보내준 파일을 'No Gain No Pain' 페이지에 함께 올린 나는 노트북을 닫으며 창밖을 바라보았다.

"옥상에 올라가 보니 바람이 많이 따뜻해졌더군요. 팀장은 매화 향기 좋아하세요?"

최 팀장은 코를 후비며 얼굴을 찡그렸다.

"나는 매화와 벚꽃도 구별하지 못하는 사람이야. 꽃이 밥 먹여주는 것도 아니고."

나는 자리에서 일어나 기지개를 켜며 최 팀장에게 말했다.

"저는 매화 향기나 맡으러 갑니다. 열심히 사세요."

내가 출입문을 열자 부원들의 시선이 내 쪽으로 집중됐다. 최 팀장이 소리쳤다.

"어이! 근무시간에 어딜 가는 거야?"

"이게 맞는지 아닌지 잘 모르겠는데, 한번 잘 살아보려고요. 아무튼 팀장은 열심히 사세요."

최 팀장은 어처구니없다는 표정을 지으며 말을 잇지 못

했다. 나는 엘리베이터를 타고 1층 현관으로 내려왔다. 보안요원이 나를 알아보고 목례를 했다. 나는 사원증을 가지고 있지 않아 사옥 출입구 게이트를 빠져나갈 수 없었다. 내가 출입구 게이트 앞에서 버벅거리자 보안요원이 미소를 지으며 출입구 게이트를 열어주었다.

"제가 사원증을 놓고 나와서……. 그동안 고마웠습니다."

나는 쑥스러운 말투로 보안요원에게 감사를 표했다. 그는 "고마웠습니다"라는 내 말에 어리둥절한 표정을 지었다. 사옥 바깥으로 나온 나는 청계광장으로 향했다. 청계광장에서 물길을 따라 약 7km쯤 걸으면 2호선 신답역이 나온다. 그곳에서 용답역 방향으로 이어지는 청계천변에 1.2km 길이의 매화거리가 조성돼 있다. 아직 때가 이르지만 성질 급한 매화나무 몇 그루는 이미 꽃을 피우기 시작했을 것이다. 나는 걸어서 매화거리에 가보기로 했다. 넉넉하게 두 시간쯤 걸으면 도달할 듯싶었다. 나는 광화문네거리 횡단보도 위에 섰다. 횡단보도 위에서 나는 광화문광장으로 시선을 돌렸다. 며칠 전 한 여성이 'No Gain No Pain'이라고 적은 피켓을 들고 서 있던 자리에 한 남성이 같은 모양의 피켓을 들고 서 있었다. 횡단보도에 파란불이 켜졌다. 나는 많은 사람들에게 떠밀리듯 횡단보도를 건넜다. 전화벨이 울렸다. 최 팀장의 전화였다. 나는 벨소리를 무시하고 걸었다. 최 팀장이 다시 전화를 걸었다. 나는 핸드폰에서 배터리를 제거했다.

병희 형. 밴쿠버에서 지낼 만한가요? 제가 큰 사고를
치는 바람에 정신이 없어 형이 출국하는 모습을 못 본 게
지금도 마음에 걸려요. 형이 출국하기 전에 전화로 저한
테 후회하느냐고 물었잖아요. 그때에는 아니었는데, 요즘
에는 조금 후회해요. 샤르트르가 노벨문학상 수상을 거
절하면서 "이데올로기에 얽매이기 싫은 나는 자본주의가
주는 상을 받을 수 없다"고 폼 나는 말을 남겼잖아요. 이
런 대단한 양반도 몇 년 후에 생활이 팍팍해지니까 변호
사를 통해 노벨상위원회에 뒤늦게라도 상금을 받을 수 있
는지 물었다고 하더라고요. 저는 때 되면 들어오던 월급
의 위력을 이제야 실감하고 있어요. 식비, 전세대출 이자,

보험료, 통신비 등 매달 막아야 할 돈은 쉴 없이 돌아오는데 돈 들어올 구석은 없으니 난감하네요. 샤르트르 같은 양반도 후회를 하는데, 저 같은 백수가 후회하는 것은 이상한 일도 아니죠. 정인이도 처음에는 왜 그동안 자신에게 힘들었던 일들을 말하지 않았느냐며 위로하더니, 요즘에는 짜증을 많이 내요. 남들은 애 때문에 더러워도 직장에 붙어 있는데, 너는 애 때문에 나왔다는 게 말이 되느냐며 말이죠. 저도 뻔뻔해져서 그동안 내가 너를 먹여 살려왔으니, 이번에는 네가 좋은 드라마를 써서 나를 먹여 살리라고 대들고 있어요. 저는 정인이를 믿습니다.

세상에는 억세게 운이 좋은 사람이 있긴 있는 것 같아요. 저는 오너가 총선에서 낙선할 줄 알았는데, 전국 최저 득표율로 당선될 줄 누가 알았겠어요. 형도 알겠지만 제가 수연이의 죽음과 관련된 의혹을 제기한 이후, 오너를 둘러싼 여론이 정말 나빠졌거든요. 자유당과 행복당의 공천에 반발해 탈당한 원외인사들부터 오너를 심판하겠다고 나선 군소정당 후보들까지 무려 8명이나 종로선거구에 출마했어요. 전화위복인지 그 덕에 표가 여러 후보에게 분산돼 패색이 짙던 오너에게 오히려 유리해졌어요. 이번 총선에서 득표율 30% 미만으로 당선된 후보는 전국에서 오너가 유일해요. 어쨌거나 당선은 당선이죠.

〈매일한국〉과 여산전자는 양측의 유착 의혹을 제기한 저에게 법적인 책임을 묻겠다며 으름장을 놓았어요. 양측은 〈매일한국〉 오너의 조카딸과 여산전자 오너의 아들이 결혼할 사이라는 제 주장은 허위이며, 둘은 서로 모르는 사이라고 강조하더군요. 궁지에 몰린 저한테 생각지도 않은 비장의 무기가 있었어요. 제가 오너와 만났을 당시 정인이가 대화 내용을 녹음하라고 조언했는데, 그 자리에서 오너는 자신이 조카딸과 여산전자 오너의 아들을 소개시켜줬다고 말했거든요. 저는 기획조정실에 그때 대화 내용이 담긴 녹음파일을 전해줬어요. 'No Gain No Pain' 페이지에 녹음파일을 올릴 수 있다는 경고와 함께. 그 이후 저는 평화를 되찾았죠. 이건 오프더레코드예요. 〈매일한국〉에 업무상재해 소송을 제기했던 수연이의 유족은 안타깝지만 패소할 가능성이 높아 보여요. 수연이의 동생과 만나 이야기를 나눠봤는데, 제가 공개한 음성파일로는 업무와 재해 사이의 인과관계를 인정받기 어렵다는 게 변호사들의 의견이라네요. 국장은 결국 사표를 썼다고 들었어요. 이게 과연 국장만 사표를 쓴다고 해결될 일인지.

기자로서 누군가를 취재하다가 기자들에게 취재를 당해보니 어색하더라고요. 한동안 아무런 연락을 받지 않고 집에만 머물렀는데, 그 짓도 하루나 이틀이지 며칠씩이나 할 짓은 못 되더군요. 문득 혼자 여행을 떠나고 싶다는 생각이 들었어요. 직장생활을 하다가 지금이 아니면 안 될 것 같다며 훌쩍 세계여행을 떠나는 사람들이 꽤 있잖아요. 저는 백수인데 무슨 돈이 있어서 그런 여행을 떠나겠어요. 큰돈을 들이지 않고 홀로 떠날 수 있는 여행을 알아보니 자전거 국토종주가 있더라고요. 서해안 정서진에서 출발해 한강을 따라 페달을 밟아 문경새재를 넘은 뒤 낙동강을 따라 남해안까지 이르는 633km 대장정. 생각만으로도 낭만적이지 않나요? 집 근처 대형마트에서 저렴한 MTB 한 대를 구입한 다음에 갈아입을 옷 몇 개만 가방에 챙기고 바로 국토종주에 나섰어요. 마침 정인이도 중요한 극본을 쓰는 데 집중하는 상황이라, 제가 자리를 피해주는 게 좋은 편이기도 했고요.

자전거 국토종주는 시작부터 개고생의 연속이었어요. 페달만 밟으면 되는 간단한 일이라고 생각했는데 오산이었던 거죠. 자전거는 엉덩이로 타는 물건이었어요. 안장에 앉은 지 몇 시간이 지나니 더 이상 앉아 있기 어려울 정도로 엉덩이가 아파오고, 핸들을 잡기 어려울 정도로 손바닥이 저려왔어요. 진통제를 수시로 복용해야만 버틸 수 있을 지경이었죠. 3일쯤 지나니까 엉덩이와 손바닥의 통증은 익숙해져 버틸 만했는데, 그때부터 무릎이 아파오더군요. 무릎이 아프니 페달을 밟기 어려워져 고생을 많이 했어요. 다리에 힘이 들어가지 않아 길에서 몇 번이나 넘어지기도 했고요. 국토종주 코스 중 가장 악명 높은 난이도를 자랑하는 이화령을 넘을 때에는 지옥을 맛보는 기분이었어요. 한없이 긴 낙동강 구간을 달릴 때에는 왜 내가 이런 짓을 하고 있나 극한의 고독을 느꼈고요. 수도권을 벗어나면 숙소가 드문드문 있어서, 숙소를 찾기 위해 야간에 페달을 밟아야 하는 일이 자주 생겨요. 가로등도 없는 어두운 구간을 전조등 하나에 의지해 홀로 달리다 보면 아찔해져요. 낮에 아름답게 보였던 자연 풍경은 밤이면 을씨년스러운 분위기를 연출하거든요. 주변에 아무런 민가의 불빛이 보이지 않는데 고라니 울음소리까지 들리면 정말 섬뜩해요. 고라니의 울음소리는 사람의 비명 소리와 흡사하거든요.

하지만 느리게 달리는 만큼 눈호강도 만만치 않았어요. 저는 한국의 자연이 이렇게 아름답고 다채로운 줄 몰랐어요. 한강을 바로 옆에 끼고 달리는 남양주시와 양평군 사이의 구간은 제가 여행한 곳 중 풍광이 가장 빼어난 곳이었어요. 야간 라이딩도 마냥 나쁘진 않았어요. 페달을 밟다가 멈추고 하늘을 바라보면 수많은 별들이 보였거든요. 남쪽으로 내려갈수록 몸으로 느껴지는 기온이 높아지는 경험도 놀라웠어요. 한강 주변에는 이제 막 파릇파릇한 기운이 보이는 곳도 많은데, 낙동강 주변에선 여름의 초입에나 보일 패랭이꽃, 애기똥풀이 눈에 띄더라고요. 앞으로 어디 가서 우리나라가 작은 나라라고 말하지 못할 것 같아요.

저는 달리면서 한 가지를 확인할 수 있었어요. 대책 없이 출발해도 자전거로 국토종주 정도는 할 수 있을 만큼의 체력과 정신력을 가지고 있다는 점을 말이죠. 무슨 일을 해도 먹고사는 데 지장은 없겠다는 자신감을 얻은 게 이번 자전거 국토종주 하면서 얻은 수확이에요. 정인이에게 조금 덜 미안해지고 싶어요. 여전히 실감이 나지 않는 내 분신에게도.

이런 공간조차도 현실에서 자유롭지 못하더군요. 코스 중간에 마련된 쉼터에서 잠시 쉬다가 20대 후반으로 보이는 청년 두 명을 만나 이야기를 나눈 적이 있어요. 이들도 저처럼 국토종주 중이었는데, 국토종주를 하며 수첩에 인증도장을 모두 찍어 인증메달을 받으면 취업 스펙에 도움이 될지도 모른다는 기대를 하고 있었어요. 그런 목적을 위한 국토종주는 과연 무슨 의미인지. 심지어 이들은 제게 인증수첩을 대량으로 구매한 뒤 전국의 인증센터를 다니며 도장을 찍어 취업준비생들에게 판매하는 자들이 있다는 이야기도 해주더군요. 경험하지 않은 경험을 취업 스펙으로 내세우는 일은 또 무슨 의미인지. 행복해지기 위한 달리기가 왜 불행해지지 않기 위한 도피로 변질됐을까요.

형. 지금 여기는 경남 창녕군 남지읍의 한 모텔이에요. 남은 거리를 보니 내일이면 낙동강하굿둑에 도착할 수 있을 듯해요. TV를 켜고 뉴스 채널을 보니 요즘 광화문광장에 'No Gain No Pain' 피켓을 들고 1인 시위를 하는 사람들이 부쩍 늘어난 모양이에요. 저런 사람들이 더 늘어나면 스펙을 위해 국토종주를 하는 청년들도 사라지게 될까요? 이제 하루만 더 페달을 밟으면 국토종주도 끝이라는 생각에 잠이 쉽게 들지 않네요. 누워서 잠을 부르다가 지쳐 형에게 이메일을 쓰려고 컴퓨터 앞에 앉아 있다 보니 할 말이 많아 너무 길어졌어요. 늘 건강하세요. 형수에게도 안부 전해주시고요. 다음에 한국으로 놀러 오면 꼭 평양냉면 같이 먹으러 가요.

작가의 말

2017년 2월. 나는 섬진강 옆 언덕에 자리 잡은 한 암자에 칩거했다. 암자에서 가장 가까운 구멍가게는 걸어서 40분 거리에 떨어져 있었다. 암자의 겨울밤은 인공 불빛과 뒤섞이지 않아 무겁고 깊었다. 세상은 낮에 중심에서 주변을 둘러봤을 때보다, 밤에 언저리에서 중심을 바라봤을 때 더 선명한 모습을 드러냈다. 저 멀리 세상에선 적당히 착하고, 적당히 정의로우며, 적당히 나쁘고, 적당히 비겁한 사람들이 서로 부대끼며 조금씩 앞으로 나아가고 있었다.

나는 언저리에서 매일 홀로 주절거렸다. 주절거리다가 가끔 사람이 그리워지면 암자에서 한참 걸어 내려와 큰 다리로 섬진강을 건넜다가 다시 돌아왔다. 주절거림은 숨어서 피어나던 매화가 쉽게 눈에 띌 만큼 늘었을 때 끝났다.

암자에서 짐을 정리하는 동안 앞으로 나는 평생 세상의 언저리를 떠돌며 주절거릴 운명일지도 모른다는 예감이 들었다. 그것도 나쁘지 않겠다. 내 주절거림을 먼 곳에서 말없이 견뎌준 아내 박준면 배우에게 미안하고 감사하다.

각자 존재하고,
홀로 소멸하는
세계의 출구 찾기

"진짜 영리한 인간들은 진실을 알려고 애쓰지 않는다.
오히려 거짓으로 어떻게 이득을 볼 수 있는지 알려고 애쓴다."
─베르톨트 브레히트

이정현(문학평론가)

1. 어느 죽음과 익숙한 풍경들

당신은 이와 비슷한 기사를 읽은 적이 있으리라. 한 기업의 인턴이 당직 근무 중 사망한다. 청년은 자신의 신세를 비관하고 회사에서 투신한다. 사망한 청년은 인턴들 중 가장 '나이가 많고', 게다가 '지방대학'을 졸업한 '여성'이다. 나이와 학력과 성별만 눈여겨봐도 다음 날 어떤 기사들이 쏟아질 것인가는 자명하다. 우선 청년들의 노동력을 싸게 부리는 기업들이 비판의 대상이 될 것이다. 그리고 지식인-전문

가랍시고 사회학과와 심리학과 교수들이 등장해서 청년 실업의 심각성을 운운하면서 현재 사회의 문제점을 진단한다. 그들의 진단은 낡고 진부하기만 하다. 그래도 사건이 발생할 때마다 기자들은 반복적으로 지식인들의 코멘트를 따서 기사의 객관성을 포장한다. 이어서 비슷한 경험을 했던 청년 인턴들의 인터뷰가 익명으로 실릴 것이다. 또한 사회에 고착화된 학력 차별을 성토하는 기사가 나올 것이고, 취업전선에서 여성이 겪는 차별이 부각될 것이다. SNS에는 수많은 '좋아요'와 '화나요'와 '슬퍼요'가 난무하고 한 젊은이를 죽음으로 내몬 사회를 욕하는 댓글이 어지럽게 달리고……. 그다음은? 바로 당신이 예측하는 그대로다. 비리를 저지른 정치인, 스포츠의 결과, 화제의 드라마와 영화, 연예인의 열애와 일탈, 충격적인 범행으로 소재가 바뀌면서 이 풍경은 지겹도록 반복된다. 그리고 청년의 죽음은 자연스럽게 망각된다. 사람들은 기자들을 손가락질하면서 '기레기'(기자+쓰레기의 합성어)라는 욕설을 퍼붓지만 자신들도 기꺼이 무책임한 말들을 쏟아내는 일에 동참하고 있다는 사실은 자각하지 않는다. 너무 정의롭지 않게 적당하게 살아가기. 이런 세계에서는 당사자가 되지 않도록 사건과 거리를 유지한 채 자신의 삶에 몰두하는 것만이 유일한 처세술로 취급된다.

　정진영의 『침묵주의보』는 지금-여기의 현실을 지나치게

사실적으로 응시하는 텍스트다. 소설에 그려진 풍경들은 현재 벌어지는 일들을 그대로 촬영한 것 같은 기시감을 선사한다. 이 소설에서 허구의 풍경과 현실의 거리는 지나치게 가까워 '제로'에 수렴한다. 르포에 가까운 생생함은 현직 기자인 작가의 경험이 반영된 결과일 것이다. 앞서 언급한 인턴 청년의 사망 사건이 벌어진 공간을 신문사로 전환시키면 바로 이 소설의 중심 사건이 된다. 일간지 〈매일한국〉(소설 속의 풍경들은 '매일', '한국'에서 벌어지는 일들이다)의 기자인 주인공 대혁은 인턴 기자들의 교육을 맡고 있지만 기자의 사명감이나 정의감은 희미해진 상태다. 사명감과 기대에 찬 인턴들을 보면서 자신의 과거를 떠올리기도 하지만, 이제는 세상이 달라졌다. 대혁이 맡은 '디지털뉴스' 부서의 주요 업무는 기사의 조회 수를 올리는 일이다. 온라인에서는 오프라인에서 100만 부를 파는 신문과 1만 부도 못 파는 마이너 신문 사이의 경계가 없다. 이제는 자극적인 기사를 작성하고 독자들을 유혹할 카피를 뽑는 것이 취재보다 더 중요한 일이 되었다. 신문의 유지비는 기업들의 광고비에서 나오므로 반기업적인 기사는 터부시되고 기자들은 적당히 팩트(fact)를 가공하는 일에 몰두한다. 드라마 작가가 되기 위해서 신문사를 퇴사한 아내의 몫까지 생계를 책임져야 하는 대혁도 그런 '팩트를 가공하는 기술자'의 하나로 살아간다. 영화나 드라마에서 거대한 사회악과 비리를 파헤치는 기자를 꿈꾸는 인턴들의 포부를 접한 고참기자 병희는 수습기자들과 인턴기자들을 보고 한탄한다.

"언론사는 광고비 외에 돈 나올 구석이 없는데, 광고 시장의 규모는 몇 년째 답보 상태 아니냐. 그런데 매체 수는 점점 늘어가고 있으니 신기한 일이지 않냐? 그러니 시간 들여 팩트를 파고드는 게 뭐가 중요해. 적당히 팩트를 포장하고 가공한 기사로 홈페이지 조회 수 올리는 게 모바일 광고비를 당기는 데 효율적이지. 열정페이로 인턴들을 뽑아 카드뉴스 제작에 투입해 기업들의 열정페이를 지적하는 꼴들을 봐라. 병신 새끼들."(50쪽)

진실을 파헤치는 기자가 되기보다는 "배우로 살면서 기자를 연기"(51쪽)하는 것이 오히려 더 쉽다. 청년들을 저렴하게 착취하는 기업들을 비판하는 뉴스를, 비정규직 기자들이 작성하는 아이러니. 대혁은 인턴들을 교육하면서 자신의 밥벌이에 희미한 죄책감을 느낀다. 대혁은 아직 눈에서 생기를 잃지 않은 인턴들에게 연민을 느낀다. 그중에서도 지방대학을 나왔지만 누구보다도 당차게 일을 해내는 인턴 수연에게 마음이 가지만 대혁은 이내 무력감을 느낀다. 명문대 출신이 가득한 신문사에는 수연이 졸업한 학교 출신의 기자는 단한 명도 없다. 학벌을 문제 삼는 국장의 실언을 듣고, 수연은며칠 후 신문사 건물에서 투신한다. 수연의 죽음으로 〈매일한국〉은 발칵 뒤집히지만 애도보다는 각자의 '생존'을 계산하는 자들의 아우성이 대부분이다. 국장은 책임을 회피하면서 여론을 예의 주시하고, 수연의 인턴동기들도 자신들의 취직 가능성을 점치면서 침묵한다. 오너는 과잉된 제스처로 책임을 자처한 다음 자리에서 물러나고 동정 여론을 발판 삼아서 정계 진출을 도모한다.

"무조건 침묵하라는 말이 아니다. 이 조직, 아니 대한민국에서 힘없는 놈의 용기만큼 공허한 것도 없더라. 네가 문제를지적하고 쿨하게 조직을 떠난다고 하더라도 동요는 잠깐뿐이야. 곧 누군가가 네 자리를 대체하게 될 테고, 조직은 다시아무 일 없던 것처럼 굴러가게 될 거야. 지금까지 늘 그래왔고, 앞으로도 그 사실은 변함없어. 조직에서 비굴하게 처신하는 것도 능력이다. 국장이 하는 짓을 보면 역겹겠지. 나도 마찬가지야. 하지만 그 덕에 국장이 지금 국장 자리를 차지하게된 거야. 지금 신문을 만드는 사람은 인정하기 싫어도 국장이야. 너도 아니고, 나도 아니고." (105쪽)

대혁에게 건네는 병희의 충고는 이 세계의 정언명령("가만히 있으라")과도 같다. 물론 가만히 있지 않는 사람들이 존재한다. 인터넷에서는 수연의 죽음을 애도하면서 그녀가 유서에 남긴 문구 'No Gain No Pain'을 인용한 페이스북 페이지가 만들어지고 비정규직 노동자들은 자신들의 경험을 털어놓으면서 단결한다. 방송사들도 이들의 움직임에 관심을 갖고 비중 있게 다루기 시작한다. 그러나 이 소동에도 흔들리지 않고 이득을 챙기는 자는 방송국의 카메라와 페이스북에 올라오는 경험담의 '바깥'에 존재한다. 정계 진출을 도모하는 오너는 오히려 수연의 죽음에 앞장서서 자신의 책임을 공표함으로써 차기 지도자로서의 깔끔한 이미지를 형성하는 데 성공한다. 수연의 죽음으로 생긴 공분을 바탕으로 수연의 인턴 동기들도 일자리를 보장받는다. 소설에는 다루지 않았지만, 그녀의 죽음에서 시작된 파장은 머지않아 더 비참하고 끔찍한 어떤 사건들로 시들해지리라는 사실을 우리는 쉽게 짐작하게 된다.

2. 액체화된 세계와 여전히 무거운 삶

탄식과 함께 우리는 거듭해서 묻게 된다. 어디서부터 잘못된 것인가. 왜 소설의 풍경들은 즐거운 허구가 되지 못하는가. 존엄을 지키면서 밥벌이를 해결할 수 있는 가능성은 존재하는가. 기억과 애도의 한계효용은 어디까지인가. 언론은 바뀔 수 있는가. 타인의 고통을 가십으로 소비하는 우리의 습관은 어찌할 것인가. 지그문트 바우만은 현대의 풍경 이면에 존재하는 것은 바로 '외로움'이라고 지적한 바 있다. 빠르게 변화하는 현대 사회에서 확실한 것, 불변하는 것은 없다. 새로운 것들은 등장하면서부터 이미 낡고 진부해진다. 이러한 유동성은 삶의 형태와 관계, 노동의 안정성을 뒤흔든다. 이런 세계에서 사람들은 끊임없이 자신의 온전함을 확인하고자 '접속'을 시도한다. 트위터와 페이스북, 온라인 카페와 모임들은 우리에게 세상과 연결되었다는 소속감을 느끼게 한다. 그러나 이 가상의 세계는 오히려 삶을 더욱 불안하게 만든다. 바우만은 이 불안의 기원을 지난 반세기 동안 진행되어온 자본의 세계화에서 찾는다. 사회적으로 유발된 문제의 해결을 개인에게 전가하는 사회에서 불안은 마치 안개처럼 스며들 수밖에 없다. 이 불안을 감내하면서 개인들은 '아직 최선을 다하지 않아서 그런 거야'라는 읊조림과 다그침으로 스스로를 몰아간다. 학력과 나이, 여자라는 사실을 극복하려고 더욱 열심히 업무에 임했던 수연의 경우도 마찬가지다. 단절의 공포와 홀로 있으려는 욕망 사이에서 방황하는 개인들은 각자도생의 길에 접어든다. 불안정성은 사회 구성원들의 자발적인 복종을 보장한다. 자신의 행위가 초래할 결과에 확신을 할 수 없을 때 개인들은 체계의 법칙에 순응하는 손쉬운 길을 택하게 된다. 부르디외는 불안정성이야말로 감시자와 상관, 원형감옥의 지배를 불필요하게 만드는 요인이라고 예견했는데 〈매일한국〉 구성원들이 수연의 죽음 이후에 취하는 태도들은 여기에 정확하게 부합한다. 이를테면 홍 부장은 수연의 죽음으로 사회의 관심이 쏠리자 그것을 곧바로 영업에 활용한다.

홍 부장의 머릿속에는 나에게 강조했던 '회사 홈페이지 트래픽 1년 내 100%증가'라는 목표 외엔 없는 것 같았다. 20여 년 전 삼풍백화점 붕괴 현장에서 탐욕에 사로잡힌 미소를 지으며 옷을 훔치는 중년 여성의 모습이 CCTV에 잡혀 전 국민의 공분을 일으킨 바 있다. 홍 부장의 미소가 그 중년 여성의 미소와 닮은 것 같아 소름이 돋았다. 어제 병희 형이 남긴 말이 머릿속에서 마치 묵시록처럼 울렸다.

"사회적 약자인 노숙자들이 같은 노숙자를 약하다는 이유로 폭행하고, 여성이란 이유로 희롱하는 것도 세상이야. 유대인을 학살했던 독일군도 집에선 평범한 가정의 가장이자 아들이고, 국민이었어. 악은 이렇게 평범하고 일반적인 상황에서도 나올 수 있어."(123쪽)

수연의 죽음 이후 주변인들의 행위들은 예일대 심리학자 밀그램(Stanley Milgram)의 실험을 떠올리게 한다. 실험참가자들은 피험자들의 손을 전기가 통하는 판 위에 올려놓으라는 지시를 받는다. 실험 결과 지시를 수행해서 타인의 손을 전기가 통하는 판 위에 올려놓은 참가자는 30%에 불과했다. 그러나 피험자의 손이 아니라 제어판의 손잡이를 조작하라는 지시가 떨어졌을 때는 따르는 비율은 40%로 올라갔다. 고통 받는 피험자들의 모습을 보이지 않게 했을 때는 62.5%로 증가했다. 피험자와의 물리적·심리적 거리가 멀어질수록 실험참가자들은 잔인해졌다. 다시 말해서 타인과의 거리가 멀수록, 타인의 얼굴을 보지 않을수록 인간은 타인에게 무책임해지고 잔인해진다. 이 실험을 통해서 밀그램은 인간이 잔인한 짓을 저지를 가능성과 희생자와의 친근성은 반비례 관계를 형성함을 증명했다. 밀그램의 실험은 피해자로부터의 '거리'가 형성될수록 잔혹행위는 더 쉽게 발생하고, 행위가 조직화될수록 개인이 느끼는 죄책감은 현저히 줄어든다는 사실을 증명한다.* 지금-여기의 사회는 밀그램의 실험을 대규모로 확대한 것에 불과하다는 생각에 이른다면 무리일까.

---

* 지그문트 바우만, 정일준 옮김, 『현대성과 홀로코스트』, 새물결, 2013, 262~263쪽 참고.

예컨대 2016년 여름 "민중은 개 돼지와 같다"는 발언으로 세상을 시끄럽게 했던 이는 문제의 회식자리에서 전철역 스크린도어를 고치다가 사망한 19살 청년의 죽음이 자기 자식의 죽음처럼 여겨진다는 사람들을 향해 '위선'이라고 일갈한 바 있다. 그 사람의 발언을 두고 많은 이들이 비판을 퍼부었지만 어쩌면 우리도 제어판을 조작하는 밀그램의 실험참가자와 비슷한 행위를 반복했을지도 모를 일이다. 자신과의 거리가 멀수록 우리는 타인을 쉽게 혐오하거나 폄하한다. 익명게시판일수록 무책임하고 잔혹한 댓글이 난무하고 특정 사건과의 '안전거리'가 확보되는 순간 사람들은 쉽게 도덕주의자의 훈계를 던지거나 타인에게 낙인을 찍는다. 온라인에서 이런 경향은 더욱 심해진다. 오프라인 생활에서 출몰하는 모순과 직접 대면하는 곤혹스러움을 쉽게 회피할 수 있기 때문이다.

사건의 파장이 조금 가라앉자 〈매일한국〉의 기획조정실은 찌라시를 활용해서 수연의 책임을 부각시킨다. 평가에 집착하여 동료들의 눈총을 받았다, 평소 학력 콤플렉스가 심해서 주변을 불편하게 했다, 회사 차원에서 특별히 부당한 대우는 없었다는 내용의 찌라시를 퍼뜨리면서 기획조정실은 정치권에 입문하려는 오너의 이미지를 각색하는 데 주력한다. 기획조정실로 발령 받은 대혁은 수연의 죽음을 폄하하는 공범이 되고 만다.

누군가에게 규칙을 강요할 때 가장 손쉬운 방법 중 하나는
죄책감을 심어주는 것이다. 죄책감은 더 이상 그 이전의 나로
돌아갈 수 없다는 절망감을 안겨주며 규칙에 순응하게 만든
다. 나는 전송 버튼을 바라보며 탈영병에게 매질을 가했을 동
기들의 참담한 심정을 어렴풋이 이해할 수 있었다. 다시 기획
조정실로 돌아온 최 팀장이 나에게 물었다.
"대혁 씨, 아까 내가 시킨 거 했어? 찌라시방 반응은 어때?"
"아직……."
최 팀장이 능글맞은 목소리로 비웃음을 흘렸다.
"손에 더러운 건 묻히긴 싫다는 말인가?"(224~225쪽)

3. 우연히 도달한 출구

수연의 죽음을 폄하하고 찌라시를 전송하는 업무를 수행
한 이후 대혁은 죄책감에 시달린다. 고위 간부들에게 수연
은 단지 신문사의 이미지를 훼손한 일탈자에 불과하다. 그러
나 대혁은 그녀의 얼굴과 목소리를 생생하게 기억하기에 죄
책감은 더욱 심해진다. 대혁이 수습기자 시절 블로그에 적은
일기들을 보고 기자의 꿈을 키워왔다는 수연의 말을 떠올릴

때마다 대혁은 기획조정실의 안락한 자리를 내던지고 싶은 충동을 느끼지만 생계의 불안으로 계속 머뭇거린다. 망설이던 대혁은 기획조정실의 음모를 폭로하고 퇴사를 결정한다. 그 저항을 결단하도록 이끈 요인은 개인적이고 사소한 기억이다. 이 지점에서 소설은 현실과 거리가 벌어지면서 다소 뜬금없는 방향으로 흐른다. 그러나 대혁의 결정은 1990년대에 학창시절을 보낸 사람들이라면 고개를 끄덕이도록 만드는 묘한 설득력을 지닌다. 알고 지내던 뮤지션의 콘서트에 참석한 것을 계기로 대혁은 학창시절에 열광했던 가수 신해철의 음악을 되새긴다.

나는 잔을 비우며 'Hero'를 머릿속으로 재생했다. 가사 전부가 머릿속에 여전히 선명하게 남아 있었다. 단출한 편곡으로 의미 없이 흘러가는 하루하루를 어둡게 묘사하는 도입 부분, 만화영화에 등장하는 영웅들을 바라보며 정의가 승리하는 세상에 열광했던 어린 시절을 회상하는 비장한 전개 부분. 그 시절의 영웅들이 남긴 말들을 되새기며 삶을 새롭게 다짐하는 경쾌한 절정 부분. 영웅들은 모두 우리 마음 깊은 곳에 숨어 있다고 용기를 주는 아련한 결말 부분. 기승전결이 완벽한 모노드라마였다.
"이제는 나도 어른이 되어 그들과 다른 삶을 살고 있지만, 그들이 내게 가르쳐준 모든 것을 가끔씩은 기억하려고 해……. 형의 말이 맞네요. 마왕은 영웅이 아니었어요. 영웅이었다면 이런 가사를 쓸 수 없어요."(319~320쪽)

신해철의 음악을 다시 음미하던 대혁은 조금 더 시간이 지나면 예전으로 다시 돌아갈 수 없음을 자각한다. 신해철이 생전에 했던 발언*을 되새기면서 대혁은 수연이 죽기 직전에 느꼈을 절망을 상상한다. 많은 이들에게 세상은 이미 지옥이고, 어떤 지옥은 스스로가 선택한 것이기도 하다. 학창시절에 자신을 울렁이게 했던 노래들을 다시 들으면서 대혁은 자신이 선택한 지옥을 거부하기로 결심한다. 모든 견고한 것들이 붕괴되는 세상에서 대혁은 불확실한 미래에 스스로를 던진다.

신문사를 그만두고 대혁은 비로소 위계와 처신, 이윤의 압박에서 벗어난다. 그리고 자신의 다리로 자전거를 타고 전국일주를 감행한다. 이 지점에서 『침묵주의보』는 지긋지긋

---

* "미래를 생각할 수 있는 상태에서 땀을 흘리는 것과 아무것도 보이지 않는 상황에서 흘리는 땀은 다르다. 기성세대들은 1미터 앞이 절벽인지 아닌지 알 수 없는 어둠 속의 청춘들에게 다그치듯 '그거라도 해라. 지금 상황에서'라고 내뱉는데, 사실 청춘들은 몸이 힘들어서 땀 흘리지 못하는 게 아니라 미래가 보이지가 않기 때문에 땀 흘리지 못하는 것이다. 운전하다가 기름이 떨어지면 보험사가 최소한 주유소까지 향하는 기름을 넣어주듯이, 어둠 속에서 멈춘 사람들이 최악의 절망에 빠지지 않도록 하는 것이 복지다."(333~334쪽)

한 현실과 거리를 둔다. 발터 벤야민은 단순히 과거의 일을 떠올리는 것에 그치지 않는 '섬광과도 같은 혁명적 순간'이 중요하다고 했다. 과거가 현재로 불러내어져 현재와 융합되는 그 순간의 강렬한 에너지가 역사의 진보를 이끌어낸다는 것이다. '역사의 진보'라는 말이 버겁다면 사소한 구원이라는 말로 교체해도 무방할 것이다. 대혁은 음악이라는 사소한 계기를 통해서 섬광과도 같은 순간을 부여잡는다. 퇴사한 이후에도 대혁의 삶은 지속된다. 자전거 일주를 하면서 대혁은 캐나다로 이민을 간 병희 선배에게 자신이 보고 느낀 것들을 편지로 적는다.

이런 공간조차도 현실에서 자유롭지 못하더군요. 코스 중간에 마련된 쉼터에서 잠시 쉬다가 20대 후반으로 보이는 청년 두 명을 만나 이야기를 나눈 적이 있어요. 이들도 저처럼 국토종주 중이었는데, 국토종주를 하며 수첩에 인증도장을 모두 찍어 인증메달을 받으면 취업 스펙에 도움이 될지도 모른다는 기대를 하고 있었어요. 그런 목적을 위한 국토종주는 과연 무슨 의미인지. 심지어 이들은 제게 인증수첩을 대량으로 구매한 뒤 전국의 인증센터를 다니며 도장을 찍어 취업준비생들에게 판매하는 자들이 있다는 얘기도 해주더군요. 경험하지 않은 경험을 취업 스펙으로 내세우는 일은 또 무슨 의

미인지. 행복해지기 위한 달리기가 왜 불행해지지 않기 위한
도피로 변질됐을까요.(345~346쪽)

대혁이 국토종주 중에 목격한 청년들은 죽은 수연의 모습
과 겹쳐진다. 청년들을 그토록 취업기계로 전락시킨 것은 그
들의 앞선 세대들이었다. 생계를 명분으로 수연의 죽음을 덮
는 데 공범이 되었던 자신도 청년세대들을 괴롭히는 데 기
여했다는 사실을 대혁은 아프게 깨닫는다. 그것은 누군가로
부터 배운 지식이 아니라 오래전부터 알고 있었지만 애써
외면했던 사실이기도 하다. 현재와 접속하는 순간 과거는 더
이상 흘러가버린 시간이 아니라 현재를 구성하는 소중한 요
소가 된다. 결말의 편지에서 대혁은 업무와 관계없이 타인과
이야기를 나눈 경험을 적는다. 돌이켜보면 대혁이 수연의 죽
음에 남들보다 더 죄책감을 느꼈던 것도 그녀와 나눈 개인
적인 대화의 기억 때문이었다. 중요한 것은 현실 이전에 '이
야기'다. 신해철의 노래 또한 그의 삶을 관통한 이야기였다.
타인의 이야기에 연루되면서 인간은 자유방임의 죄에서 벗
어날 통로를 가까스로 찾아낸다. 죽음까지도 비열한 협잡에
활용하는 일이 흔한 지금-여기의 현실을 생각할수록 이 소
설의 결말이 다소 뜬금없고 낭만적으로 읽힐지도 모르겠다.
그러나 우리를 변화시키는 것은 언제나 특정한 계기와 '순

간'이다. 그것은 타인의 이야기를 통해 형성되는 특정한 감각이기도 하다. 그 감각을 포기할 때 세상은 더욱 견디기 어려운 곳이 된다는 믿음을 적시한 소설의 결말과 신해철의 노래에 담긴 선한 에너지를, 나는 지지한다.

침묵주의보

초판 1쇄 발행 2018년 3월 26일
초판 4쇄 발행 2020년 12월 21일

지은이 | 정진영
발행인 | 강봉자, 김은경

펴낸곳 | (주)문학수첩
주소 | 경기도 파주시 회동길 503-1(문발동 633-4) 출판문화단지
전화 | 031-955-9088(마케팅부), 9536(편집부)
팩스 | 031-955-9066
등록 | 1991년 11월 27일 제16-482호

홈페이지 | www.moonhak.co.kr
블로그 | blog.naver.com/moonhak91
이메일 | moonhak@moonhak.co.kr

ISBN 978-89-8392-692-0 03810

「이 도서의 국립중앙도서관 출판예정도서목록(CIP)은 서지정보유통지원시스템
홈페이지(http://seoji.nl.go.kr)와 국가자료공동목록시스템(http://www.nl.go.kr/
kolisnet)에서 이용하실 수 있습니다.(CIP제어번호: CIP2018007516)」

* 파본은 구매처에서 바꾸어 드립니다.